火の杯

山本周五郎

角川文庫
24039

目次

※新聞連載時の判読不能箇所は「〇〇〇」としています。

高原の夜

一

落葉松（からまつ）の林をぬけると、道の上の氷（こお）った雪の結晶が、低い星空の下できらきらと光るようにみえた。風の強いこの高原では、雪はそう多く積ることはない。けれども降ったあとは忽（たちま）ち砥石（といし）のように硬く氷ってしまう。

どこか遠くで空襲警報が鳴っていた。サイレンはずっと遠く、半鐘の音はそれよりやや近い。康彦（やすひこ）は足を停めもせず、警報にも無関心で、ゆっくりと大股（おおまた）に歩いていた。

枯れた草原をぬけるとき、やや強い風が吹いているのに気がついた。それは風というよりも、寒さが動いているような感じであった。草原の右にはG・ハイネという独逸（ドイツ）人の別荘がある。テラスの白く塗った手摺（てすり）と、家の輪郭（りんかく）がおぼろげに見えるが、どの窓も閉っていて、灯の色は少しも漏れないし、無人の家のようにひっそりとしていた。

空の高いところで飛行機の音がした。重い間歇的な唸りで、極めて緩慢に東のほうへ動いてゆくようであった。半鐘の音は神経質な連打になり、それは敵機上空を知らせるものであるが切迫した危険の報知という感じはなく、小さな無力なものが強大な圧力に怯えてみじめに逆上して、かなきり声の悲鳴をあげているかのように思えた。

道は白樺の林へはいった。すると向うから誰かが来た。

「――いよいよ夜間の編隊爆撃が始まったね」

佐田西正之であった。

「外へ出たりしていいのかい」

「ラジオを聞いていたら、やりきれなくなってね、君はどうしたんだ、パーティがあるんだろう」

「あれもやりきれない」

康彦は外套の衿を立てた。正之は空を見あげた。ちりばめたような星空にはなにも見えないが、さっきと同じ位置に、同じ機音が鈍く、重く、唸りながら、苛立たしいほどゆっくりと、やはり東へ東へと移動していた。

「じゃあ帰って珈琲（コーヒー）でも飲もうか」

「——いや、僕はちょっと」康彦は不決断に口ごもった、「——美千子さんはどう、気分が悪いということだったけれど」

「あいつのことは知らない」正之は明らかに眉（まゆ）をしかめたようであった、「どう、少し一緒に歩かないか」

「——僕はちょっと……」

「そう、じゃあ失敬」

　正之は歩きだした。彼の突く洋杖（ステッキ）の下で、氷った雪が固い音を立てた。瘦（や）せた長身の肩に、厚い玉羅紗（ラシャ）の二重廻（まわ）しが重たそうであった。

　——砂糖漬けのペシミスト。

中小路（なかのこうじ）の宗季がそんな綽名（あだな）をつけた。正之の父秀次（ひでつぐ）は御池（みいけ）系の銀行で敏腕を謳（うた）われたが、五年前に新京（しんきょう）へゆき、満州（まんしゅう）政府の経済顧問として活躍している。軍関係の一部からは「御池の出先機関」などといわれ、相当に風あたりは強いらしいが、同地の金融と工業界に強い支持者が多く、満系の政界人にも信任されて、その勢力は華北にまで及ぶといわれていた。自分は満州に骨を埋める、というのが口ぐせで、早くから家族を新京に呼び寄せたが、移ったのは妻の幾子と二男の正三で、長男の正之と長女の美千子はこっちに残っていた。

佐田西の家の門まで来たとき、うしろで鈍く低い銃声が聞えた。

康彦はわれ知らず立停った。いま別れた正之の姿が、反射的に頭へうかんだのである。銃声は間をおいて三度、それからもういちど聞えた。短くて少しも反響のない地に吸い込まれるような、いやな音であった。

「――ハイネか」

康彦は口のなかで呟（つぶや）いた。

二

門をはいると道が二つに分れている。石段を登ると玄関へゆくのだが、康彦は左の道を庭へはいっていった。

丸太で土止めをした径（みち）が、ゆるやかに曲り曲り、芝生の斜面を登ってゆく。主人の秀次がロンドン支店から帰任するとき持って来たという、英国産の楡（にれ）の樹が三本、庭のまん中に枝をひろげている。ずっと以前なにがしの若宮が、そのなかの一本の幹へ、小刀で自分の名を彫られた。まさか光栄と思わないまでも、一般ならそのままにして置くところだろうが、秀次はさりげなく、その部分をすっかり削り取らせてしまった。そのためかどうか、その樹だけはいまだに幹も細く、枝ぶりも他の二本よりはいじけていた。

康彦はその事は知らなかった。中小路の宗季から聞いたのであるが、そのとき宗季は、軽侮するように肩をすくめ――それは新劇の某俳優のゼスチュアをまねたものので、もうすっかり板についてはいるが、板につくほど厭味になる身振りだった――それからふんと鼻を鳴らせて云った。

――そんな事が気になるなんてやっぱり育ちは争われないものさ。

美千子の使っている洋間の窓は暗かった。

康彦は芝生をぬけて、その窓の下へ近づいた。この土地では外人たちは燈火管制を厳しくやっているが、日本人の、それも上流階級といわれる者ほど無関心で、空襲警報が鳴っても、窓から燈火の漏れる家はざらであった。美千子はいつも眠るにも電燈をつけて置いた。暗くては寝られないというのである。それが珍しく消えているので、康彦は窓の下に立ったままどうしたものかとちょっと迷った。

「――敵の一編隊は房総半島より……また他の編隊は伊豆半島より……なお数梯団

の……」

家の奥のほうでラジオの音が聞えていた。雑音がはいるし、波長が合っていないのだろう、途切れたり、低くなったりしてよく聞えないが、その声の調子も文句も、報道する内容とは縁のないようなひどくおっとりした無感動なものであった。

「——投弾中なり……敵は……一部に火災を発生せるも……なお敵は……」

ラジオがぷつっと切られた。

急にしんとなった家の中で、どこかの扉を閉める音がし、美千子の声が聞えた。フランス窓のところらしい。康彦がそっちへゆくとテラスへ二人の人影が出て来たところであった。

「ほんとだよ、あの人だけはいやなんだから」

「うまいことね、おねえさま」

しゃがれた男の声であった。

「うまかないわよ、あの人には衣装屋のネックレスっていう綽名があるんだから、代金さえ払えば誰の首にでも掛るって意味、悪い病気もあるっていうんだか〇〇いいわね」

「じゃ、おねえさまはいらっしゃらないの」

「うん、いかない」

美千子は乱暴に男をひき寄せたが、そのとたんに康彦をみつけたらしい、男の肩を抱いたまま驚いたように声をあげた。

「――誰、そこにいるの」

男も美千子の腕を振放してこっちを見た。中村菊之丞であった。若手の女形ではいま最も人気があり、今夜は康彦の家のパーティに呼んだもので、こんな処にいようとは思いもよらなかった。

「あら、御池さまですか」菊之丞はラクダの外套の釦をかけながら、軽快にテラスを下りて来た、「こちらがおかげんがお悪いと伺ったのでおみまいにお寄りしたんですの、これからお屋敷へ伺うんですけれど」

「いいから松川屋さんはいらっしゃい」美千子がせきたてるように、「康彦さんお入りになって」

三

美千子の呼びかけをいい機会に菊之丞は巧みに場をはずして去った。

「お入りんなって、早く」厚い畝織地のガウンを掻き合せながら、美千子は鼻にかかる甘えた声で云った、いつもの彼女の子供っぽい、柔らかい声であった、「あたくしこんな恰好なの、風邪をひきそうよ、ねえ、早くいらしって」

康彦は黙ってテラスへ上った。

美千子は絶えず話しかけながらすばやく彼の腕を取り、洋間へ入って電燈をつけ、呼鈴を押し、そしていきなり、両手をひろげて彼を抱こうとした。

康彦はその手を拒んだ。

「あら、どうなすったの」

室内は寒かった。二人が此処にいたのでないことはたしかだ。康彦は煖炉の前の低い椅子へいって、外套を着たまま掛けた。

「ストーブへ火を入れて」小間使が来ると美千子はそう命じた、「お茶を召上る、康彦さん、それともお酒になさいますか」

「なにも要りません、すぐ帰るんですから」

「コニャック召上れよ、あたくしも頂きますわ、勝子、いつものあれとなにか持って来て、なんでもいいわ、そうね、チーズとキャビア、クラッカー有ったわねまだ、それでいいわ」

康彦は沈んだような眼で、ぼんやりと室内を眺めまわした。

その部屋は元は父親の秀次の居間であった。大きな書棚があり、政治、経済を主として雑多な本がぎっしり詰っている。粘板岩でたたんだ重々しい煖炉、炉棚は乳色の大理石で、その上には曾て(かつ)は焼物の唐獅子(からじし)が載っていた。秀次が香港(ホンコン)の露店で買ったのだそうで、値段も五十銭とか八十銭とか、玩具(おもちゃ)にもならない駄物だったが、此処へ来る客はたいていそれを褒(ほ)めた。

――こんどは李朝(りちょう)の珍品だそうだ。

秀次は客の褒め言葉を面白そうに披露して、よくみんなと笑いあった。この土地に別荘のある名高い小説家の一人は、博物館ものだと云ったそうで、それ以来その小説家には「博物館」という綽名がつけられた。

今はその唐獅子は無い。小説本が四五冊、ヘアブラッシュ、なにかの化粧水の壜(びん)、茶色に枯れたまま花の挿(さ)してある花瓶(かびん)、ハンド・バッグなどが、ごたごたと並んでいるばかりだった。煖炉に沿った窓よりのアルコーブに、古風な飾り付きのダブルベッドがある。英国製の厚さ一寸もある本絹天鵞絨(ビロード)のカーテンで隠されるのだが、それがあけたままなので、幾つものクッションや毛布や羽根蒲団(ぶとん)などが、乱暴にちらかったり、床へ垂れたりしているのがまる見えであった。

「松川屋のこと怒っていらっしゃるの」美千子は饒舌り続けていた、「もしそうだとしたら侮辱よ、あたくしのことはともかく、康彦さん御自身を侮辱することよ」

「僕は明日、此処から出てゆきます」

康彦は煖炉前の敷物を見たまま云った。

「だって、それ、どういうわけ」

「理由は僕にもわからない、これまで操られて来たように、こんども糸が僕を操るだけです、どこへゆくかも、なにをするかも、僕にはわからない……尤も、人間なんてみんな、なにかの糸に操られているんだろうが」

「悪い影響だわ、ペシミストの」美千子はガウンを脱いで、それを長椅子の上へ投げた、小間使が酒壜とつまみ物を載せた盆を持って来て、低い喫煙卓子の上へ置いて去った、「こちらへいらしって、ねえ」

美千子はそっと彼の肩へ手をまわした。

四

「ねえ、いらしって……」

美千子はもういちど云った。心のどこかでは反抗して呉れることを望みながら……しかし康彦は黙って立って、長椅子へ移った。美千子は胸を衝かれたような眼でそれを見た。彼の無抵抗な動作は二人のあいだに大きな距離のできたことを、示すようであった。

「――康彦さん」

彼は膝の上に肱を置き、両手の指を組んで、自分の靴を見まもっていた。

美千子は急に鼻声で唄いだし、二つのグラスに酒を注いで、一つを彼に渡し、一つを自分で持って彼の前へ崩れるように坐った。

「ではもうお別れなのね」

下から彼を見あげた。

「――ずっとまえからだよ」

「なにが」

「僕たちのことさ、実際はもう半年もまえに別れているんだ」

「函翠のときのこと仰しゃるの」

「どのときとも云わない」康彦はグラスを卓子へ置いた、「赤倉のことも、山中湖のことも一つ一つは君がちゃんと弁明したし、僕もそれを了解した、君の弁明は正しかったと信じている、おそらく君は、いちども僕を騙しはしなかったろう、君にそんな気持がなかったことは認めるよ」

「貴方の仰しゃることはめちゃくちゃだわ」美千子は酒を飲んだ、「それだけわかっていらっしゃるのに、半年もまえからあたくしたちが別れているなんて、どういうわけ」

「それを説明することは僕にはできない、説明しても君にはわかって貰えないだろう」

「あたくしをごらんになって」

美千子は片手で彼の膝を押え、少し身を踞めて彼を見た。ガウンを脱いだ下は、薄いウール地のロオブだけで、くりのひろい衿から乳房のふくらみがあからさまに覗いていた。絨氈の上に坐った太腿の、豊かな、健康に張りきったまるみや、少女のようにひき緊った腰の線など、それが自分をいちばん魅惑的に見せることを、自分でよく知っている姿勢だった。

慥かにそれは魅惑的だった。彼女は平凡な顔だちである。小さい頃には自分でおかめだと云っていた。父の秀次は財界では名高い美貌で、正之は父によく似ている。新京にいる次兄の正三も、肥ってはいるが顔だちはよい。美千子は父にも似ないし、母の幾子にもあまり似ていない。眉毛（まゆげ）や眼はやや尻下り（しりさが）で、口は形こそよいが大きいほうである。だが家族の中では誰よりも肌が美しかったし栄えない縹緻（きりよう）を十分に活（い）かす巧みな表情を持っていた。

彼女は二十一になる今でも、無邪気であどけなくみえる。青ずんでぱっちりとした眼をみはり、口を半ばあけ、首をかしげて人の話に聞きいるときなどは、殆（ほと）んど十四、五の少女のようであり、びっくりするほど美しくみえる。

「ずいぶん冷たいお眼ね、もうそんなお眼でしか美千子をごらんになれないの」

「僕はふしぎで堪（たま）らない」康彦は無遠慮に美千子の顔を見つめた、「君は実にきれいな顔をしている、どこにも汚れた感じはない、眼も美しい、実に美しく澄んでいる、いま生れたばかりのように、新鮮で、みずみずしくって、少しの暗いかげも悔恨の色もない」

「だってそのとおりなんですもの、ふしぎがるほうがよっぽどふしぎよ」

康彦は顔を歪（ゆが）めながら急に脇（わき）へ向いた、非常な苦痛に襲われたかのように。

五

「そうなんだ、君の云うとおりなんだ」脇へ向いたまま康彦は云った、「君には悔恨もなければ心にとがめることもない、もしかして人を殺すような事があっても、君には罪の意識は決して起こらないだろう」

「すっかり兄の口調ね」美千子は立って、飲み終ったグラスを卓子の上に置いた、ガソリン・ストーブの燃える音が高くなった、「なんのためにそんなことを仰しゃるの、あたくしがなにか悪い事でもしたと仰しゃるの、康彦さん」

「そうだ、なんのために、こんなことを云いだしたんだろう」康彦は長椅子から立った、「明日ここを立つということだけ云うつもりで来たのに、戦争もこんな状態だし、もう二度と逢えないかもしれないと思ってね……どうかいま云ったつまらない言葉は忘れて呉れたまえ、それでももしよかったらパーティに出て呉れないか」

「いやだわ、いやよ康彦さん」美千子は激しく首を振った、「貴方はなにか誤解していらっしゃるんだわ、そしてもうこれっきり美千子に逢わないおつもりなんでしょう、いやっ、美千子は決して康彦さんから離れないわ、決してよ、どんなことがあってもよ、ねえ」

　大胆な動作で美千子は彼に抱きつこうとした。康彦は彼女の両手を掴(つか)んだ、痺(しび)れるほど強い力で。……彼は暴力の衝動をけんめいに抑えながら、静かに美千子を押し放した。

「——康彦さん」

「僕は十七の年に裏切られたことがある、そのときに比べれば、こんどはそう苦しくはない、僕のことは心配しなくっていいよ」

「待って、待って頂戴(ちょうだい)」

　美千子は彼の腕に絡(から)みついた。そのとき扉があいて、小柄な外国人がはいって来た。五十二、三の赤毛の醜い容貌(ようぼう)と、軀(からだ)の割に肩や腕の逞(たくま)しい恰好(かっこう)で、それがF・V(フォン)・リヒトという独逸人だということがわかった。

　彼は口をあけて、激しく喘(あえ)ぎながら、片手で胸を押え、左手をさし伸ばして、泥酔者のようによろめきながら美千子のほうへまっすぐに近寄って来た。しかし靴下だけの足を絨氈に突っかけると、前のめりに倒れて、ぞっとするようなぶきみな呻(うめ)き声をあげた。

　ズボンの臀(しり)は泥まみれであり、背中の右側はぐしょぐしょに血で染まっていた。

美千子は喉の裂けるような悲鳴をあげ、倒れているリヒトにとびかかり、その肩を揺すって叫んだ。

「フランツ、どうしたの、ねえどうしたの、フランツ」

「触ラナイデ、ミチイ、痛イ」

リヒトは苦しげに首を振った。

「いま医者を呼ぶわ、しっかりしてフランツ、しっかりして」

美千子は彼の唇に激しく接吻した。そして、もはや康彦なぞは眼にはいらないかのように、あらあらしく廊下へ出てゆき、小間使の名を呼びたてた。リヒトは片方の足を縮めた。

「憲兵ガ……ミチイ、憲兵……」

康彦はその室を出た。

醜い中老の異国人に接吻する美千子の姿が、痛みのように眼に残った。彼はその印象をかき消そうとして、なんども深く呼吸しながら庭へ下りた。

「ハイネじゃなかったんだ」

来るときに、途中で聞いた、鈍い銃声を思いだしながら、彼は芝生の上を歩いていった。

六

暖まったあとのせいだろう、寒さはまるで痛みに近かった。

F・V・リヒトは機械輸入商である。噂によると、ずっと以前は横浜の裏町で小さな、独逸の家庭料理を主とした船員相手の下等な酒場をやっていた。日華事変が起こってから自動車の修理工場を大森で経営しだし、その頃の在留独逸人がみなそうであるように、めきめき成功して、工場を拡げる一方、本国から機械の輸入を始めた。太平洋戦争が起こったときは、京橋のビルディングの三階に事務所を持ち、この高原にも別荘を買った。

彼はハンブルグで荷揚げ人足をしていたという。第一次大戦のとき青島で日本の捕虜になって、それ以来こっちに居ついたというが、たしかではない。高原の別荘へ来るようになってから、Vなどという称号を使いだし、それが嘲笑の種になっていた。吝嗇でぶざまで猥褻で、そのくせふしぎと上流婦人たちに人気があり、御池の家などへも彼女たちのお供でよくやって来た。

戦争の旗色が悪くなりだしてから、在留外人に対して憲兵の監視が厳しくなり、誰某はスパイだ、などという評判が頻りに飛んだ。

G・ハイネもその一人であるし、リヒトは茅ヶ崎の自宅を捜査されたこともあった。そのときは無事に済み、依然として軍の御用を勤めていたのである。彼は酒場をやっていたときには日本人の女を妻にしていたが、ナチスの狂的な「民族主義」による国民再登録のとき離別し、独逸から妻を迎えてもう三つになる女の双生児があった。

「やっぱりなにかあったんだな」康彦は外套の衿を搔き合せた、「射たれたところをみると逃げたんだろう、逃げるとすれば……」

だがリヒトの俤はすぐ美千子につながった。あの醜い、泥と血にまみれた男を抱き、彼の見ている前で接吻した姿。……彼女のスキャンダルは二度や三度ではなかった。けれどもリヒトとそんな関係があったということだけは、別れの宣言をした今でも、彼には耐えられないことであった。

「おれの責任かもしれない」草原にはやはり風があった、「おれに勇気があって、もっと早く、積極的な行動に出ていたら」

G・ハイネの家のあたりで、犬が吠え、人の声が聞えた。落葉松の林にはいると、三人の憲兵に呼止められた。かれらはみな拳銃を持っていた。その中の一人が康彦を家まで送って来た。

「東京は火の海だそうです」玄関へ出迎えた梅田執事が、外套を脱がせながら云った、「爆撃は深川のほうから始まって新宿、青山、神田、下谷とやられ、それがみんな大火になって延焼しているということです」

「ラジオが放送したんですか」

「高崎から電話の連絡がございました、青山の御本家のお邸も危ないもようで」

「みんなはまだ客間ですね」

康彦は執事の報告を遮った。

「お居間のほうに佐田西さまがいらしっております」

「佐田西……正之君が」

「三十分ほどまえでございます」

康彦はちょっと立停った。彼がどうしてやって来たか、パーティが目的でないことは明らかであるが……しかし康彦はそのまま廊下を客間のほうへ曲った。

七

客間は煙でいっぱいだった。

煖房の熱と人いきれとで、むっとするほど暑く、濁った空気は香料や酒や、汗ばんだ躰臭がいり混って、いいようもなく不愉快な匂いに汚れていた。

殆んど裸に等しい夜会服の女が、中小路の宗季と音楽なしで踊っていた。ほかにも二た組ばかり踊っていたが、それはただ軀を密着させて、ただ緩慢に揺れているだけである、濃い煙草の煙をとおしてかれらの姿は亡霊のようにみえた。

煖炉に近い長椅子には、高楷珠子が男と抱き合って横に重なっていた。男は誰だかわからない、二人は唇をぴったり合わせ、半ば重なるようにして、そして片手をお互いの肌の中へすべり込ませている……それはその二人だけではなかった。壁際の椅子では沼野原邦介（彼は珠子の弟である）が、ズボンをひき下げた裸の膝へ、女流歌手の和泉佐登枝を抱き寄せていたし、また床の絨氈の上へじかにクッションを並べて、珠子の良人の高楷功郷が幸田嘉寿子と寝て、同じような遊びに耽っていた。

かれらは恥ずかしげもなく、含み笑いや嬌声をあげ、陶酔の呻きをもらしていた。

康彦は眼をそらした。幾つかの卓子では、べつの男女がいて、骨牌をしたり酒を飲んだり、酔い潰れていたりした。男も女もみな着ている物はくしゃくしゃだし、どの組からもみだらで野卑な会話が聞えた。

「ワルプルギスの夜だね」中央の喰べ物を載せた卓子の側から、近田紳二郎が康彦に呼びかけた、「だがまるっきり見世物だ」

彼は室内へ手を振ってみせた。そしてなにかの臓物と生の玉葱をフォークで突き刺し、それを口の前で振りながら饒舌り続けた。近田はハープの弾奏者としてはひと頃かなり名を売った。酒と女のために失敗して、今では御池の保護を受けているような状態であるが、フランスで修業したハープの腕は、自分では今でも世界的だと云っている。

今夜も弾奏者として呼んだもので、窓際にはハープも出してあるが、来るとすぐ珠子に捉まって飲みだした。康彦が出たあとも飲み続けていたのだろう、ろれつも怪しいし、悪酔いをしたとみえて頬のこけた顔が蒼く、眼は血ばしってぎらぎら光っていた。

「みたまえ、あの床へ芋虫のように転がっている二人を、高楷は伯爵、幸田嘉寿子は子爵夫人で三人の子持だ、椅子でアクロバチックをやっている沼野原は、やぼくさいジゴロだが、あれでも男爵……向うにも同じようなのら者がいるし、金持にしても、いま出来立ての軍需成金じゃない、にも拘らず、泥臭い、なんともいえないほど、やりきれないほど泥臭い、君はなにを飲みますか」彼は康彦の答えを期待はしない、大きな水飲み用のカップに半分ほど入っているなにかの酒を、乱暴に口へながし込んで続けた、「ちょうどこのシャンパン、御池財閥がフランスから買ったこのシャンパン、われわれがいつもごちになるこいつが、実はスパークリング・ワインに過ぎないように……あの連中も、ごまかしの中で生れて、育って、ごまかしで生きている……あそこでやっているあの遊びも、ちょっと見は、洒落れた、頽廃めいたものにみえるが、とんでもない……ただの猿まね、泥臭い猿芝居、それだけのことだ」

「あら帰ってらしったの」

中村菊之丞が向うから来た。

八

「どうなすって、佐田西さんのお嬢さんはいらっしゃらないんですか」
「婆さんの御用は済んだとみえるね」
「近田先生はもう乱なの」松川屋はやさしく睨み、紳二郎の毒舌からすりぬけて、康彦に云った、「リヒトさんが捉まったんですって、あたし此処へ伺う途中で二度も憲兵に停められたわ、それがみんなピストルを持って」
「藪の蔭へ伴れてかれたろう」
「捉まるならハイネさんだと思ってましたわ」松川屋は近田の言葉を聞きながした、「ずいぶんまえからハイネさんはいろいろ噂があったんですものね、リヒトさんはドイツからV兵器を輸入するとか云ってたし、軍のほうとは相当深い関係があったんでしょう」
「あいつが捉まったとすれば祝ってもいい」近田は康彦にものを云わせず、こう割込んで、ひと口にぐっとカップの酒を呷った、「フォン・リヒトのために、エックス……あのゲルマン狒々め、あいつは、此処へ、とんでもない悪徳を、いやっというほど持込みやがった……そこに展開しているお慰みも、あいつの仕上げだ、この菊公だって、あいつのためになにを教えられたか」
「弱くなったのねえ近田先生、あれっぽっちでもうグロッキー、こわいわあたし」

「耳が痛えんだろう、やい、知ってるぞ」

「召上るでしょ、御池さん」

松川屋は汚れていないタムブラーを撰び、酒卓子から麦酒を持って来ると、二つに注ぎ分けて、康彦に渡し自分も持った、そして巧みに捧げて、二つを打ち合せた、

「――特攻隊のために」

松川屋がそう云ったとたんに、近田がなにかほえるように叫び、松川屋の手からタムブラーを叩き落した。

「あらなにをなさるの」松川屋は騒がなかった、こういう事には馴れているのだろう、顔色も変えず、濡れた着物はそのまま、手帛で手だけ拭きながら、おちついた眼で近田を見た、「なにがそんなにお気に障ったんですか」

「冒瀆だ、今のは冒瀆だぞ」

「どうして、あたしはただ御池さんと乾杯しただけよ」

「したければなんでもしろ」近田は吃りながら喚いた、「乾杯でもなんでも勝手なことをしろ、貴様がなにをしようと構わない、おれの知ったこっちゃない、だが今の言葉だけは口にするな、それは人間冒瀆だ、それだけは、おれは決して赦さないぞ」

「今の言葉って、じゃあ」

「黙れ、黙れ、黙れ」

近田はひと言ずつに拳で卓子を打った。器物が躍り、なにかが倒れて破れた。

「なにをどなってるの」珠子のだるそうな声がした、「どうしたの、誰よ」

「あたしが近田先生に叱られているんです」松川屋がかれた声で答えた、それから近田の側へいって、娘のようなすなおさと、嬌めかしい媚をみせながらあやまった、「わかりましたわ、失言してごめんなさい、もう決して申しませんから堪忍して下さい」

近田が叫び声をあげて、兇暴に菊之丞をひき寄せた。そして窓側にある長椅子の方へと、二人がもつれあってゆくのを見て、康彦は客間をぬけだした。

九

康彦の居間は翼屋の二階の端にあった。

寝室と浴室が付いているし、廊下を隔てて、彼の来客のための寝室が三つある、現在この建物は軍の徴用ということで、某将官の疎開荷物が置かれてあり、その将官の家族が近く移って来ることになっていた。

「すると、ゆき先はわからないんだな」

正之がぽつんと云った。そのとき書棚の上の時計が三時を打った。

「わかってもわからなくても、僕にとっては同じことさ、どっちにしろいやだとは云えないんだ、チェスの駒みたいなもんだからね」

「それは君だけじゃないさ」

康彦は煙草を取った。正之は深い肱掛椅子に埋まるような姿勢で壁に懸けてある曾宮一念の画を見あげた。それは富士見高原から八ヶ岳を遠望した淡彩のデッサンで、彼が康彦に贈ったものであった。

「新京から便りはないか」

「――遷都をしたいと云っているらしい」

「向うへか、陛下を……」

「みんな成上り者だからね」

正之の痩せて骨張った顔に、いつもの嘲弄するような微笑がうかんだ。

「自分が危なくなるか、不利な立場にまわると、すぐ天皇の御衣の中に隠れようとする――ストリンドベリイがイプセンを評して、女のスカートの中から首を出して、ヒステリックな演説をする男のブルー・ストッキングだと云っているが、いまの日本の指導者たちは、天皇の御衣の蔭から首を出して」

だが正之はそこで口をつぐんだ。康彦はもちろん聞いてはいなかった。それは聞き飽きていた。彼がぬけだして来た客間の情景もそうである。音楽なしで踊っていた男女が横になり、すでに抱き合って寝ていた組が、べつの相手と寝るか踊るかする。近田紳二郎と中村菊之丞もそうだ。さっき近田があんなに怒ったのは単にその言葉に対する公憤だけではない、松川屋が近田より先に、あの中のどの女かと遊んだからに違いないのだ。

——ずっと昔からこうだった、いつも同じ事の繰り返しだ。

康彦は立って、部屋の中をゆっくりと歩きまわった。

「寒くないか」

「暑いくらいだ、ヒーターを少し下げないか」

「これから冷えるぜ」

だが康彦はそれを調節した。

五つの年に青山の家の古井戸に墜(お)ちた、水は無かったが、二十尺もある深い暗いその古井戸の底で康彦はまる二日、声の出なくなるまで泣き叫んでいた。

それから数江。

奥の小間使がしらをしていた数江の裏切り、康彦にとっては救われ難いような裏切り……その二つの暗い出来事が（気持のめいるときの癖で）なまなましく思いだされた。古井戸にはなんの咎もない、ほかには誰も墜ちた者はなかった。数江のばあいでもそうだ、彼女はもう三十八になり、良人は家の運転手で、かれらにはすでに二人の子があった。あんなに夢中になったのは自分だけで、数江にとってはごく単純な、そしてありふれた浮気だったかもしれない。また、相手が自分でなく、ほかの誰かであったら、その場ですぐ忘れてしまったろうと思う。

——美千子だって同じことだ。

書棚の前の椅子に掛けながら、康彦は心のなかでこう呟いた。

——自分はこの家へ生れて来るのではなかった。間違った処へ生れて来たんだ……しかし、ではどこへ生れて来たらよかったのか。

十

長い沈黙のあとで正之が云った。

「美千子のことはよしたまえ」

康彦はうんとだけ答えた。

「僕のたった一つの希望は、戦争に負けることだ」正之の声は低く沈んでいた、「戦争に負けたあと、どうなるかわからないが、少なくとも現在より悪くはならないだろう、一等国だとか、世界の三大強国だとか……無反省なことを云って、外にはから威張りをし、内では独り自己満足に耽っていた」

康彦はそっと正之を見た。彼はひどく痩せている、眉毛の濃さも唇の赤さも、そのまま病弱を証明するようだ。しかしいかにも清らかである、同じ美貌でも、彼の父の秀次は精力的な人間臭さがあった。正之はそれとはまったく対照的だ、肉躰ばかりでなく、精神的にも病んで、すべてが洗い浄められているような感じだった。

「いったいなにが一等国だというんだ」正之は自問するように云った、「なにもかも、近代的文化はみんな外国から貰ったものじゃないか、いちばん身近な生活の必需品、水道も電気も瓦斯も、戦争に使っている凡ゆる武器も、なに一つとして日本で創られた物はない……修正やバリエイションはやったろうが、その基本はみな、現在われわれが敵にしている国々から、貰ったり盗んだりしたものだ」

「封建政治の長い圧迫があったからね」

「そうじゃないんだ、これが民族性なんだ」

正之の調子はやや強くなった。

「この民族にそれだけの素質があったら、政治的圧迫などで屈しやあしない、真理は、いつも、圧迫の激しいほど強く育つ、ガリレオの例を考えてみたまえ、彼は宗教裁判にかけられ、首を刎ねると脅されながら……しかし地球は動くと云ったじゃないか」

「この対米戦争の始まるまえ」そう続けながら、正之はやはり少しも姿勢を崩さなかった、「商工団体の代表がオーストラリアへいった、いろいろな資料を持って、濠州各地で、日本を理解して貰うために、展覧会をひらき、講演をし、茶話会を催した……かれらはできるだけ婦人たちの理解を得ようとした、それが主な目的でさえあった、ところが婦人たちは耳も貸さない、彼女たちは云ったそうだ……われわれの生活は日本からなにも恩恵を受けていない、われわれには日本を知る必要がない」正之はそっと右手を振った、「それが事実なんだ、日本民族は文明に参与し、文明に寄与するものをなにも持たなかった、われわれの持っているのはフジヤマとサクラとゲイシャ・ガールだけさ」

「野口博士がいる、高峰博士がいる、そのほかにも学問的には」

「野口博士も高峰博士も日本人だろう、しかしその大きな業績はアメリカの組織と庇護によるものだそうじゃないか」康彦を遮って彼は反問した、「科化学、医学などで、世界的な仕事をした者もいないことはない、だがその基礎はみんな外国から貰ったものだ、発明や発見は文化じゃないんだ、文化とは体系の上に立つものなんだよ」

夜明けに近くなったらしい、あたりは死のように静かで、ヒーターの調節弁から漏れる蒸気の音だけが、なにかの太息のように聞えた。

「戦争に負けて、もし生き残ることができたら、なにか本当のものがみられると思う、一つでもいい、どんな詰らないものでもいい、なにか……われわれ民族にしかない、少しは他の民族に顔の向けられるようなものが……」

東京の夜

一

その初めての夜間大空襲の夜、夏子の母は絶対安静を命ぜられて病床に倒れた。

「単純な腹膜炎だと思います、なにも触れないのでわからないが、ことによると婦人科的な器官に腫瘍があるかもしれません、しかしそれも今のところたいしたものじゃないでしょう、二週間もすれば起きられると思うが」

小田という内科医はそう云い、流動食の作り方や、手当の方法を教えて帰った。

絶対安静。

夏子は息苦しくなった。この連日のような空襲のなかで、寝たまま動けない病人を、どう看護していったらいいだろうか。

流動食。

それはなおさら困難である。配給される主食は豆粕、ふすま、大豆などが大部分で、米などは殆どかたちばかりであった。野菜スープを採るためには、馬鈴薯はまだ配給されるとして、玉葱も人参も、白菜、ほうれん草も手に入れ難い。鶏卵、牛乳、バター、そして塩も甘味類も、すべてずっと以前から貴重品も同様であり、たとえ機会があったとしても、夏子などにはとうてい手の出せないほど高価であった。

――お邸へいって頂戴。

母の数江はまえから口ぐせのように云った。

――お邸へ願えばなんだってあるわ、ほかの人じゃだめかもしれないけれど、康彦さまにお願いすればなんでも下さるわ、無い物なんてなに一つないんだもの、ねえ夏ちゃん、いちどお邸へいって来て頂戴。

そんなとき夏子はもう返辞もしなかった。まえには口でずけずけ云い返した。

――あたしはいや、死んだっていや。

だがこの頃は黙って、心のなかで、そういう母を憐れんでいた。御池という名を聞くだけでも、夏子は屈辱と怒りにおそわれ、抑えようのない憎悪に身がふるえた。

母は御池の小間使だった。十六のときから三十年ちかくも、本家の青山の邸で勤めた。父は松原清次といって、これも御池家のお抱え運転手だった。二人は主人の御池康高によって結婚させられたのであるが、そのとき母は妊娠していて結婚後八カ月で子を産んだ。それが夏子の兄の雄一郎である。彼は御池家のはからいで、東大の国文科に入ったが、十八年の五月、出征し、学徒動員でいまでは南方の戦場にいるらしいが、消息は不明だった。

御池の関係で手をまわせば、兄は動員を免れることができた。そう勧められもしたのであるが、雄一郎はそれを断わって、自分から求めて戦場へ出ていった。

兄がそうせずにいられなかった気持は、夏子にはよくわかった。

――でもあたしには兄さんだわ、たった一人の、本当の……。

兄から自分の出生の秘密（御池の召使たちはたいてい知っていたそうであるが）をうちあけられたとき、夏子はどす黒いような強烈なショックを受けながら、兄にしがみついて、声をあげて叫んだ。

兄が出征するとまもなく、父は自動車の運転を誤って、殆んど即死同様に死んだ。そのときは参謀部付きの将校を乗せ、宇都宮（うつのみや）までゆく途中だった。宇都宮でなにがあるのか、車には酒と夥（おびただ）しい食糧が積んであり、その将校は酒浸りになったが、腕の骨折とほかに軽微な（割れた酒壜（さかびん）による）二、三の傷しか受けなかった。

――極めて重大な過失。

軍に対する遠慮のためか、それともより根本的な意味でか、父には弔慰金もなく、母と夏子は裸で追い出された。

二

夏子は御池の人たちを知らなかった。青山の邸内の家を借りていたが、本館とはずっと離れていて、出入り口はもちろんべつだし、かれらに会うとか、姿を見かける機会などは絶対にないといってよかった。使用人たちは本館を御殿といい、主人の家族に対しては、封建時代の家臣下僕の態度をとった。

——どこかへ出てゆきたいわ。

夏子は小さいときからよくそう云った。

敷地はどのくらい広いか見当もつかなかった。丘もあり築山もあり林もあり、噴水のある大きな池もあった。けれども夏子たちはそこへは入れない。到るところが生垣や塀で仕切られていた、それが自分たちとかれらとの「侵すべからざる」隔壁であった。夏子たちはその生垣や塀の隙間から、僅かに覗くことが許されているだけであった。

——そこへ入ってはいけない。

——木を折ってはいけない。

——柿を採ってはいけない。

邸内ぜんたいのもののしさ。使用人たちの無気力な卑屈さ。子供ごころにも夏子には堪らなかった。女学校へあがり、戦争になって、他の同級生たちと一緒に、勤労奉仕で工場や農家へ働きにゆき始めると、その感情はますます強くなるばかりだった。

その点からいうと、父の死によって邸を追われたことは、夏子の長い希望が達せられたわけである。

だが条件は最悪だった。

東京には人間が溢れて、貸家はもちろん間借りをするにも容易ではなかった。勤労動員を休み、いろいろと奔走したのち、夏子はふと思いだして山木周平に手紙を出した。山木は兄の年長の知人で、大森区の馬込町に住み、通俗小説を書いている。主に時代小説を書くのだそうで、兄は国文科にいたから、その方面で知合いになったものだろう、かなり親しいような話を、兄から聞いたことがあった。

幸い山木の隣組に疎開する家があり、母と一緒に移って来たのであるが、父の葬式や引越しなどでわずかな貯金は底をついてしまった。

——あたし働きに出るわ。

学校どころではなかったし、学校そのものがもはや「学校」ではなくなっていた。学校そのものが工場になるか、さもなければ工場へ動員されていた。夏子は決心するとすぐ退学届を出し、ほかに知人がないのでそのときも山木周平に相談した。

——いいだろう、僕もそのほうが賛成だ。

山木はこう云って「日普精機」という工場へ紹介してくれた。山木の飲み友達にF・V・リヒトという独逸(ドイツ)人がいる、そのリヒトの経営するもので、工場は大森の入新井(いりあらい)にあり、家から歩いて三、四十分の距離だった。

——日普の普はプロシャなんだそうだ。

入社が定(きま)ったとき、山木は祝杯だと云って、しかし自分だけ飲みながらそう云った。

——Vという称号は家柄の良いしるしなんだが、御当人はどうもそうではないらしい。君などは、夏子君などは知らないだろうが、日独戦争のとき……つまり第一次大戦だね、そのとき青島で捕虜になって……もっとも彼ばかりじゃない、いま東京や横浜で大きくやってる独逸人は、たいてい、そのときの捕虜が、残留したものらしい……しかしそんなことはどっちだっていい、要するになにかをこしらえているんだろう、精機だかなんだか知らないが、どっちだっておんなじことさ……まあ、そういうことさ、働きたまえ。

そして夏子は日普精機へ、通い始めたのである。

三

小田医師が帰ってから三十分ほどして、夏子は向いの加村の自転車を借り、新井宿にある医院へ薬と診断書を取りにいった。そのついでに工場へまわって、母の容態を告げ、診断書を出して欠勤の届けをした。

「これは本物でしょうね」

庶務の渡辺（彼は結核で両睾丸を摘出し男性の機能を失っているという評判だった）という青年がねちねちした声でいい、疑わしげに、上眼づかいにこっちを見た。

「空襲が激しくなってからなんだかんだ云って、逃げる算段する者ばかりふえてしようがない、これでも日本人かと云いたくなるですね」

貴女はべつでしょうが、と云うのを、夏子は聞きながして答えた。
「診断書が疑わしかったら医者へいって聞いて下さい、家へいらしって下すっても
いいわ、わたくしの兄は出征しているし、わたくしも日本人のつもりです」
「お怒りになったんですか、僕はただ」
彼は狼狽したように、白い柔らかそうな手を挙げた。
——人を疑るより、工場を工場らしく動かして下さい。
夏子はそう云いたかった。しかしそれは口には出さずに、自転車を押して、いか
めしい門衛の立っている、工場の門を出た。
帰ると山木周平が来ていた。
「厄年が当ったねえ」彼は夏子を見て笑いながら云った、「女は十九だったろう、
迷信だろうとは思うけれど、僕はきちんと当ってるんだ、二十五の年に恋人と母親
に死なれ、四十一のまえ厄、それからほん厄、今年のあと厄はいちばん大きいらし
いが、ま、夏子君もたいへんだろうけれど、これで厄をおとすと思って頑張るんだ
なあ」
「ええ、あたしは頑張れるだけ頑張りますけれど、母が寝たっきり動けないとなる
と、隣組の皆さんに御迷惑で」

「それはしようがないですよ、病気となれば平清盛だって」

山木周平はそう云いかけて、そのままてれたような顔になり、「これ、とりあえず」裸のままのカーネイション・ミルクの大缶を出してそこへ置き、「缶詰じゃあ栄養のところはわからないけれど、とにかく、あとはまたなにか、役に立つことがあったら……僕はだめだがまわりにいろいろいますからね、小滝なんぞなにかまわると思いますから」

そんなことをもごもご云って去った。

空襲が始まったのはその夜の十時半ごろからであった。初めての（材料の足りない）野菜スープを作り、茹でた大豆と、スープかすの馬鈴薯でこしらえた自分の食事を済ませ、二時間毎という母の腹部の湿布を（それは粉末の薬を熱湯で煉り、綿ネルの古切れに塗りつけ、熱いうちに患部へ当てて、腹帯でしっかり巻くのであるが、その薬を煉るときには嘔吐を催すような強烈な匂いがした）済ませて、横になったとたんに、いきなり、初めから空襲警報が、鳴りだしたのであった。

「またサイレンの間違いじゃないかしら、加村さんでラジオを聞いて来るわね」

むろん着たまま横になっていたので、夏子は地下足袋を穿くなりとびだした。ちょうどそのとき、路次から通りへ山木周平が、大きな声で甲高く叫びながら走り出て来た。

「空襲警報発令、空襲警報、電気を消して下さーい」

彼は隣組の組長であった。

四

ラジオは空襲を告げていた。

「不意うちをくらったな」

「敵は戦術を知っているからね」

山木と加村達吉がそんなことを云っているのを聞いて、夏子は家へ駆け戻った。そして防空服装をととのえ、水槽（すいそう）を満たし、火叩（ひたた）きや濡蓆（ぬれむしろ）や鳶口（とびぐち）などを外へ出した。

「今夜は市内らしいわ、危なくなったら皆さんが担架で避難させて下さるっていうから、安心して寝てらしてね」

「夏ちゃんどうするの、いってしまうの」

「あたし表にいるわ」

「皆さん退避なさるようじゃないの」

「だって空襲警報だからしようがないわ、あたしは加村さんの壕へ入れて頂くから大丈夫よ」

母は○○○不気味なほど蒼黒くやせた○○○○○夏子の○を眼で追いながら、どれそれも壕へ入れて呉れとか、おむすびはこしらえてあるかとか、必要もないことをいろいろ云った。

「母さんの青い鞄だけは夏ちゃんが持っていてね、あれにはいちばん大事な物が入ってるんだから、あれは壕へ入れないでね」

甘ったれた子供が、姉か母親にものをねだるような口ぶりだった。

馬込へ移って来た当時、母は御池の奥勤めの癖がぬけなくて、近所づきあいもしないし、外へ出ることも好まなかった。周囲では頭が高いとか、ぶってるのとか、いろいろ蔭口をきいているらしかったが、空襲が始まってからは人柄が変って、誰とでもあいそよくつきあうし、自分から外へも出るようになった。

それには病気も一つの原因であるらしかった。

母の病気は二月中旬から始まった。ときどき腹痛を訴え、食欲の減退がめだってきた。防空壕の中で冷えるのがなにより悪いらしく、空襲の終らないうちに家へ戻って、唸りながら寝込むことがたびたびあった。

近所に医院が三軒あるので、診察して貰ったけれども、三人とも診断がつかず、腹痛はまだ間歇的ですぐおさまったから、母も暢気に構えていた。

——冷えるから痛むだけよ。

だが本能的には、そんな単純なものでないことが、自分でわかっていたのだろう、そのじぶんから特に近所とちかしくするようになった。……三月にはいると、痛みの回数が増し、強く激しくなってきた。それで、費用の点も考え、会社の保健医をしている小田医師に来て貰ったのであるが、絶対安静といわれたのがこたえたらしい、母の古い常識では、それは絶望の宣告と同じに思えたようである。

「〇〇〇〇〇〇〇から、用があ〇〇〇〇〇〇〇〇〇〇〇」

用意を済ませて表へ出た。

通りを挟んだ両隣組の男たちが三々五々、防空服装で、なかには鳶口を持ったりして、星空を仰ぎながら話し合っていた。

「あの空の赤さじゃあ相当やられたなあ」

「どの辺かね、品川あたりか」

「いやもっと遠いですよ、市内もずっと東のほうですね」

夏子と同じ隣組の佐藤という男である。彼は海軍の軍属として、半年ほどまえまでは定期的に長い出張をした。役目は気象観測だそうだが、現在は御茶ノ水にある海軍の看視所とかへ勤めている。職業がらであろう、星座のことや、気象の変化の予測や、また距離の目測などはたしかであった。彼のおかげで、この近所の人たちはすっかり星の通人になったくらいである。

「あっ、こっちに機音が」裏の石井誠一が、西の方向を指さしながら叫んだ、「こっちへ来る、退避だ」

五

「松原さんどうしよう」山木周平が加村に云った、「実は午後っから絶対安静ということで、退避するなら担架でないといけないんだが」

「今夜はこっちは大丈夫だと僕は思いますがね」

「もう少しようすを見るか」

「手は揃ってるんですから」

そんなあいだにも、西のほうからぞくぞくB29の編隊がやって来た。

「ねえ、大丈夫、夏ちゃん」

夏子がいってみると、母は（夜具の中にもぐっていたらしい）まっ蒼になった額と眼だけ出して云った。障子戸からのうす明りで掛け蒲団の動くほど、母の軀の震えているのが見えた。

「今夜はこっちは大丈夫らしいんですって、此処は近くに工場が無いか○○○○○○○○○○○○○○○○○○○○○○大勢いるし、燃えだしてからでもゆっくり逃げられるわ、だから安心して寝てなくちゃだめよ」

「でもあんなに来るじゃないの、この真上でしょあれ」

「房総からと伊豆や相模湾からと両方から来ているのよ、爆撃はいつも集中的にやるんだから、此処はつまり通ってゆくだけよ」

「ああこわい、爆弾よ夏ちゃん」

大きな炸裂音がし、硝子戸がやかましく音を立てて揺れた。続けざまに、遠く近く聞えて来る。

「高射砲よ、音が違うわ」

馬込の丘のそこ此処に対空陣地がある。ときどきそこで高射砲を射つので、よく聞けば判別ができた。向いの加村の表現を借りると、その音はずしんと来てすぽんと空へぬける、という。なるほどそんなふうでもあるが、やっぱりその音を聞くと、夏子もぞっと身が竦(すく)むのだった。

「夏子君、壕へ入りたまえ」門のところで山木周平が叫びたてた、「お母さんは大丈夫だよ、僕たちが引受けるよ、君は入らなくちゃだめですよ」

「はい唯今(ただいま)、じゃあいいわねお母さん、危なそうだったらすぐ来るわ、心配しないでね」

「母さんの青い鞄を頼んでよ」

夏子は返辞をせずに外へとびだした。

「ずいぶん低いな」

「棹(さお)で叩き落せそうだ」

男たちは空を見あげながらそんなことを云っていた。夏子は加村の壕を借りてはいるのだが、壕の入口までいって、空を見あげた。探照燈に照らしだされて、美しく銀色に輝きながら、B29の編隊が大きく頭上を飛んでゆく。非常に大きく、そして苛々(いらいら)するほどゆっくりと。

「三千、いや四千米(メートル)かな」

佐藤の○○○○○○○した。

「○○○○○○○は三、四千で来たり、そのたびに高射砲はまごつかされるばかりだ、なにしろ日本のときたら性能は良いけれども、距離計が複雑すぎるし操作が簡単じゃないんだからな」

加村が皮肉な調子で云った。

空で炸裂する高射砲弾は、花火のように美しかった。なかには下から火を噴きながらゆく引光弾もあったが、それはいつも目標から遠く、ときにばかげたほど遠かった。

「あっ、機銃を射ってるぞ」

山木の家と向合った石井誠一という中老の男が叫んだ。彼は無教会派のクリスチャンで、空襲を最も怖れる一人だった。

「悪戯をしあがる、癪だな」加村が呟くように云った、「此処だ此処だというわけさ」

編隊から離れている一機が、機体の前部と後部から、赤い色の機銃弾らしいものを射っていた。それは加村の云うとおり、いかにもこちらを嘲弄しているようにみえた。

八

壕(ごう)の中には加村の妹の節子と、加村の家主で、鈴木すが子という老婦人がいた。夏子はここへきてからずっと、山木周平だけを頼りにしていたが空襲がはじまってから加村と往来するようになった。加村達吉は三十四、五になるもと共産党員で、日本を脱出し、ソビエトを放浪したこともあるそうで、ときどき山木と、そんな話をするのを、聞くことがあった。今では合併された某経済新聞の整理部長をつとめ、その関係から戦争の状況や、米英の動きについては、かなり詳しく知っているらしい。

――いったい連合艦隊はなにをしているんだ、いつまでチャンスを待ってるんだ。

二月のはじめにそんな話が出たとき、彼は山木に向って、なにかを吐き出すように云った。

――日本の連合艦隊がいくら世界一だって、軍艦がなくなっちゃあ戦争はできませんからね。

だがそれ以上に深入りしたことは、決して口にしないのであった。

加村の母は山梨県に疎開し、いまは妹と二人で暮していた。節子は二十六になり、八年まえから内田信託につとめている。女事務員の取締りのような椅子らしいが、社が東京駅の八重洲口に近いため、加村がずっと休ませていた。

節子はふっくらとした面長の顔で、あまり口をきかない、温和しい娘だった。加村はわがままで気が強いらしく、よく妹をがみがみどなりつけたが、節子はたいていだまって（多少はむっとした顔で）兄のいうなりになっていた。しかしそれで納得していたわけではないらしい。

——あたしを休ませるのはあたしのことが心配だからじゃないのよ、あたしを買出しにやって、食糧の補給をさせるためなのよ。

夏子にいつかそんなことを云った。

——あたしはつとめる方がよっぽどいいわ。

加村は新聞社の手で、優秀な自転車を買って持っている。夏子の隣組にも河原といって地付きの百姓がいて、古いけれども自転車があった。しかし三度ばかり借りると、

——タイヤが減るから。

と渋い顔をされ、それから加村のを借りるようになった。ラジオも隣組のは故障

周平までが、早速に加村へ駆けつけるくらいであった。それに加えて節子がまめに買出しにゆくので、そんなことのできない（工場へ通勤していたからでもあるが）夏子は、その点でも加村とのつきあいが欠かせなくなっていた。

「お宅では長く御池さんにいらしったんですってね、まあ」

加村の家主である鈴木老婦人が壕へ入るとすぐ話しかけた。夏子はそれを聞きながして、節子へぴったり軀をすり寄せた。

「市内のほう、まっ赤よ、口惜しいじゃないの、夜中でも平気で大編隊でやってくるなんて、どうして防げないのかしら」

「それより眠くってしょうがないわよ、あたし」節子は欠伸をした、「兄がいなければ寝ちゃうんだけれど、いるとやかましくって、ほんとに男って臆病で、いやんなっちゃうわ」

「そんなこと云って罰が当るわよ、あたしをごらんなさいよ、動けない病人をかかえて、これからどうしてやっていったらいいか……たった一人の兄は南方で消息不明だし、どんなにやかましくったって兄がいてくれたらと思うと、ほんとに加村さんが羨ましいくらいだわ」

「――冷たくなったけれど、これ喰べない」

節子がそっとふかし薯を出してくれた。

七

「お母さん疎開させたら」節子が暫くして云った、「仙台のほうにお母さんのお家があるんでしょう」

「全然だめなの」夏子は強く首を振った、「あんな処、来いといったっていやだわ」

「そんなひどい処なの」

「土地はまだいいんだけれど人間がひどいの、人間じゃなくってまるで、なんていったらいいかしら……あたしにはいいようがないわ」

夏子は母と二人で、去年の十一月の末に、母の郷里を訪ねたときのことを思いだした。

空襲が「定期便」と云われだした頃で、母があんまり怖がるため、母だけでも疎開させたいと思ったのである。そこは宮城県亘理郡吉田村字長瀞といい、仙台から一時間ほど手前の「亘理」という小駅で下りて、さらに二里近くも奥へはいらなければならない、阿武隈山脈の北端の山麓に、その村は在った。

だがそのときの荒涼たる風景も母の実兄とその妻女の酷薄無情な印象も、夏子には生涯忘れることができないだろう。

母の兄は利助といい、村の収入役をしていた。長男夫婦には三人の子もあったし、三男四男も働き盛りだった。もともとかなりな自作農であったが、子供たちの労力が余るので、ほかに一町歩ばかり小作もしていた。

「空襲がおっかなくて逃げて来たすか」尻上りの方言で彼は云った、「日本はいま戦争してるってこと忘れたじゃねですべね」

母はなにも云わなかった。夏子は勇気を出さなければならぬと思い、空襲がますます激化するだろうこと、自分は工場の寮へでも入って、最後まで働くつもりであるが、母は東京にいる必要がないし、食糧その他、生活の変化で健康も弱っていること、裏の納屋でもいいし、どんな片隅でもいいから疎開させて貰いたいことなど(事実そのとおりだったので)はきはき云った。

「そらあ困る、迷惑だ」利助は独りで酒を飲み、もう幾らか酔った顔で、炉の火をいじりながら、これもはっきり首を振った、「この辺だっていつ空襲があるかしれねえし、疎開者が入り込んで来て、どこもかも人間がいっぺえだし、蟻のもぐり込む余地もねえ、裏の納屋は売る約束ができてるでね」

夏子は知っていた。彼がいつも母のところへ金を借りに来たことを、手紙で物をねだって来たことを。それは十遍や二十遍のことではなかった……炉端には彼の家族がいた、かれらは母の実の兄であり、兄嫁であり、実の甥たちである。兄嫁も甥たちも、年に何度か御池の邸内にあった家へ来た。母はかれらに東京見物をさせ、五日も十日も泊めて、帰りには金や土産を持たせてやった。そういう事はもうかれらは忘れているのだろうか、忘れているのなら、ここで一つ一つ数えあげてやろうか……だがもちろん夏子は黙った、こんな処にいて母が仕合せでいられる筈はない。寧ろ見知らぬ土地、縁のない他人のなかのほうがいいと思った。

「お金を払うからあの干柿を少し譲って下さいな」

広縁に干柿がずらっと吊ってあった。兄嫁は自慢そうに、ちょうど一万干した、と云っていた。母はそれを見返りながら、おずおずそう云ったのであるが、利助は酒を飲んでいる湯呑をかちんと炉べりへ置いて、どんな不条理なことをでも聞いたかのように叫んだ。

「兄妹だからって、そんな虫のいいことを云うのは、日本人として人非人だぞ」

夏子はぶるぶる軀が震えた。

八

「田舎はどこでもそんならしいわ」節子は年うえらしく云った、「あたしのおっ母さんの疎開したところもおんなじよ、でもいっそ見知らない土地の、他人の中のほうがいいというのは本当かもしれないわね」

「あたしはあの人たちのことを忘れないわ」夏子は軀を固くして云った、「母の病気もきっと治してみせる、これからうんと頑張って、もう一度あの人たちをみかえしてやるまでは死なないわ、決してよ、どんなことをしたって生きているわ」

そして御池の人たちにも、と夏子は心のなかで呟いた。

母の郷里の人たち（かれらを伯父とか従兄妹などとは思いたくなかった）とは違った意味で、御池一族にも夏子は憎悪を持っていた。

青山の邸内での屈辱的な生活、父の不幸な死に対する無条理で冷酷な扱い。そして母、母は十六のときから三十年近くも勤めた、そればかりではない、死んだ先代の康高とはいまわしい秘密な関係さえあったではないか。

厳しい燈火管制のなかを、自動車で、多量な酒食を持った将校を乗せて、宇都宮まで急行させたのは御池である、父は御池に命ぜられただけであった。そうして軍のお役（戦争とは無関係な）に立つことで、御池は不等な利得をしている、しかし父は事故を起こして死に、重大な過失といわれ、その妻子は裸で追い出されたのである。

——父はいまどんな気持だろうか。

云うまでもなくこれは私情であった。夏子の御池に対する憎悪は単にそうした私情ばかりではない。学校からの勤労奉仕が、やがて勤労動員になってからも、御池系の幾つかの軍需工場へ働きにいってみて、工場の運営の実態というものを知った。それは露骨な営利事業であって、戦争の要求とは縁のないもののようだった。

——こんな事をしていて戦争に勝つことができるのだろうか。

動員工の女学生たちでさえ（学生だからこそというべきかもしれないが）そう云って義憤を漏らすほど、その利益追求は明らさまであった。

——財閥が戦争を起こし、戦争によって財閥が儲ける、現在の日本の状態ほどそれをはっきり証明するものはない。

こういう大学生もいた。

「そうよ、生きていてやるわ」夏子は自分で自分に慥かめるかのように、力をこめた調子で云った、「そしていつかはあの人たちが涙をながして、泣き言をならべたり憐れみを乞ったりするところをこの眼で見てやるわ、そのときが来るまで、あたし石に噛りついたって死なずにいるわ」

「これを喰べなさい」節子が暢びりした口ぶりで、そう云いながらふかし薯をもう一つ渡してくれた、「あんたお薯を握り潰しちゃってるわよ」

夏子は自分の手を見た。さっき貰った薯を、本当に両手で握り潰していた。

「大豆を茹でてついて、擂鉢で擂るんです、ええそう」壕の外で山木周平の話すのが聞えた、「そして茹でた馬鈴薯とようくつき混ぜるんですよ、それだけです、それがすばらしく美味いんだ、うちでは子供たちに大好評で……」

山木は去年その妻に死なれ、三つになる男の子と、疎開から帰された六年生の女の子を抱えているのであった。

九

空襲の終ったのは午前四時であった。

市内の火災は広範囲なものらしく、東北から北北西へかけて、空は赤く染まった煙で掩われ、郊外にある馬込のこの窪地の家々や路次の奥までが、赤い月夜でもあるかのように明るかった。

加村は自転車を出して、「社も焼けたかな」などと云いながら出てゆき、人々も壕に入れた物を家へ運び始めた。

「これまでは昼間だけだからまだ助かったけれど、これからこの夜間空襲が続くとするとこたえるなあ」

「これが続いたら勤めはできやしないよ、また生産はこれでがた落ちだ」

「なにか軍に打つ手はないのかなあ」

「あれば竹槍訓練なんかさせはせんですよ」

クリスチャンの石井である。彼はいつも悲観的であった。「人間は神の意思によって支配される」という単純な信念を固執し、自分の四番目の子が生れて、五十日ばかりで死んだときも、

――神の御意思によって召されたのです、決して悲しくはありません。

こう云って、悔みに集まった隣組の人たちを呆れさせたり感心させたりしたということだ、それにも拘らず、彼は自分に関する限り非常に臆病で、空襲のたび毎にうろうろし、自分の壕におちついていることができず、他人の壕から壕へとび歩い

ては、日本軍のだめなこと、敵はすぐ上陸して来ること、そして女はすべて凌辱して殺し、男はすべて去勢したうえ奴隷に使役するだろう、などということを、繰り返し繰り返し呟くのであった。

——しかしそれが貴方の神の意思だとしたら、貴方はべつに悔むことはないでしょう。

山木周平がそう反問したことがあった。すると彼は不愉快な顔をして黙ったが、その後もその癖がやまず、いまのうちに女子供はみな山奥へ疎開するがいい、それも早いほどいいと、頻りに主張してまわった。そのときも山木周平はそれに反対し、

——上陸して来る敵は文化国の人間だ、かれらは戦うだけ戦ったあとで捕虜になれば、それを名誉にさえしている、そんな残虐な事を計画的にやるような心配は決してない。

——恐れなければならないのは、むしろ日本の軍隊だ。

山木はそう云った。

——本土決戦となれば日本軍は山岳地帯にたてこもるだろう、そこは忽ち戦場になるだろうし、それこそ女子供にまで竹槍を持たせて、敵の戦車の前へ追い立てるに違いない、こうなればもう東京を離れることは却って危険だ。

彼の意見も尤(もっと)もだと思ったかどうか、とにかく疎開を中止した家族が幾組かあった。

「加村さんのお姉さん」夏子は壕を出ながら、節子に向ってそう云った、「こんど買出しにゆくとき一緒につれてって下さらない、あたし野菜スープの材料が欲しいの」

「あたしが買って来てあげるわよ」節子はむぞうさに云った、「あんたお母さんを置いてゆけやしないじゃないの、必要な物だけ書いときなさい、あたし明日あたりいって来るつもりだから」

「でもそれじゃあ悪いわ」

「なによそんなこと、戦争じゃないの、あらいやだ、ごらんなさい、夜が明けちゃったわ」

彼女はあどけないような眼で東京の空を眺めやった。

「あれは火事よ、加村さん」

夏子は思わず笑いだした。

来訪者

一

母の病気を「単純な腹膜炎」と診断した小田医師は、それから約一ヵ月の後、夏子に向って意外な事実を告げた。

「御病人にわかってはいけないと思ったので、貴女にも云わずにいたんですが、そろそろ隠せなくなったので……」

夏子は頷いて、医師の次の言葉を待った。息の詰るような絶望感と、そのことを予期していたような気持とがごっちゃになり、舌が硬ばって、なにも云うことができなかったのである。

「本当のことを云うと、腹腔内の汎発性癌なのです、こいつは初めに膵臓へ癌が出来るんです、膵臓というのは高等な臓器で、奥のほうに隠れていて自分では動かないし、触診も困難なんです、ほかの臓器だと癌が発生すればなにか自覚症状が起こるものです、ところがこいつはそれがないんで、他の臓器へ伝播してからでなければわからない、お母さんのは現在もう腎臓にも胃にも婦人科器官にも、つまり……腹腔内の全般にわたって癌が出来ているわけです、解剖してみても間違いないと思います」

「――それは、初めからわかってましたの」

「そうです、僕は二、三例を扱っているものですから……ほかの医者にわからなかったのは無理はないんです」

「――ではもう、どうしても」

夏子は下顎の筋が吊って、口がはっきりきけなかった。

「世界中の医科学を総動員してもこればかりはもう手が付けられません、惨酷なことを云うようですが、覚悟をきめて下さい」

医者とは門の外で話していたのであるが、別れて、家へはいってからも、すぐには、母の顔が見られなかった。

――泣いてはいけない。

自分の部屋。といっても、六帖と四帖半と玄関の三帖、それに薄縁を敷いた（長四帖分の）廊下だけという狭い家で、四帖半が夏子の専用であったが、その部屋へはいって、窓に背をもたせて、夏子はじっと眼をつむった。

――母が死ぬ。

――自分は独りになる。

――たった独り。

表現しようのない、虚脱するような絶望感で、躯ぜんたいが痺れるようだった、しかし悲しくはなかった。

その日は、午前一時から三時半ころまで、単機または少数機による空襲が続き警報解除になったのは五時であった。加村は「田無あたりの工場が叩かれたな」と云ったが……それから野菜スープを作り、自分の食事をし、母の湿布を取替え、また瓦斯は殆んど使えなくなっていたので、丘を一つ越えた強制疎開の跡へ焚木にする古材木を取りにいったりした。まったく眠らなかったためかそれほど異常なショックを受け、絶望にうちのめされながらも、夏子はいつか激しい眠りの欲求におそわれていた。

「おゆるしあそばせね、康彦さま、どうぞゆるして下さいまし」

隣りの部屋で母の声がした。うわ言を云っているのである。それは十日ばかりまえからの癖で、眠りながらきみの悪いほどはっきりした声で、しかも、しばしば康彦に呼びかける寝言を云った。

そして眼のさめているときは、頻りに御池の自慢をするのである。

——いやよそんな話、聞きたくないわ。

夏子はずけずけ云ったのであるが、小田医師の話によると、それは病気の重くなったためで、激しい消耗性疾患によく現われるうわ言だということがわかった。

二

「たった一度……わたくしの一生でたった一度の……いいえ本当です、ですから」

母のうわ言はなお続いた、「ですから頂いてまいりましたのよ、一生に一度の、本当の……わたくし死ぬまで持っておりますわ大切に、大切に……黙って頂いて来たのは悪うございますけれどいいえ誰にも見せたりは致しませんわ、数江の一生に一度の記念でございますもの、ねえ康彦さま、おゆるし下さいますわねえ」

若やいだ、嬌めかしいような声であった。まるで愛のささやきのようにも聞え、夏子はそれがうわ言だと思いながらも、やっぱり嫌悪を感じて眉がしかんだ。

「それは君、負けなくちゃだめですよ、負けることはもう当然だろうけれど」

山木周平が話していた。夏子の凭れている硝子窓の外は、細い路地を隔てて、山木の家の玄関と向合っている。彼はそこへ立机と椅子を出して、股火鉢をしながら原稿を書き、客の応対をした。

「もし日本が勝ったとしてみたまえ、それこそ日本は職工と軍人だけの国になってしまうよ、われわれは酒も煙草も無しで、いつまでも豆粕を食っていなくちゃならない」

夏子はふと可笑しくなった。

彼は酒が好きである、煙草も一日に五十本はふかす。それが近頃はまったく手にはいらない、若い編集者などが、自分に配給されたのをよく届けて来る。そんなときは、子供のように奇声をあげて喜ぶのが聞えた。

——これだけが僕の特配というわけだな、恩にきるよ君。

——先生は海軍の報道部長を知っていらっしゃるんですから、酒や煙草くらいは不自由はなさらない筈じゃないですか、みんなやっていますよ。

——いやですね、僕は軍からだけは絶対にいやです、一本の煙草、一杯の酒を貰うのもごめんですね。

そんなふうにいきまくこともあったが、実際は軍からなにか貰うことなど、彼にはできなかったものらしい。つまりそれほどの小説家でないというわけで、そんなふうにいきまくのは寧ろ滑稽であった。

「しかし負けたらわれわれはどうなります」

「少なくとも今より悪くはならない」山木はなお云った、「もうたくさんだ、負けて、初めから出なおすべきだよ、われわれにとって当面の最も重大なことは、民族としての自覚の問題だ、日本民族はなにをして来たか、現在なにを有しているか、将来なにを為すことができるか……いつまでも法隆寺や浮世絵が自慢じゃあ君、そいつは君どうしたって文明国などといえやしないよ」

彼の声といっしょに、また母のうわ言が聞えて来た。

「夏ちゃん、鞄、大事に持つのよ、あけて見たりしないでね、決してほかの人にも渡さないで、持ったわね、母さんの鞄、さあいきましょう」

夏子はいつか眠ってしまった。

その眠りのなかで、彼女は夢をみた。母がいつもの調子で御池の自慢をし、康彦という御池の二男のことを語っている。夏子はそれが苦しいほど不愉快で、両手で耳を塞いで逃げだす。……それは夢でもあるが、母親とのあいだに何度も、現実に繰り返された出来事でもあった。

——お母さん大嫌い、お父さんも嫌い、あたしを一人にして頂戴、一人にして……。

夢のなかで夏子は叫んだ。

三

母の死が避けられないものだということを聞いたときから、夏子の性格は変った。それは一種の精神的な脱皮のようでもあり、新たな成長のようでもあった。母にたいする感情も、周囲の人たちを観る眼も、自分でそれとわかるくらい変化した。

条件が悪すぎたからだろうか。

戦争。父の死、戦地で消息不明の兄。空襲。そして母もまた死ぬという。

こういう悪条件の重複は、小説としても殆んど不自然に近い。(実際にはもっと惨憺たる例が多かったのだが)そのとき夏子は十九歳であった。その年でこれだけ苛烈な時間を、傷つかずに生きることは不可能であろう。性格の変らずにいるほうが、寧ろふしぎなくらいである。

だが夏子の場合は少し違っていた。

母が死ぬと聞いたとき、その絶望の大きさに怯えて、母への愛情をかなぐり棄てようと努めた。そして、それは困難なことではなかった。

母は御池の邸の中でこそ生きられるが、世間へ出ては生活能力がなかった。自分は召使であったのに、その意識や感情はすっかり御池の伝習や家風に染まっていて、一般の市井生活に順応することができないのである。この状態のなかで、そういう母を背負って生きてゆくことは、夏子にも自信がなかった。

――お母さんは死ぬほうが仕合せなのだ、生きてゆくほうが不幸なのだ。

夏子はそう考えた。それを無情でも反自然でもなく肯定することができた。そしてその肯定を裏付けるように、自分と母とのつながりを仔細に想い返してみた。

――自分は母を愛していたろうか。

夏子は母を愛してはいなかった。

母は父と結婚してからも、ずっと御池の奥へ勤めていた。十日に一度の休みはあるが、その他の日は朝七時から夕方六時まで邸にいた。夜もしばしば九時、十時になるし、先代の康高が死ぬまでは、泊ることもさして稀ではなかった。そのために早くから女中が雇ってあり、兄の雄一郎や夏子は、おつやというその女中の手で育てられたようなものであった。

父はなにも云わなかった。

——今夜はお客があるんだ。

気の弱そうな眼つきで、自分から子供たちに弁明するようなことを云った。

——今夜は宮様がいらっしゃるんだ。

だが父がそれで満足していないことは、小さい夏子にも察しがついた。父はいつも慰まないような、沈んだ眼をしていた。

そのころお抱え運転手は四人で、石山忠吉というのが最古参だった。彼はもう五十四、五になる温厚な(そういう人間ばかり選ぶものらしい)人で、子供が五人あったが、妻のみね子は良人とは反対に、気の強い、痩せたヒステリックな女だった。夏子や雄一郎を自分の子のように扱い、ときには手をあげることさえあった。

——あんたたちんとこじゃ阿母さんが稼ぐからいいよ、いまに古自動車の二、三台も貰って、ハイヤー屋でもさせて貰うんだろ。

——数江さんのお人好しとだらしのないのにも呆れるけれど、松原さんの意気地なしは底抜けだ、男じゃないよ松原さんは。

夏子や雄一郎に向ってずけずけ云った。

夏子は御池一族もその使用人たちも、ぜんぶひっくるめて嫌いだった。ことに石山みね子は声を聞いてもさむけのするくらいだったが、その言葉だけには、意味がわからないのに、なにかしら頭の上らないような気持を、夏子は感じた。

四

石山みね子の言葉は、忌わしいなにごとかを暗示していた。

母と御池。父と御池、そして父と母。

この三つの関係が、他の使用人たちとは違っている。そんな感じが、漠然とではあるけれど、深く夏子の心にしみ付いた。

だが夏子はその意味を知ろうとは決して思わなかった。そういうことには絶対に眼を閉じ、耳を塞ぎとおした。

——知りたくない、なんにも知りたくない、自分は自分だけであればいい。

夏子は早くから父にも母にも愛情がもてなかった。石山みね子の卑しい暗示だけが原因ではなく、自分たちが御池の使用人であると自覚した頃から、あるいは生れたときからずっと、夏子は父も母も嫌いであった。

——自分にはほかに、本当の父や母がいる。

国民学校の三年になった頃、夏子はまじめにそう思ったくらいであった。

父の死から始まった生活の変化のなかで、夏子は初めて母を愛しだした。少なくとも愛しだしたと思った。しかしそれは子の母に対するものではなく、庇護者の愛情のようであった。

母が近く死ぬと聞かされた絶望は、母に死なれることとの絶望ではなく、自分がたった一人になる、孤独になるということの恐怖であるようだった。

「母に死なれることがそんなに悲しい筈はないわ、昔からほかに本当の父や母がいると思っていたじゃないの」夏子はそう呟いた、「父や母を愛せなかったのはあたしの罪じゃない、父や母の罪じゃないかもしれないけれど、決してあたしの罪でもないわ」

「自分は自分だけでいい」夏子はなおこう呟いた、「小さい頃からそう思っていたんだもの、ようやくそれが実現されるんじゃないの、これで御池ともはっきりと縁が切れるわ」

硫黄島から初めて敵機の空襲があったのは、四月四日の午前一時のことである。

それから四時までの三時間、川崎から蒲田、大森の一部もやられたらしく、馬込のその窪地まで激しい炸裂音と震動とが絶えまなしに襲いかかって来た。

「おしまいもなにも、日本はぜんぜん戦争をしてないんだよ」加村の防空壕の中で、山木周平が誰かにそう云っていた、「この二月のことなんだそうだが軍から仲島へ『雷電』を発注した、B29を攻撃する戦闘機さ、ところが製作費の折合がつかない、軍ではこの値段でやれという、仲島ではそんな値段では作れないと答える……これが約三週間も続いたというんだ、このあいだにB29は連日やって来ているんだ、東京が焼かれ大阪が焼かれ、名古屋が、その他の都市や工場がつぎつぎにやられているんですよ、それなのに、その対B29攻撃機は製作費の交渉をしているんだ、これが戦争ですかね」

「硫黄島が叩けないようじゃもうおしまいだ」

「それにしたって硫黄島くらい叩けないことはないでしょう、ひと跨ぎじゃありませんか」

「距離じゃなく電探の問題ですよ、こっちが硫黄島へゆく頃には敵はさっさと空へ立退いてしまう、仮に叩きにゆくとしてもですよ」

「松原くーん、松原夏子さんはいませんか」

壕の外で人の呼ぶ声がした。

「はあい、松原夏子です」

夏子は壕からとび出した。

五

「どうしたんだ君、お母さんを独り寝かしたままで」

「まあ、市野さん」

「市野さんじゃないよ、病気のお母さんを放っといて、自分だけ退避するなんてひでえじゃねえか」

「母は動かせないのよ」

言葉の乱暴なのと、その無遠慮な言い方とで夏子はすぐにわかった。それは日普精機の動員工係をしている市野三郎という青年であった。

「自分でも動くと苦しいからって云うし、焼けて来たら隣組の人たちが担架で避難させてくれることになってるのよ、それより市野さんはどうなすったの」

「焼け出されのほやほやさ」彼は振返って云った、「僕のおやじだよ」

防空服装をしているのでよくわからないが、市野のうしろに、彼よりずっと背の低い、痩せた老人が、両手に風呂敷包を持ち、背中に大きなリュックサックを背負って、しょんぼりとした感じで立っていた。

「じゃあ工場も焼けたの」

「焼けちまやいいんだ、あんなふてえ工場はねえからな、ところが今夜はあの辺は助かるらしい、寮が焼けちまやがったんでね、とにかく周平先生んとこへ逃げて来たんだが、君の家が隣りだとは知らなかった」

「あら市野さんも山木先生を御存じなの」

「お母さんとこへゆけよ」市野三郎は手を振った、「もう空襲はおしめえだ、いま来てるのは効果確認の偵察機だよ、明日また会おう、いけねえもう今日だ、あっ……ちょっと待った」

「吃驚させるわね、なによ」

「会社へ変な野郎が君のこと聞きに来たぜ」

「変な野郎って」

「僕は側にいただけだけれど、庶務でいやにおうふうな口をきいてやがった、渡辺のおんなおとこがぺこぺこ返辞をしていたよ」

「誰でしょう、いったい」

「御池のなんとか云ってたぜ、詳しくは聞かなかったけれどね、君は御池となにかひっかかりでもあるのかい」

「知らないわ、御池なんて」

夏子は家のほうへ歩きだした。市野三郎も父といっしょに、山木周平の家のある路地へとはいっていった。

――御池があたしに、なんの用だろう。

こんどこそ（母が死ねば）はっきり縁が切れると思ったばかりなので、夏子は肚(はら)立(だ)たしいような重たい気分になった。

――母に聞いてみようか。

迷ったけれども、聞く気にはなれなかった。自分を探している用事はわからないが、来たら来たときで、こっちから思うさま云ってやろう。そう考えて、母には黙っていた。

市野三郎は昭和九年に、東大の哲学科を出た。父親は給仕から勤めあげたカナダ・サン保険会社の幹部だったそうで、戦争になる直前にやめ、箱根(はこね)に家を建てて引籠(ひきこも)っている、ということを聞いた。彼はそんなことを平気な顔で、知らない者の前でもずけずけ云った。

――偉そうな面をしているが、うちのおやじは成上り者さ。

ちょっと外人じみてはいるが、かなり眼につく美貌だった。背も五尺六寸はあるだろう、色の白い顔にいつも血色が鮮やかで、笑うと粒の揃った歯が美しかった。

六

市野三郎が来てから、隣組はいっそう賑やかになった。

彼は山木周平の二階を借りて住み、不平を云いながら日普精機へ通勤した。炊事は父親がやるらしい、市野敬二郎という人は六十ばかりの、髪と口髭の白い、三郎とよく似た上品な老人であった。

「軍需工場ってやつは、大きいやつほど悪辣だよ、あいつらてんで仕事をしやがらねえ、ひでえもんだよ」

空襲で壕にはいると、市野三郎は必ずその話をした。山木周平の家にいても、大きな声で話すのが聞えた。

「去年の春までいた大宮の戦車工場はね、あそこは満石系なんだが、耐寒用の戦車を造ってたんですよ、いちど某という宮様が作業台覧に来てさ、それから毎朝、工場長が訓辞をぶちやがった、諸君は現在はなになにの宮の御前で作業をするのと同様である、日々時々その精神を以て、なんて云いやがってさ……ところが戦車あ造らねえんだ、出来上りそうになるとダメだってわけですよ」
「それはどういうことなんだ」
「完成して軍へ渡すより、スクラップにして闇へ流すほうが儲かるってことですよ、僕あこの眼で見たんだ、工場長がやって来やがって、九割がた出来てるやつを、スパナかなんかでこんこん叩いてまわりやがって、ダメ、廃品ってぬかしやがる、工員はまじめですよ、日の丸の鉢巻をして戦場精神でやってるんだ、だからこいつをくらうと声をあげて泣くやつさえいました」
「そこまでいくとちょっと信じられないなあ」
「ところが今の日普精機だってそうなんだ、これは軍の機密だなんていってやがるが、実は海軍の三式のエンジンを作ってるんです、例のB29を躰当りで攻撃する高空用戦闘機に使うんだがね、月産二百台というのがその半分の百台そこそこしかできない、しかもですよ、その百の中でパスするのは十台かせいぜい二十台、あとの八十から九十はいつもオシャカです」
「しかしそれでは監督官が黙ってはいないだろう」
「あいつらがなにを云うかってんだ、袖の下と酒と女、査察官なんて野郎はそれが目的で来やあがるんだから……僕あね、徴用工の学生たちを集めてクーデターをやろうかと思ってるんだ」

その話を聞いたとき、夏子も自分の経験を話そうかと思った。

御池系のある工場のことだったが、職工長がリベットの検査をしていて、これもいかん、これも不合格だと云いながら、彼のうしろに窓がある、その窓の外へそいつを片端から捨ててしまう。窓の外は泥溝である、この大切な資材を不合格だからといって捨てなくともいいだろうに、こう思っていると、動員工係の若い社員がそっと説明した。

——夜になると朝鮮人の屑屋が来て、あの泥溝の中から捨てた物を拾い集めていくんだ、そして闇へ流すんだが、もちろん、儲けは職工長と山分けさ。

——しかしそんなのはまだ罪がないよ。

彼はこう云って、工場の広場に五台並んでいる大型トラックを指さした。それは数日前に着いた工場の原料金属で、まだ被覆のマットも取らずにある。

——あれはあのまま出てゆくんだよ、つまり他の工場へ闇で売るのさ、そこではまたほかへ売るだろうがね、これが社の重役のしている仕事さ。

夏子はそのとき嘔吐したいほどいやな気持になったものであった。

七

あらゆる物資が「闇」の時代になっていた。

日常の必需品は影を消してしまい、国民はボロを着て、豆粕（まめかす）や芋を喰べ、栄養失調の軀で不断の空襲と戦いながら、それでも「勝つために」命がけで生産に挺身（ていしん）していた。

だが生産の実態はすでに停止にひとしかったのである。空襲による被害も大きいが、それ以前から資材は生産の場よりも闇から闇へながれているほうが多かった。

「近頃では勤労動員、徴用工、みんな工場で畑を作ってるよ」市野三郎は憤激して云った、「会社じゃ資材が足りない、原料が来ないと云う、ところが資材は来るんだ、軍需省の切符で原料は公定価でちゃんと買えるんです、しかしそれは生産工場へは来ないで、そのまま闇へ横ながれです、飛行機や大砲や戦車や弾丸が、原料のままで、トラックに乗っかってあっちへゆきこっちへゆき、ぐるぐる盥廻（たらいまわ）しになっているんですよ」

「それでいいんだよ」

　それは彼が馬込へ来て十日目、十四日の午前三時、前夜の十一時からB29の大編隊（百七十機）が東京市街の北西辺を攻撃しているときのことであったが……空襲もだいたい終りそうになり、みんな壕（ごう）から出て、燃えている東京の空を眺めながら、初めて、加村達吉が三郎に口をきいた。

「それでいいんだよ、今さら飛行機や大砲を増産したって、なんの役にも立ちゃあしない、畑でも作っているほうがずっと利巧さ」

「あんたは敗戦思想だ」

「もうよさないか三郎」

　これは珍しく、彼の父親がそう制止した。この小柄で無口な老人の声を聞くのは、夏子はそれが初めてであった。

「経済について無知な軍人が経済を支配しようとした、それも独逸（ドイツ）なんかの方法を鵜呑（うの）みにして、軍刀と拳銃（けんじゅう）の威脅（おどし）で……日本は欧米の資本主義経済にはまだ遠く及ばず、ようやく自由主義経済にはいったところだ、それを拙劣な手段でこんな不完全な統制経済にもっていったのがまちがいだ、経済界がついてゆかないのは当然なんだ、……そんな末端の現象なんか問題じゃない、もうたくさんだ、おまえの慷慨（こうがい）は引かれ者の小唄（こうた）だよ」

「おやじでなきゃあぶん殴るんだがなあ」

三郎は脇へ向いて呟いた。

それから中一日おいて、四月十六日の夜九時から、ついに馬込も焼夷弾攻撃を受けた。相模湾と伊豆から侵入したB29は、初め川崎の重工業地帯（そこは空襲の度毎に必ずやられたが）に投弾していたが、やがて大森の下町辺に火の手があがった。

「今夜はこっちの番くさいぞ」

気象観測員の佐藤がそう云い、それがみんなに強い予感を与えた。

――こんどこそこっちの番だろう。

都市とその周辺に住む者は、警報のたびにみなそう思った。それは危惧でもなく、憶測でもない。つぎつぎに、現実に実現されてゆくのである。

――やれやれ今夜は助かった。

僅かに「今夜は」であった。明日のことは絶対に予測ができなかった。

佐藤観測員の言葉は、この隣組では一種の権威をもっていた。彼は（前にも書いたが）海軍の軍属で長いこと気象観測をしていたせいもあろうが、いったいに控えめで、主観的なことは殆んど口にしなかった。それがいっそう彼の言葉に真実性を感じさせたのだろう、その夜は初めから、隣組ぜんたいを「いよいよ」という切迫した空気が蔽（おお）った。

八

大森の下町へ火の手があがってまもなく、馬込のその窪地（くぼち）から、丘一つ越えた谷中通りという処で突然ぱっと大きな閃光（せんこう）が起こった。目測で幅三百米（メートル）、高さ二百米ほどの、すばらしく大きな閃光であった。その時はもう頭上に、B29の機音が頻りに聞え、女子供はみなそれぞれの壕に入っていた。夏子は防火担当者であり、また母が寝たままなので、壕と家とを往復したり、道に立って空襲のありさまを見たりしていたのであるが、その閃光は、そのままの幅と高さとで、つまりぱっと光ったそのままの状態で、熾（はげ）しい火災になった。

「大型焼夷弾だ、谷中通りだ」

誰かがそう叫んだ。

夏子は道に立っていた。その位置からはそれは東南に当り、間を隔てる丘の上は「天神山」といって古い神社の森があった。閃光からそのまま燃えだしたその火焔（かえん）は、ちょうど森の右手にあがったのであるが、誰かが「大型焼夷弾だ」と叫んですぐ、その森や、森から左にある家の上へかけて、ばらばらと焼夷弾が落ち始めた。

「松原君、だめだ、今夜はやられるぞ」山木周平がとんで来た、「お母さんを今のうちに避難させよう、桜井君、鮎沢君、十一谷君、担架搬送たのむ」

夏子は家へとび込んだ。

「母さん避難するのよ」

母は口の中で観音経を誦していた。

高射砲の音、投弾の落下音、そして人の悲鳴や叫びを聞きながら夏子は母に必要な薬や食物（それは葡萄糖やビタミン剤の注射薬と臭素剤。バター。粉乳。少量の砂糖など）を集め、なお、枕許の器物を包にした。その数日前から、母は頻りに嘔吐するようになり、洗面器とうがい用の品は離せなかったのである。

山木が桜井と鮎沢と十一谷と、ほかに二人ばかりで担架を持って土足のまま入って来た。

「あたしの鞄は、夏ちゃん」母は怯えたように云った、「忘れないでね、母さんの鞄」

「大丈夫よ、あたしがちゃんと持ってるわ」

「放さないで、持っててよ」

蒲団のまま担架へ移した。母は苦しそうに呻いた、空襲になると襖や戸障子はあけて置く規定だったが、担架のままでは玄関からは出せなかった。そこで六帖の間の窓の、硝子戸を外して、六、七人の男たちが内と外に分れて、ようやく運び出すことができた。

「なにか手伝いましょうか」

加村の節子が門の前にいた。

「こっちは大丈夫、あんたは壕へ入ってなくちゃだめです」山木がどなった、「あんなに落ちて来るじゃないか、うろうろしていると直撃をくらうよ、さあ桜井君、みんな上を見ないで、頭上看視は夏子君に頼むよ」

号令のようなことを叫んで、担架は進みだした。山木は振返って加村節子に「子供たちを頼むよ」とどなった。

B29は絶えず頭上を通っていた。下からの火災と探照燈とに照らしだされて、手が届くかと思うほど低く、うるるん―うるるん、きみの悪い、嘲笑するような機音をたてながら、そしてつぎつぎと投弾するのであった。

身のすくむような落下音。ざざざーと、それは頭の真上へ落ちて来るように聞える。

「落下、落下、待避して下さい」

夏子はそのたびに叫ばずにはいられなかった。すると五百米ほどの上空で大きな炸裂音と閃光が起こり、赤い火の玉がぱっとひろがって落ちて来た。

九

「大丈夫大丈夫」山木周平が投弾のたびに絶叫した、「敵はちゃんと目標をねらって落すんだ、こんな処へむだに落しゃしない、前進前進」

夏子は足が震えた。息が詰って喘いだ。

かれらはその窪地から西へ向っていた。万福寺という寺の前を通り、丘を一つ越して、畑と藪の中にある梶岡兆生という画家の家へゆくつもりだった。それは山木周平の知人で、院展派の日本画家であり、夏子も二三度会ったことがある。いざとなったら頼むと、まえから話してあったのだが、万福寺までゆくと、そっちの方も炎々と燃えているのが見えた。

「山木さんあっちも燃えてるよ」

桜井勇二が云った。桜井は若い洋裁師で、去年から徴用工に取られたが、工場では仕事がなく、畑を作らされるだけなので、今は病欠の届けをして、家でひそかにミシン（といっても当時はもう専門に繕い物だが）を踏んでいた。彼は「水戸っぽ」といわれる茨城県人であり、手先の器用なことと元気な点では、隣組の第一人者であった。担架を持っている他の二人は、鮎沢という痩せた工員、十一谷という鮎沢の義弟に当る工員であった。

「だめだよ、あんなにまっ赤だ」

「大丈夫大丈夫」山木は桜井に叫び返した、「梶岡は一軒家で、まわりが畑や藪だから火に包まれる心配はないんだ、迷ってはいけない、強行だ強行だ」

「病人になにか掛けなくちゃ」

十一谷少年が云った。夏子は掛け蒲団を母の頭まで掩った。母は震えながら、口の中で観音経を唱えていた。

B29の機音は絶え間なしに頭上を通過し、あとからあとから投弾は続いていた。唸る機音、火災と煙、呼吸の止るような落下音、炸裂と閃光、そしてぱっとひらく焼夷弾の赤い火群。なにかの破片が、鋭い音を立てて、頻りにこの担送者の周囲に落ちて来た。

「――松原さん……御池……松原さん」そんな呼び声を、夏子はおぼろげに聞いた、

「——松原さんいませんか」

四人の担送者も、夏子も夢中だった。前後左右に飛び散る破片、吹きつける煙、唸っている機音。いつ頭上へ直撃が来るかもしれない。

——死んで頂戴(ちょうだい)、母さん。

夏子は胸の中で叫んだ。

——いっそ死んで頂戴。

母はもう死を宣告されているのである。そういう母のために、隣組の人たちに死の危険を冒して貰(もら)うことが、夏子にはしだいに堪(たま)らなくなって来た。

「松原さん誰か呼んでいますよ」十一谷少年が云った、「松原さんはここですよ」

道は坂になっていた。そこを右へ曲ると室井獏星という小説家の家がある、その角は柿畑で、道の左側は院展派の古林小径という老画家の家だったが。そこまで来たとき、うしろから、「松原数江さんですか」と呼びながら、追いついて来た男があった。鉄兜(てつかぶと)に防空服装をした背の高い男で、制服の憲兵を伴っていた。

「母は重態で避難するところです、わたくし娘の夏子ですが」

「ああ君が娘さんですか」男は肩で息をしていた、「僕は御池康彦君の友人ですがね、君のお母さんに康彦君が大事な物を預けてあるんですよ……」

十

「ごく大事な物なんです」

「母は重態ですし、今こんな中でわかりません、あとにして下さい」

夏子は突放すように云って、停らずにゆく担架の側を離れなかった。男は少しずつ威圧的な口をききだした。

「それは非常に重大なんだ、そして実際をいうと、康彦君が預けたというより、君のお母さんが無断で」

「よして下さい」夏子は叫び返した、「母がなにをしたかわたくしは存じません、母は危篤なんです、わたくしたちは御池から追出された人間なんですから、御池の人などとは口をきくのもいやです、いって下さい」

「君は知っているんだね」

「なにをですか」

「昂奮しないで静かに云いたまえ、憲兵さんも一緒に来て貰っているんだから」

「やめたまえ、なんだ」山木がどなりだした、「松原さんは重態だと云ってるじゃないか、このとおり焼夷弾の落ちて来るなかを、担架で運んでいるのが見えないのか」

「なに……君は誰だ」

「僕は松原さんの隣組長だ、君こそ誰だ」

「僕は君に名をいうような者じゃない、必要なら一緒に憲兵隊へ来たまえ」

「いってもいい」山木の声はふるえた、「明日は波多中将と対談することになってる、そのときよく聞いてみることにしよう、御池の人間がこんな激しい空襲のまん中で、危篤の病人の担送をなぜ妨害したか、どういうわけで憲兵がそれに協力したかということを」

「君が波多中将と会うって、憲兵司令官と君が、冗談じゃない、笑わしちゃいけないよ」

「対談は雑誌社の催しだ、僕は招待されるだけさ、中将とは知人でもなんでもない、しかし去年の夏から司令部付の憲兵にはだいぶ知合いがある」

「君は誰だ、いったい」

若い憲兵がそう云った。

「山木周平といって小説を書いている人間だ、本部で調べてみたまえよくわかるよ、さあいそごう」

その男も憲兵も口をつぐんだ。

夏子は担架について歩きだした。

「やったねえ山木先生」桜井勇二が云った、「司令官の名を出されて憲兵もあっけにとられてたじゃないか」

「あっ真上よ、退避して」

夏子が叫んだ。炸裂する焼夷弾の閃光(せんこう)で、道の上がぱっと赤く輝いた。四人の担送者は本能的に担架を下ろし、道の脇の溝(みぞ)の中へとびこんだ。夏子もとび込んだ、それは石でたたんだ排水溝だったし、坂の勾配(こうばい)が急なので水はなかった。

鋭く物のはじける音がした。

「焼夷弾落下、焼夷弾落下」

右手の家の裏で叫ぶ声がし、そのあたりが騒然と殺気立った。それを逆上した耳で聞きながら、夏子は母のうわ言を思いだした。

――黙って頂いて来て済まない、自分の一生に一度の記念だから……どうかゆるして呉(く)れるように。

なんだろう、母はなにを黙って持って来たのだろう。そして、今の男はその物を取りに来たのだろうか……夏子は母の鞄(かばん)を強く抱きしめた。

十一

その溝の中へ退避した僅(わず)かな時間に、夏子は、母の鞄をあけてみようという決心をした。これまで母がうわ言に繰り返し云ったことと、その見知らぬ男の言葉に、なにか秘密めいた関係があるように思えた。

――この空襲のなかを、しかも現に投弾されつつあるさいちゅうに訪ねて来た。それは彼が云った「非常に重大な物」という表現より、はるかに大きな意味が隠されているようだ。

――彼はまた来るだろう、あの口ぶりでは明日にでも必ず来るに違いない。

「山木さん本当に波多中将と会談するかね」

「するさ、本土決戦と竹槍(たけやり)戦術について話すんだよ」担架は坂を下っていった、「来月号の女性倶楽部(クラブ)へね、僕は『竹槍』という小説を書いた、竹槍訓練なんかしてもだめだという主題でね、話は幕末の水戸になってるが、現在のことを云ってるんだということは読者にはわかるはずだ」

「それを中将に云うわけかね」

桜井が呆れたように云った。

「それほどの馬鹿じゃないさ、勇気がないというのかもしれないが、刃物を持ってる狂人には応対のしようがあるからね」

梶岡の家へ着くと、山木たちはすぐに帰っていった。

梶岡の家は北に丘を背負っていた。西に細い坂道を隔てて神社の森があり、東には農家の防風林、前は広い畑になっている。……畑の向うの農家が燃えていたし、そこから西と南へかけて、遠くは池上本門寺あたりまで、台地も平地も、家のある処は見渡す限り火と煙に包まれていた。

「此処は絶対安全です」運動選手のような逞しい軀つきで、度の強い近眼鏡をかけた梶岡兆生は、秋田訛りの言葉で吃り吃り云った、「直撃弾でもくらわない限り延焼の心配はないし、これだけ燃えてるんでもう敵も投弾しやしません、そら、B29はみんなあっちへいっちまうでしょう、ひとつ煙草でもやるか」

彼は妻と子供を秋田へ疎開させ、ずっと独りで自炊生活をしているが、日本画家はそういうものだろうか、広い画室はもちろん、家の中はきれいに片付けてあり、掃除もゆき届いていた。

母は画室を借りて寝かせた。

担送される苦しさで疲れたのか暫く唸っていたと思うと、まもなく、精根の尽きはてたように眠りこんだ。夏子はそれをみさだめてから、母の鞄を持って庭へ出た。外は周囲の火災で昼のように明るかった。西側にある神社の森には、避難して来た人たちの群れがいて、互いに呼び交わしたり、泣き叫んだり、男たちの怒号する声などが入り乱れ、それがしだいに数を増すばかりだった。

梶岡の庭と畑との間に、卯の花の生垣があり、それがいちめんに花を咲かせていた……まるで地獄絵そのままの景色のなかで、その花の静かな、鮮やかに白い花のすがたは、夏子にはほとんど奇蹟のような驚きとよろこびであった。

「花は咲いている、ちゃんと咲いている」

夏子の眼に涙があふれてきた。

　卯の花のにおう垣根に
　ほととぎす早も来鳴きて

遠い歌声がかすかに、郷愁のように聞えて来るかと思えた。しかし実際に聞えるのは焔の唸りと、物の焼けはぜる音と、そして逃げ惑う避難者たちの泣き喚く声であったが。……夏子は鞄を生垣の側へ置いて蹈んだ。

十二

鞄には鍵が三つ付いていた。

だがそれはみな合わなかった。焦っているためだろうか、三つを代る代る幾たびもやってみたが、どうしても鞄はあかないのである。

母が持っている。

夏子はちょっと茫然とした。

あの見知らぬ男に呼びかけられてから、母はひと言も口をきかなかった。男の声は高かったし、言葉は無礼なものであった。しかし母はなにも云わなかった。云えなかったのかもしれない。

そして鞄の鍵も自分で持っている。

そんなことはこれまで思いもよらなかった。鞄を大事がることはわかっていたが、鍵を隠して持つなどということは考えもおよばなかった。

茫然としていた夏子は、そのとき縁先のほうで人の声がしたのを聞き、そっちを見ると、さっきの男が梶岡と立っているのが見えた。

夏子はすぐ側に防空壕があるのをみつけ、蓋をあけて鞄を投げ込んだ。半ば反射的にやったのだが、それから生垣の卯の花の枝を五、六本折り、それを持って縁先のほうへ近寄っていった。

「ああ松原君、この人が」

「やあ、さっきは失礼」

男は梶岡を押しのけるように、こう云って頭を下げた。こんどは声もやさしいし、鉄兜の蔭で白い歯が見えた。夏子はそれには答えずに地下足袋を脱いだ。

「梶岡先生これ戴きました」

「ああどうぞ、幾らでも」

「母の枕許へ置いてやりたいと思いますの、こんな地獄のような騒ぎのなかで、この花がまっ白に咲いているのを見たら、とてもふしぎなような嬉しいような気持で、あたし涙がでてきましたわ」

「つまり花は、花は……」

なにか云うつもりらしいが、吃りなのでうまく言葉がでてこないとみえ、それでは花瓶を出しましょう、と云って、梶岡は裏のほうへまわっていった。

「松原君、さっきのことなんだがね、ちょっと念のために云っておきたいんだが」

夏子は黙って相手を見た。

「明日またくるからね、君たちには用のない物で、こちらには非常に重要な品なんだ、すまないが捜しておいて呉れたまえ」

「そんなこと仰しゃったってわたくしにはわかりませんわ」

「康彦君の日記なんだよ」

夏子は不審そうな顔をした。

「鹿革の装幀の厚いやつで、表紙に御池の紋が金で印刷してある、昭和十一年の日記なんだ、見ればすぐわかるよ」

「そんな物をどうして母が持ってますの」

「どうしてかということは数江が、いや君のお母さんが知っているはずです、ことによると知らないと云うかもわからないが、お母さんが持出したことは慥かなんだ」

「では母にそう仰しゃって下さい、今日は危篤で話はできませんけれど、よくなったら貴方から直接」

「それが待てないんだ、一日も延ばせない急な場合なんだ」男はそう云いかけて自制したらしい、またやさしい声になり、ひょいと頭を下げた、「どうか頼みます、君が捜してみて下さい、明日また来ますから」

「松原君、花瓶を出したよ」

勝手のほうで梶岡の声がした。夏子は男をそのままにして、梶岡のほうへ去った。

マカロニとスパゲティ

一

五月二十五日に、康彦は同族会に出るため、榛名湖畔にある別邸へいった。車でゆく途中の幾つかの市街や、戦争によって拡張した工場地区は殆んど残りなく焼土と化していた。康彦は初めて壕舎なるものを見、被災者たちや、食糧買出しの群れを見た。

車を運転しているのは兵士（少なくとも軍服を着た）であり、康彦の席には梅田執事と、参謀肩章を付けた中佐が同乗していた。中佐はウィスキーの罎を持って、絶えずそれを飲みながら、酔って血ばしった眼で、沿道のありさまを眺めては、絶えず悪魔的な冷笑をうかべていた。

「本土決戦をどうのこうのと云う馬鹿者どもがいるが、こうなれば国民自身が本土決戦をやらずにはおらんです」中佐はそんな独り言を云った、「民の声は天の声という、やむにやまれぬ民族の力というものは、科学や物量で破壊し去ることはできぬものです、全国が焼土となって、初めて日本民族の真価が顕われるんだ、かれらの爆撃は、そのたび毎に国民ぜんたいに戦意を与える、皮を切らせて肉を切る程度ではまだまだ、骨を斬らせて命を断つ、これが真の戦意というものなんだ、国民ぜんたいにこの戦意がわきおこるとき、敵は初めて日本民族がいかなるものであるかを知るでしょう」

「御池は明治維新の大業に非常な貢献をしておられる」中佐はそんなことも云った、「他の凡百の財閥とは存在意義がまったく違う、いよいよ本土決戦となれば、また御池の機構をお役に立てて貰うことになるのですな」

梅田執事は苦笑しながら頭を下げた。

高崎市（それは市というより市の焼跡に過ぎなかったが）を出ると空襲警報になった。車は構わず走っていた。いちど憲兵に停車を命じられたが、中佐が窓から顔を出し、「参謀本部の野島だ」と喚いてそのまま通過した。

それからまもなく、殆んど十分も経たぬうちに、戦闘機の編隊に攻撃された。さすがに軍人だけあって、中佐が初めに機音を聞きつけ、南方から突込んでくる編隊を見るなり、「グラマンだ、車を停めろ」と叫び、停車するより早くとびだした。

坂になっている国道の右側に、利根（とね）へ落ちる枝川が流れている。中佐はその斜面の灌木（かんぼく）の繁みへもぐり込んだ。

康彦は梅田と二人で中佐とは少し離れた藪（やぶ）の中へとび込んだ。

敵機は大きな鉄板を抉（えぐ）るような音を立てて小型爆弾を投下し、機銃で掃射しながら、かれらの頭上をかすめて旋回し、前橋（まえばし）市の方向へ去る。東武（とうぶ）鉄道と信越（しんえつ）線を叩（たた）くらしいが、道にあるかれらの自動車も眼につくらしく、急降下しては機銃をあびせた。

康彦には初めての経験である。キューンという急降下の音を聞くたびに、軀（からだ）がふっと浮いて、藪からとびだしたい衝動に駆られた。

形容しようもないほど喉（のど）が渇いた。唾（つば）を飲もうとするが、喉に丸い小さな球が詰っているような感じで、舌がうまく動かず、どうしても唾を飲むことができなかった。

がんがん！　自動車がハンマーで叩かれたような音を立てた。

康彦は反射的に眼をあげた。

敵の一機が、機銃から火を噴きながら、彼の真正面へ急降下して来た。彼はその機上にいる、大きな飛行眼鏡をかけた操縦者の顔を見た。

「やられる、やられる」

二

「やられる、やられる」

まったく無意識であったが、康彦は自分がそう呟くのを自分の耳で聞いた。にわかに自分の口から出た声であった。だがそれけ彼の意志とは無関係な言葉であり、その声もまるで他人の声であった。戦闘機の頭部から閃発する火（曳光弾のようであった）と、発動機と機銃の轟音と、そして飛行眼鏡のために奇怪な顔になった操縦者と、これらをひっくるめた印象は、極めて短い瞬間のことであろう、それは康彦の頭上を非常な速度で飛び去った。しかし康彦にとってその瞬間の印象は、譬えようもなく長く、しかも強烈を極めたものだった。

彼は「やられる」と云った。けれども実感としては「やられた」というに等しかった。彼は銃弾が自分の肉躰を貫通するのを、殆んど現実に感じ、同時に、それと一緒に自分の内部でなにかが破壊されたように思った。

「やつら自慢の空中サーカスです」中佐が起き上って来た、「こっちの空軍にもふざけたのがいたが、あれだけはやつらにはかなわん、なにしろ空中サーカス専門の芸人が教官になって教えるんだそうだから」

「もうよろしいでしょう」

梅田執事が康彦の腕に触った。

車の泥除けに大きな穴が二つ出来ていた。

走りだしてから見ると、前橋市の方向に小さな煙が三つ四つあがっていた。

「飲む物を下さい」

康彦の声は低くて聞きとれないくらいだった。梅田がシートの下から魔法瓶(まほうびん)を出した。

中佐は酒壜を手に持ったまま、とりとめのないことを独りで饒舌(しゃべ)り続けた。……

戦争になってから康彦はずい分多くの軍人と会った。そのなかには変った性格の人間も少なくなかったが、この中佐ほど型変りで、古風で単純な者は初めてである。

康彦は彼の名を知らなかった。

初めて東京に夜間大空襲のあった次の日、康彦は高原を去って、「甲八甲二一二号」と呼ばれる疎開工場へつれてゆかれた。そこは桐生市と足利市とのほぼ中間にある山の中で飛行機を作る地下工場だということであり、康彦は工場の責任者にされたわけであるが……中佐はそこへ査察官として来てそのままずっと留まっているのである。

　中佐はいつも酔っていた。彼は査察官として来たけれども、査察官としてはなにも用がなかった、「甲八」は事実上なにもしていないのである。その事情はあとで述べるが……要するに中佐は酒を飲み、徴用工という名目で集められた職業婦人と戯れ、定った日に「十七号」へ顔を出せばいいのであった。

　康彦は彼とは「甲八」で三度ばかり会っただけである。

　この中佐が参謀肩章を付けたのは、今日が初めてであった。それはこの車を榛名湖畔まで届ける「通行切手」として付けられたもので、軍における正当の所属を示すかどうかは不明だ。そして康彦らにとっても、そんなことはどちらでもよかったのである。

　車は黄昏ちかく伊香保の町にはいり、やがて湖畔の別邸に着いた。

　中佐は車から下りることもできないほど酔っていた。

　別邸には十五、六台の自動車が並んでいた。その日は同族九家がぜんぶ集まるので、康彦がはいってゆくと、正面玄関のホールには、すでに先着した人々がいて、椅子に掛けたり、立ったままなりで話していた。……その人々のなかに一人の逞しい相貌の老紳士がいるのをみつけ、康彦は意外そうに振返った。

「桁井さんが来ているね」

梅田執事は黙って頷いた。

三

康彦が玄関のホールをぬけてゆくと、そこにいた人たちは、申し合せたような一種の慇懃さで、会釈したり通りみちをあけたりした。

かれらの慇懃さは、巧みに冷淡と侮辱を包んでいた。

その理由を知ったのは十七歳のときであるが、いまではもう馴れている。康彦はかれらを無視して桁井正顕に挨拶した。

「暫くでした」

老紳士は微笑して、葉巻を持ち替えながら右手を出した。

「一昨日から伊香保へ来ていましてね、みなさんにお会いしたかったものだから」

「いやもう帰ります、明日は帰らなければ」

「ずっと御滞在ですか」

康彦は正面階段を登った。

梅田は康光の室へ到着の報告にゆき、この別邸付きの島という執事が、康彦をいつも彼に当てられる部屋へ案内した。

「ただの同族会ではないな」

島が出てゆくと康彦は湖に面した窓をあけた。

桁井正顕はかつて御池合資の常務であり、財閥全体の支配者として知られていた。桁井の前任者は園達弥といって、昭和七年に血誓団と称する国粋派の手で暗殺された。園は鉱業の専門家で、御池財閥の勢力拡張と、その繁栄を決定的なものにした功労者といわれたが、桁井は銀行系の出で、園が暗殺されたあとを受け、急速に変化する社会情勢に応じて、（この期間に五・一五事件、二・二六事件などがあった）財閥の修整と安定とに努力した。

彼は日華事変が起こってから御池を去り、戦時内閣には招かれて蔵相の椅子に就いたこともある。それは僅かな期間で辞したけれども、以来ずっと政界とは関係が続き、この四月、新内閣が（それは戦争終結の目的をもつといわれたが）組閣されてからは、その関係はいっそう緊密になった筈である。その桁井が同族会へ出るということは、単に意外なばかりでなく、そこになにか重大な意味があるに相違ない。

――ことによると戦争が終るかもしれない。

昏れてゆく湖に波が立っていた。康彦は外套のポケットに手を突込んだまま、窓に倚ってその波立つ湖を眺めていた。

梅田が入って来た。

「会は七時に始まります」

康彦は頷いた。

「ホールでみなさまがお待ちになっていますが、すぐお召替えをなさいますか」

康彦は腕時計を見た。

「少し休みます、そう、三十分ばかり」

「承知致しました、なにか御用はございますか」

「冷たい水を下さい」

梅田は命ぜられた事をすると、そっと扉を閉めて去った。

康彦はまた湖を見まもった。

赤く染まっていた雲がぐんぐん暗くなり、湖の対岸は見えなくなった。だが、こちらの岸から湖心へかけて、水面はいっとき明るく、そのためにひどく寒そうに光ってみえた。

「あの男はもう基地へ帰った」

自分に向って急降下して来た戦闘機の中の男。なにか怪物めいた大きな眼鏡。耳を劈(つんざ)くような発動機と銃声、そして機銃の火光。があーっと真向から襲いかかって来た轟音(ごうおん)と閃光(せんこう)の中で、操縦者のぶきみな顔だけが、ふしぎに鮮明な印象となって残っていた。

「やあ、暫く」

うしろで扉があいた。

四

「芝(しば)のこんちゃんに便乗して来たんだよ」中小路の宗季であった、「そろそろ手を挙げるらしいからね、僕もいまのうちに善後策を立てなくちゃならない、ここには酒はないの」

「水だけだよ」

康彦はまだ湖を見ていた。

「梅田を呼んでいいかい」

「七時に会が始まるんだ」

「僕が出るわけじゃないさ」宗季は呼鈴の紐を引いた、「君が立ったあと、あそこでひと騒ぎあったのを知ってるかい、あの晩リヒトが憲兵に捉まったろう、捉まったんじゃないんだ、拳銃で撃たれてね、なんと、佐田西の美千公の部屋へ逃げ込んでたんだぜ、背中のここんとこを射たれてさ、朝になって医者が報告したんで捉まったそうだがね、あっぱれなのは」

梅田執事が来た。宗季はウィスキーを命じ、窓際のソファに駆けて煙草を出した。

「あっぱれなのは美千公さ、医者が来るまで自分で介抱したらしい、憲兵がいったときは着ている物が血だらけだったとさ」

「よして呉れないか、聞きたくないよ、そんなことは」

「え、ああ、ああそうか」宗季は歯をみせて笑った、女のように小粒なよく揃った白い歯であった、「そうか、思いだしたよ、君はあの晩リヒトが逃げ込んだとき佐田西にいたんだったね、美千公が饒舌ってたが、あれから美千公なんとかいって来ないかい」

「それが君に興味があるのか」

「寧ろ警告したいからさ」

梅田が酒の支度を持って来た。宗季は盆を受取って膝の上に置き、壜を見て、それが国産であるのに眉をしかめた。そして口の中で、ここの執事を呪咀した。「島の野郎またなめたまねをしやがる」とか「あの野郎はどうしてもいつか一度」などというふうに。……だが二つのグラスへウィスキーを注ぎ、それをぐっと続けて呷り、なにかの燻製にした小さな川魚を巧みな手つきでつまんだ。これらのしぐさはなめらかな、洗練されたものにみえるが、例によって新劇の某俳優の演技の模倣だということがすぐにわかった。

「というのはだね」宗季は続けて云った、「そのリヒトの騒ぎのあとで、美千公は松川屋を伴れてあの家をとびだした、うん、この燻製は鮎だね、悪くない……それからどんなコースをながれ歩いたか知らないが、京都のなんとかホテルで寝込みを臨検くらってさ」

「失敬だが着換えをするよ」

康彦は鞄を持って隣りの寝室へはいっていった。

「君は警告を聞きたくないのかい、それとも僕を軽蔑するのかい」

宗季が大きな声で云った。康彦はそれには答えずに梅田を呼んだ。

中小路は公卿出の子爵で、康彦より一つ年上の二十七になる。学習院時代から賭博と遊蕩に耽り、もともと家は貧しかったが、この種の人間に共通の「虚名を利用する」知恵に長じていて、年には不似合な借財をつくり、危うく爵位を失いかけたこともあった。

彼の父の宗胤は御池の産業系の会社に三つほど重役の席があった。宗胤の死後、宗季はその席の一つを継ぎ、(それは専ら捨て扶持を貰うためであったが)現在では他に闇仕事などもやるらしいが、相変らず賭博と女に耽溺しているのであった。

五

康彦は少年のころ宗季と最も親しかった。

形式と虚飾でかためられた環境のなかで、宗季には飾らない裸な人間らしさが感じられるように思えた。彼は自分の父母をも、平気で冒瀆するような口をきいた。

——人生は反逆だよ。

そんなふうなことをよく云ったものだ。

――すべての既成概念に反逆することだ、既に在るものは燃焼した灰さ、生きるということは創造だからね。

複雑な生立ちにも原因はあるが、康彦は同族のあいだで早くから孤独であり、異端者のような存在であった。それが宗季に親近感をもたせたのであろう、だが中学を出るじぶんにはもう気持は離れていた。

宗季のすろことや云うことは、みんなみせかけだということがわかった。吃驚するような警句や逆説を口にするが、それは必ずどこかで聞くか読むかしたものであった。

わざと着古した身装で伊達に見せる法や、洒落れた巧みなゼスチュアなどは、舞台の演技のまねにすぎなかった。

そのうえに、宗季が自分に近づくのは、単に自分を利用するためだということを知った。

康彦は決して表面には現わさなかったが、宗季のほうでは、康彦が自分を軽蔑し始めたことに気づいたようだ。それは宗季の態度でわかった、しかしそのために康彦から去りはしなかった。

――君はおれを軽蔑しているね、おれはそれをよく知ってるよ。

そういう意味をほのめかしながら、これも表面はなにくわぬ顔で、寧ろ以前より無遠慮に、しっかりと康彦にくいついて離れなかった。

「だがなんのために此処（ここ）まで来たんだろう」

康彦はタキシードを着終った。

「は、なんでございますか」

「いやなんでもない」

時計は七時十五分前だった。

康彦は舌打ちをした。ホールへ下りてゆけば、同族の人たちと不愉快な挨拶（あいさつ）を交わさなければならない。十五分。多くのばあいもてあます時間だ――それは使いようがないし、待つには長すぎた。

――だが宗季はたくさんだ。

康彦は廊下へ出た。

ホールでは三人の給仕が、客たちにコニャックの杯を配っていた。桁井正顕（この老紳士だけは背広であったが）は、中央の円柱の側でマイヨールの青銅の小品を指さしながら、三田綱町（みたつな）の御池幸三郎になにか説明していた。

幸三郎は「芝のこんちゃん」と呼ばれる。高輪（たかなわ）の光康と彼とが、康彦とほぼ似た年齢で、いちばんの年長者は京都の康左衛門であった。かれらが康彦を敬遠するように、康彦もかれらには興味がなかった。ただ一人、麻布（あざぶ）片町の康近だけは違う。康近とだけはお互いが意識して避けあった。

「ええもう、太平洋側はぐるっとです」誰かが自慢そうに云っていた、「沿岸にぐるっと連合艦隊がいるそうです」

「沖縄もだめらしいね」

康彦は大きなゴブランの壁掛を眺めながら、独りでそっと苦笑した。

この人たちの口から戦争の話を聞くのは初めてである。サイパンが陥ちフィリピンが陥ちても、かれらはまったく無関心であった、勝っても負けても、自分たちには根本的影響はない。

――御池は日本の御池でなく、世界の御池だ。

それがこの人たちの固い信念であった。

六

御池が世界的な存在だったということはたしかだ。

御池は世界各地に支店を持ち、日本との貿易だけでなく、外地において純然たる外国間の貿易もやっていた。それは欧・亜・米にわたるもので、各国の産業資本と相当に根づよい関係を保って来た。

また同族のなかにはもちろん、財閥の首脳部にも米・英の学校を出た者が多く、それぞれが当時の学友で今はその国の有力な（政、財、学、軍にわたり）人物になっている友人を持っていた。

――たとえ戦争に負けても、御池の亡びることは決してない。

かれらはそのことを少しも疑ってはいなかった。カイロ宣言も聞きながし、ヤルタ協定も聞きながした。戦争のどんな推移もかれらの関心を惹かなかった。今かれらが戦争について語っているのは、すでに終戦が近いと認めたからである。かれらも飽きていた。そしてこれ以上むだに、自分たちの資産を焼かれたり破壊されたりすることや、万一にも（それは殆んど有り得ないことではあったが）国民のあいだに革命暴動でも起こったりする危険を避けたかった。

「誰かモスクワへ飛ぶらしいですね」

「もう五、六週間かな」

康彦は嘲(あざけ)るように唇を歪(ゆが)め、壁の前をゆっくり往き来した。

こんどの同族会は臨時のものである。こんな例はかつてなかったし、桁井正顕が出るということで当然そこに特別な意味を感じなければならない筈(はず)であった。

――いまに驚くぞ、もう十分か二十分のうちに、あっと驚くようなことを聞かされるぞ。

大時計が七時を打った。

島執事が出て来て会の始まることを告げ、みんなは食堂へ入っていった。

御池の同族会は年に一回、本家の当主を中心に九家の者が集まる、これは江戸時代からの伝統的行事で、祖先に対する感謝、各事業の年次報告、そして同族間の親睦(しんぼく)などが目的であった。そのとき本家当主によって「宗竹様御遺訓」なるものが読まれる。御池二代の康右衛門という人の遺言で、三十数ヵ条にわたって一族の守るべき家訓を示したものであった。

この種の家訓はたいてい似たり寄ったりであるが、他にみない項目が三、四あるのと、これが三百年ちかい年月を一貫して、厳重に守られて来たところに特色があった。

一、御池一族を九家に限ったこと。

一、本家が各事業を監査し一族全体の会計を統一したこと。

一、事業経営に有能な使用人を登用すること。

一、大名諸侯や宗教とくされ縁を結ばないこと。

そのほか右を敷衍（ふえん）したものを総合すると、近代資本主義の原則ともいうべきものが、かなり明確にあらわれている。一族はよく協力し、本家の統一権にしたがって、集中された資本力の強みを発揮した。経営面では主人よりも有能な使用人に腕をふるわせ、つねに老朽の淘汰（とうた）を怠らなかった。

さらに政治や権力と煩瑣（はんさ）な関係をもつこと、また宗教に深入りすることを禁じた点は、資本主義の冷静な判断と理性を示すものであろう。御池財閥の繁栄の基礎は、この家訓の精神と、それが実行されるべき機構を持った、というところにあるといってよい。

この宗竹遺訓は門外不出であり、同族会は「秘密会」であった。そして、その日の同族会は「特秘」ともいうべき性質のものだったのである。

七

同族会そのものはごく短時間で済んだ。

だが康彦が想像したとおり、それはかなり重大な意味をもつもので、列席者のあいだには明らかに動揺と狼狽（ろうばい）の色があらわれた。

兄の康光は冷酷といってもいい態度で、事実だけをずばずばと宣言するように述べた。

すなわち要約すると——

ヤルタ協定のその後の情報がはいって、終戦にたいする連合軍の条件が硬化したこと。そのなかで「財閥解体」という問題が必至のものになったこと。しぜん御池一族の将来も安泰ではなく、寧（むし）ろ非常な打撃を覚悟しなければならぬこと。

右の情報によって——

一、御池一族の合同体の解散。

一、同族九家の財政的独立。

一、全事業の分散。

右の三項が避け難いものだということ。などであった。

康彦は無感動に聞いていた。

兄の康光の眼もきわめて平静であった。それは本家の当主というよりも、傍観者であるような印象を与えた。

康光の席が最上位で、それから直家（じきけ）三、分家四、という順に並んでいる。

桁井正顕は康光の脇にいた。

　これまでの例によると、いま桁井のいる席は合資の常務のものである。そして年次報告に移ると、各事業体の代表者が出るので、そのための席が設けてある。だがその日は桁井正顕のほかには、事業関係の者は一人も出席しなかった。もちろん年次報告などはなかったのである。

「今日は以上のことをお伝えするためと、当分は同族会の催しなども不可能になると思われますので、ひとまず別宴という意味で集まって戴（いただ）いたしだいです、詳細のことは合資のほうからそれぞれ書類を持ってまいる筈ですから、ご検討のうえ異議のある方は合資へお申し出願います、ではどうぞお寛（くつろ）ぎ下さい」

康光が言葉を結ぶと、島の指図で給仕たちがシャンパンを注いでまわった。

――スパークリング・ワイン。

軽井沢でパーティのあった夜、近田紳二郎の云った言葉が思いだされた。みんなごまかし、泥臭い猿芝居。

――御池三百年の土台の崩壊。

康彦はそれとなく同族の一人一人を眺めやった。かれらの様子は変っていた。初めの動揺や狼狽の色はもうなかった。そこにはかえって活き活きした、解放のよろこびに似たものさえ感じられた。

――そうだ、かれらは財政的には安全なのだ。きわめて僅少な損失によって、これまで縛られていた家憲の桎梏から解放されるのだ。

同族が財政的に安全であるというのは、同族の合同体が「投資資本」だったばかりでなく、その経営する直系傍系の事業を通じて、自由経済の巧緻な自己保全の法が講ぜられ、外部からは実体をつかむことのできない、不動の保証が積まれているからであった。

「ヤルタ協定が強硬になったとすると、ソ連の参戦という問題も実現するんですか」

「樺太、台湾、千島を取られるわけですか」

そんな質問が桁井に集まった。この老紳士は腕組みをして、低い声で、自分は何も知らないと答えるだけであった。

「――どうぞ」

康彦の耳の側で声がした。振返ると島執事がいて、腰を屈めながら囁いた。

「――お居間のほうへ」

八

康光の居間は四坪ばかりの狭い洋室で、大きな樫材の事務卓子と、それに向って椅子が三つあるほか、装飾らしい家具はなにも無かった。祖父の康茂の好みだったそうで、亡くなった父の康高はその部屋を使わなかったという。

だいたいこの湖畔の別邸は、箱根の離宮を模して造られた、という伝説があった。康彦などは知らないが、設計者の某博士の口からそれが漏れ、右翼系の新聞や雑誌などでたたかれたことがある。特にこの「居間」が、離宮にある明治天皇の常の御座所にそっくりだというわけで、相当ひどく騒がれたということだ。

明治天皇は日常たいそう御質素だったと伝えられるから、或いはこの居間の造りは、天皇を崇拝敬慕していた祖父が、そう意識してやったことかもしれない。

――まるで検事の取調室かなんぞのようだ。

父はこう云って嫌ったという。しかし兄の康光は好んで使った。戦争になってからは、兄は殆んどこの別邸か京都の別邸にいて、東京の本邸には必要のときだけしか出なかった。十九年の春には妻と二人の子を京都に置き、彼はずっと此処にいたのである。

「途中で空襲にあったってね」康光が入って来た、「機銃掃射をされたそうじゃないか、どんな気持だった」

康彦は黙って苦笑した。

「まあ掛けないか」

康光は肥えていた。頬や顎の肉のたっぷりした、眉のはっきりした、強靭な意志を示す顔だちである。父の康高が「飾りもの」的な存在だったのに対し、康光は極めて現実的な才能をもっていた。御池合資の代表者として、また九家の統率者として、十分の貫禄と実力をもっていたばかりでなく、事業経営の面にも非凡な才を認められていた。

「御用はなんですか」

「うん……どう、一本」

康光は煙草のケースをさし出した。康彦は辞退した。

「実はね、いま向うで云ったような事情で、われわれは非常な苦境に立たなければならない、或る意味では根本的な崩壊の惧れもあるんだ」

「それは日本ぜんたいでしょう」

「いや違う、戦争に負けても日本という国は亡びやしない、必ず新しく再建される、しかもうまくゆけば、本当の意味で自由と民主制度の国ができるんだ」

「ヤルタ協定によればですね」

「いやわれわれが望むんだ」康光は煙草に火をつけた、「資本主義はもともと自由と民主性から出発したものだ、御池の歴史をみればわかるとおり、自由経済と民主的政治のなかで、御池は大きく飛躍し育って来た、狂信的国粋派や全体主義、統制経済のなかではいつも被害者だったんだ」

康彦は兄の顔を見た。

「しかし、それを僕に認めさせてどうなさるんです」

「君はまだ出してないね」康光はさりげなく云った、「あの書類をさ、マカロニとスパゲティ」

「あれはなくしたと云った筈ですがね」

「聞いたようだね」

「信じないというわけですか」

「まあおちつきたまえ」

康光は卓子のうえへ肱をついた。

九

「そのなかに僕もはいりますか」

「それならもっと穏やかに話さないか、問題はわれわれぜんたいのためなんだ」

「僕はおちついてますよ」

康光は煙草の火を見た。眼を細くして、じっと赤い火を見ながら云った。

「財閥解体が必至だということは、単に連合軍の要求ばかりじゃない、敗戦後の自由民主制のなかでは、共産主義の勢力が必ず強大なものになるだろう、決して甘くみるわけにはいかないんだ……日本の世論というやつは自主性がなく、いつでも現象に左右される、ことに戦争に負ければ、その反動として盲目的な破壊思想がひろまるに違いない」
「それは現象じゃないというわけですか」
「もちろん現象さ、だが破壊が現実に行われれば自滅だ、これまで発達してきた社会機構のうち、残すべきものを残さなければ、新しい再建など思いも及ばないことになる」
「御池は残るんでしょう」康彦はするどく兄を見た、「十九年の三月でしたか、貴方（あなた）が京都へ移ってゆかれたすぐあとだと思うが、合資の市原が僕にこう云ってましたよ……そろそろドル買いの準備ですってね」
「君はユーモアを解さないのか」
「実際を知ってますからね」
「君がかい」
「僕でも、と云いましょう、僕は自分の見たことしかわからないけれど、御池系の軍需工業に限っても、原料資材と生産実量とのギャップ、そこからどれだけがどう処理されるかという点ですね……いいですよ、お笑いなさい、僕もいまさらこんなことに口を出すのが滑稽（こっけい）だということは知っていますよ」康彦は椅子から立った、「けれども十九年の三月に、ドル買いの準備をすると云ったのは彼の本音です、それは貴方がさっき云った自由経済の根本理念ですからね、戦争に勝ちめがないとわかれば、そこから身を退くのは資本主義の常識です、御池はそのとおりやってきたし、敗戦までにはそれを完全なものにできるでしょう……貴方が僕のマカロニとスパゲティにまで気を使うほうが、僕にはよっぽどユーモラスに思えますね」

「君の云うことはわかった、要するにあの書類は出さないというわけなんだね」

「もういちど答えますが、あれは紛失したんです、去年、貴方から、そう云われたとき捜したがわからない、いくら捜してもわからないんです」

「すると……」康光は煙草を灰皿に置いた、「君にはあれが、さして大切ではなかったわけか」

「どっちとも云えませんね、お父さまが呉れたから貰っただけで、大切でないとも大切だとも思ったことはないんですから」

「じゃあ権利を放棄してもいいわけだね」

「――どうしてです」

二人の眼は敵意と憎悪を含んで、互いに相手を見た。だがもちろん康彦は兄の敵ではなかった、康彦などがどうじたばたしたところで、兄の指一本動かすことはできないだろう。

「――そんなことは念を押すまでもないでしょう、貴方は力があるんだし……そうしたければ僕の意見など問題じゃあないでしょう」

「君は今夜は雄弁だね」康光も椅子から立った、「もういちど席へ戻るかい」

康彦は黙ってその室を出た。

十

康彦はそのまま階上へ戻った。

同族の人たちの話を聞くのもいやだったし、兄の顔を見るのは耐えられなかった。

部屋には誰もいなかった。

電燈は卓上のスタンドだけになっていて、その脇に飲みかけのグラスや酒壜や、摘み物の皿や水差しなどがあり、それがどこかで見たことのある静物画のような感じにみえた。

康彦は卓子のほうへ近寄ろうとしたが、寝室の扉があいているので、なにげなくそっちを見ると、寝台の脇に誰かいて、彼の鞄を掻きまわしているようすだった。

初め梅田かと思い、声をかけようとしたら、こちらへ向けている背中の恰好で、それが中小路だとわかった。

「なにを捜してるんだ」

康彦は漠然ときいただけであった。しかし宗季ははっと息をのんだように、鞄の上へ跼んだまま動かなくなった。

ほんの二秒か三秒のことであるが、その宗季の異様な態度は、逆に康彦をひどく驚かした。それは慥かに異様であり、こちらがぎくりとするような感じのものであった。

「カードは持って来なかったのかい」宗季はすぐにこう云って、立ってふらふらとこっちへ来た、「退屈だからペーシェンスでもやろうかと思ったんだよ、会はもう終ったのかい」

「僕がトランプをやらないことは知ってるだろう、君はもうそんなに酔ったのか」

康彦は卓子の上の、僅かしか減っていない酒壜を取った。それを中小路に見せるようにし、自分のグラスに注いでひと息に呷った。

「からむようなことを云うなよ、トランクの中にはトランプ、おれの悲しむべき習性さ、君にはギャンブラーの心理はわからない」

「だが見当ぐらいはつくよ」二杯目を注いで、康彦はそっぽを向いたまま云った、

「君がそこでなにを捜していたかということ、誰に頼まれたかということぐらいはね」

「ははあ……」

「可笑(おか)しいのかい」

「とんでもない」宗季は例の身振りをした、それから飲みかけのグラスをあけ、それにウィスキーを注いで、ソファへ悠々と掛けた、「可笑しいどころか驚いてるんだよ、君にそんな想像力があるとは思いもよらなかった、昔から君には一種の被害妄想(もうそう)のようなものがあったがね、しかし僕が単にカルタをみつけようとしていたのを、そんなふうに」

「下へゆきたまえ、兄が待っているよ」

「兄って、殿さまのことかい」宗季は眼尻(じり)ですばやく康彦を見た、極めてすばやい一瞥(いちべつ)だったが、彼は康彦の表情からなにかを把(つか)んだようであった、「やれやれ、こいつはどうも、君はなにかひどく誤解している、おれはあんな殿さまとは口をきいたこともないし、これからも決してつきあいたくはないね、決してさ……彼は冷血動物だよ、投資財閥のおやだまとしてはもってこいの人間さ、それだけのこったよ」

「どっちにしろ僕をそっとしといてくれ、君の捜す物は僕の手には無いんだ、それはまったくむだなんだから」

宗季はグラスを手の中で廻(まわ)しながら、独り言のようにぽつんと云った。

「そうらしいね」

十一

康彦はその夜のうちに去るつもりだった。

しかし十時半ころから空襲警報になり、約三時間、B29二百五十機によって、東京周辺が爆撃された。それでやむなく別邸に泊ったが、夜の明けかかるのを待って、梅田に出発の支度を命じた。

「挨拶(あいさつ)は済んでいるから、誰にも知らせなくっていい」

梅田にそう断わったが、玄関には康光がガウンを着たままで待っていた。

「じゃあ気をつけて」

彼は康彦の手を握った。

「ゆうべの話は了解して呉れたろうね」

「――ええ」

「捜させて貰うかもしれないよ」

「――どうぞ」

「今後もし君がみつけたら、知らせて呉れるものと期待していいかね」

康彦は兄の眼を見た。そして帽子をかぶりながら云った。

「貴方(あなた)もお大事に……」

車にはすでに中佐と、そして中小路宗季が乗っていた。宗季は合着の外套(がいとう)の衿(えり)を立て、なにか耳こすりをして中佐を笑わせていたが、康彦を見るといそいで席をあけ、白いきれいな歯をみせて有無を云わさぬ笑い顔を向けた。

「さあどうぞ、梅田君は助手台にして貰ったよ」

「君はどこまでゆくんだ」

「ひどい質問だね、甲八へゆくってゆうべ話したじゃないか」

「兄の命令でか」

「とんでもない、僕の自由意志だよ、向うでみんなとおちあう約束なんだ、たぶん着いてる頃だと思うがね」

「みんなとは……」

「みんなさ、いけばわかるよ」

車は走りだした。

康彦は云いようもなく気持がふさいだ。

——マカロニとスパゲティ。

亡くなった父が康彦に呉れた「遺産」である。御池は九家以上に同族を殖やせない、そして分家をする者には僅かな資産しか分与できない家憲がある。

父は康彦を偏愛していた。

理由はいろいろある。その一つは康彦が兄とは違う母から生れたということだ。それは絶対に近い秘密で、彼は十七歳になるまで知らなかったし、自分の生母がどんな身の上の女性か、なんという名かはまるでわからなかった。今でも生きているか、それとも死んだものかさえ知ることができない。

彼に対する父の偏愛（憐れみだったかもしれない）は彼に対する周囲の者を冷淡にさせ、反感をさえもたせたようだ。

——正妻の子ではないからか。

そんなことはない。彼と同じような出生の者は一族のなかに少なくなかった。だがそれらは康彦とはまるで違っていた。康彦のばあいは、彼が正妻の子でないというより、生母の位置がその原因であるように思えた。

父からひそかに遺産を貰ったとき、康彦は屈辱を感じた。

マカロニとスパゲティ。それがどんな物であるかは知っていた。しかしその所在や、どれほど価値があるかは知らなかった。今でも知ってはいないし、今後も知りたいとも思わないだろう……父が呉れた書類はその所在を記したものであった。しかし康彦は開いて見る気もしなかった。そのまま机の抽出へ入れ、そのまま忘れてしまった。

十二

康彦は忘れたが、兄は知っていたのだ。

父は誰にも内密で「それ」を呉れた筈である。しかし兄は知っていた、そして去年の十二月、その書類の提出を求めて来た。

康彦は父から「それ」を貰ったときの屈辱と同じ屈辱を感じながら、「それ」を思い出した。

しかし「それ」はなかった。

初め机の抽出へ入れて、その後どこかへ入れ変えたようにも思う。去年の春、兄の家族が京都へ移ったとき、彼も青山の邸から軽井沢の別邸へ疎開した。所有物はだいたい持っていったが、一部は青山に残してあった。どちらも念入りに捜してみたけれども、ついに発見することができなかったのである。

「さよう、主力は富士山麓あたりでしょう」

宗季の誘いに乗って、中佐がしきりに意気をあげていた。

「赤城、筑波、阿武隈山系、中部の南北アルプス、日本ぜんたいの脊梁山脈はみな絶好の自然要塞でしょう」

「今まただいぶ召集が出ているようですが、あれはつまり本土決戦のためなんですね」

「機密だから云えないが」中佐は渋いような眼をした、「結論的なところは、軍としては満州にあるらしいです」

「ははあ……」

「もちろん本土決戦で、敵に決定的な出血を与える、それが大前提であって、兵力の増強、武器の保存、みなその線に添ってやっているわけでしょう」

「B29などくそをくらえというところですね」

「そういうことです」中佐は昂然と反った、「航空機がどんなに発達しても、戦争を決定するものが陸軍だということは、現在いかなる国の戦術家も認めているところでしょう」

「貴方は大本営付きですか」

「いや、僕は、違います」

「参謀というのはいいですなあ」宗季はまじめな顔つきで、さも羨ましそうに中佐の姿をじろじろ眺めた、「その肩章がすばらしい、僕は一度でいいからその肩章を付けて歩いてみたいですよ、失礼ですがどこの部隊ですか」

中佐は黙っていた。

「あ失礼、機密なんですね」

宗季は手で自分の口を押えた。

車が前橋市を過ぎたとき、空襲警報が鳴りだした。そのまえから宗季と中佐はウィスキーを飲み始め、もうかなり酔って、大きな声で話したり笑ったりしていた。

——中小路は兄の手先だ。

康彦は眼をつむった。

宗季が鞄の中を掻きまわしていた恰好。康彦が「甲八」へ移ったあとで、彼はおそらく軽井沢の邸をも捜しまわったであろう。そしてこんどは「甲八」へいって、そこにある持物を捜すつもりに相違ない。

——だがあの兄が中小路などを使うだろうか、あの冷酷なくらい用心ぶかい兄が。そんなことは有り得ない。

——兄は決して中小路などに頼む筈はない。

康彦はゆうべからの思い違いにはっと気がついた。そうだ、御池の名からいっても、事の内容からいっても、康光はこの賭博と遊蕩の常習者を近づけるわけがなかった。

——では彼は「あれ」を捜していたわけではなかったのか。

康彦は疲れたように深い溜息をついた。

十三

車が「甲八甲二一二」へ着いたのは午後二時であった。

大型トラックが二台通れるほどの新道が、尾又の駅から東北東へ幾つかの部落を抜け、山の裾をまわって、三阪山の山峡へと続いている。駅から約六キロ、道は新しい木の柵をまわした門に遮られ、そこには門衛があって、出入りの警戒は必要以上に厳重であった。門から一キロばかりゆくと（道は同じ幅で続く）寄宿舎ふうの建物が大小五棟ばかりある。そこは職員や工員の住宅であって、男女工員が百二十人ばかり、半年まえからできているが、かれらは周囲に畑を作ったり、トラックの着くとき選抜された者が荷役をするほかはなにも仕事がなく外出は許されず、殆んど缶詰にされたままであった。

　中佐はそこで車を下りた。

「どうです子爵、下りてひとつ一緒にやりませんか、優秀なのがおりますぞ」

「あとできましょう、待っている者がありますから」

「じゃああとでぜひ」酔っている中佐はふらふらし、卑しく歪んだ表情で笑った、「柳橋の一流のエスです、御面相はさほどでもないがね、さっき話したでしょう、それこそいちどなにしたら……」

　車は走りだした。

　そこから谷をまわって、かなりな勾配の坂を約二キロゆくと、雑木林の台地があり「甲八」の本部の建物が三つならんでいた。いずれも急造の洋館で、うしろに大きな倉庫があった。

門衛から電話があったのだろう、車が康彦の住居の玄関先へ着くと中から四人の男女がとびだしてきた。沼野原、幸田夫人、高楷の功茂、和泉佐登枝などである。

康彦は宗季の顔を見た。

「そんないやな顔をするなよ、みんなで甲八の陣中みまいに来たんだ、さあ下りたまえ」

「どうして来られたんだ、此処(ここ)へは関係者のほかはむやみに入れないはずだぜ」

「高楷のモッちゃんがTの宮に似ていることを忘れたのかい、いま頃そんな質問をするのはよせよ、まだあの中佐の参謀肩章より罪は軽いぜ」

康彦が車を出たとき、四人のうしろへ高楷珠子が出て来た。

「ブラボー、カール・ハインツ」

酔っているらしい。康彦は露骨にふきげんな顔をして、かれらのあいだを大股(おおまた)にぬけてゆき　そのまま二階へあがっていった。

「古い手だよ」沼野原邦介が幸田夫人の肩へ手をやった、「ふさぎの虫、あれしきゃ芸がねえんだ」

「どうした」

珠子が宗季と玄関へ入りながらきいた。ごく低い、そしてすばやい囁(ささや)きであった。

「持ってはいない」

「すると此処ね」

「まあね」宗季は外套を脱いだ、「どうも馬込が怪しいと思うんだ、此処に無ければもういちど当ってみるよ、ことによったら非常手段だ」

「思いきってね」珠子は妖しく笑った、「それにはちょうどいい時期だわ、人間の一人二人、死んでも生きても注意する者はいないからね」

珠子は食堂へ通じる扉の蔭へ、宗季をひき寄せて、両手を彼の頸へ絡みつけた。

湖畔にて

一

榛名湖畔の別邸で、御池同族会が開かれた夜、夏子は川崎にある日普精機の分工場で爆撃に遭った。

母が五月四日に死んだとき、市野三郎に箱根へ疎開しろと勧められた。

三郎の父の敬二郎は、山木周平の家に四、五日いて、箱根へ独りで移っていった。まえにも記したが、老人はカナダ・サン保険会社を退職すると、元箱根に三千坪ばかりの土地を買い、家を建てて妻と二人で隠居したのであるが、妻に死別したあと、その家を某という伊太利人に貸し、自分は山を下りて来て、三郎の寮へ一緒になった。

――このうえおれ独り取残されては堪らない、死ぬならおまえと一緒だ。

そういうわけであった。

しかし寮を焼かれ、人の家に間借りをし、連日連時の空襲に他人の壕へ入り、不自由な自炊を続けることは、戦争がまったく絶望的になったことと共に、老人にはもはやがまんがならなくなったらしい。

折から家を貸していた伊太利人が軽井沢へ去ることになったので早速そちらへ移っていった。三郎は山木の家から工場へ通い続けていたが、夏子は母の病臥以来ずっと休んで来たし、戦争がこのありさまでは、もう危険を冒して工場へゆくこともあるまい。山木周平もそう云い、三郎も同意見であった。

——箱根へいっておやじの世話をして呉れよ、もうすぐ戦争も終るだろうから、そうしたら将来の相談もしよう。

三郎は頻りにこうすすめた。

夏子は応じなかった。ここまでたたかって来て、自分だけ逃げだす気持にもなれなかったし、母に死なれて身軽にもなったし、日本が負けるなら、自分も日本と一緒に死んでもいいと思ったのである。

日普精機の大森工場が焼かれ、川崎の分工場へ通うようになって一週間、その二十五日は残業に当っていたが、十時の休憩時間が終ったとたん、サイレンが鳴りだした。

前日はB29の誘導による小型機の攻撃だったが、その夜はB29が二百五十機で侵入し、大部分は市の北部を焼き、一部が川崎の工業地帯を爆撃した。夏子はそのとき初めて爆弾の恐ろしさを知ったのである。

まわりの者の話では、爆弾は二五〇キロだそうであったが、落下音も焼夷弾とは段違いであるし、炸裂音と震動の凄まじさは形容しようのないものであった。三十人ほど入れる壕が下から衝きあげられぐらぐらと波のように揺れ、ペトンがばらばら崩れ落ちた。

「こわいー、こわいよーっ」

挺身隊の女子工員の中から、狂ったような悲鳴が起こった。

「伏せて伏せて、耳と眼を手で押えろ、口をあけろ」

男の指導員がどなり続けた。しかし爆弾はこの工場を覘っているらしく、激しい震動と炸裂音とは殆んど息をつく暇もなく、壕の中は制しようのない恐怖にたたきこまれた。

夏子は頭を両手で抱え、俯伏せになったまま、「これで、おしまいだ」と口のなかで繰り返し呟いた。

「天皇陛下ばんざい」

壕の外でそう叫ぶのが聞えた。

があーと急行列車がのしかかるような音がし、ぐらっと地面がはね上った。ぞっとするような悲鳴と共に、夏子の軀（からだ）へなにか崩れて来た。夏子は本能的に身を避け、壕の入口のほうへ逃げだそうとした。

二

壕からとび出したことは覚えているが、それからどうしたかは記憶がなかった。巨大な火焰（かえん）の咆吼（ほうこう）と、煙の渦。狂気のように泣き喚（わめ）く人の群れ。これらの断片的な印象のなかで、夏子は死んだ母のことと「母の鞄（かばん）」のことだけを想っていた。

——今日は三七日（みなぬか）だった。

あの鞄をどうしようか。

落下音が聞えると地面に伏し、また溝（みぞ）の中などへとび込んだ。前後左右が火と煙で、そのなかを目的もなく、ただ人の群れと一緒に逃げまわった。

「六郷（ろくごう）へゆけ、向うは大丈夫だ」

「戻るな、戻ると焼け死ぬぞ」

「多摩川だ、多摩川だ」

「この火をぬければ大丈夫だ」

絶えずそんな叫びが聞えた。しかし夏子にはそれがどっちの方向をさすのかわからなかった。分工場へ通いだしてから一週間足らずで、川崎の地理をまるで知らないし、そんな火と煙のなかでは、東西の区別すらつけようがない。まったく夢中で、ただ人のあとを付いてまわった。

人の群れはやがて大きな貯水池の処で動かなくなった。

どちらも大きな工場の建物が燃えていた。貯水池は防火用のものらしく、コンクリート造りの大きなもので、深さも相当あるらしく、「中へはいると溺れるぞ」と頻りに叫ぶ声がした。夏子は千切れた薦をみつけ、それを水に浸して頭からかぶり、池の側に倚伏した。

空襲はいつか終っていた。

まわりの工場はいつまでも燃え続け、絶えずなにかの爆発する音が聞えた。貯水池の周囲はかなり広い草原で、そこに千人ばかりの人間が避難していたが、火の熱さと煙に巻かれる苦しさで、女たちや子供が絶望的に泣き叫び、苦しまぎれに水へとび込む者もあった。朝になってから、貯水池で四、五十人の溺死者が発見された。

夏子は三度ばかり「死ぬぞ」と思った。

煙が肺に充満し、眼の中が赤くなり、頭が痺れたようになる。死にたくないとは思わなかった。恐怖もなかった。ただそれ以上苦しみたくない、寧ろ死ぬなら早いほうがいいとさえ思った。

あくる朝、夏子は京浜国道を歩いていた。

「もうたくさんだわ、あたし箱根へゆくわ」

そんなことを無意識に呟いていた。道は罹災者の往来でいっぱいだった。もちろん珍しくはない飽きるほど見馴れたけしきである。夏子は火の中を逃げまわったときと同様に、その群れと一緒に歩いていた。

貯水池の側からどうして出てきたか、そこが何処であったかも覚えてはいない。殆んど放心状態で幻聴と幻視におそわれながら、ときどきふとわれに返り、その瞬間だけ自分が生きていることを意識した。

「もうたくさん、もう御免だわ」

口では絶えずそう呟いた。

馬込の家へ着いたとき、夏子は激しい昂奮にとりつかれた。一夜の凄まじい恐怖がよみがえってきて、まず山木の家へゆき、がたがた震えながら叫んだ。

「山木先生、あたし疎開します」

玄関で食事拵え(ごしら)をしていた山木周平は、吃驚(びっくり)したような顔でこちらを見た。すぐには返事ができなかったらしい。夏子は眼からぼろぼろ涙をこぼしながら、山木に向ってさらに叫んだ。

「あたし箱根へゆきます、市野さんの小父(おじ)さまの処へ」

三

その爆撃の夜から三日めに、夏子は元箱根へ移った。

分工場を完全にやられ、日普精機は再起の予定がつかず、熟練工と幹部は仲島航機へひきつがれて、秩父(ちちぶ)地方の疎開工場へ合体した、軍需工場はしらみ潰(つぶ)しに爆撃されるので、厳重に禁ぜられていた「工場からの離脱」も、すでに有名無実に近く、夏子が箱根へ去るについても、格別むずかしい手続きは不要であった。

「おれはあいつらのすることをしまいまで見届けるからな」

三郎はこう云って、秩父の工場へ出かけていった。軍需工業界の不正を最後まで睨(にら)んでいてやる、という意味であろう。

「僕は東京の負ける姿を見届けるよ」山木周平はそう云った、「もし雄一郎君からなにか便りでもあったら知らせてあげるよ」

兄のこともそう云って呉れた。もし生きて帰るとすれば、兄は山木周平に連絡する筈(はず)である。しかしそのときの夏子は、それもどっちでもいいと思った。

家財は山木に頼んだ。ごく必要な物だけ詰めたリュックサックと、梶岡兆生の壕(ごう)に預けてあった母の鞄。それが荷物の全部であった。初め三郎が一緒にゆくと云っていたが、秩父の工場関係で軍需省に用事ができて動けなくなり、その代り清水(しみず)市までゆくトラックに便乗する手配をして呉れた。三郎と大学の同期生で、石島造船にいる友人に頼んだものである。

「登山電車もバスもどうなっているかわからねえからな、途中は疲れるかもしれないが、トラックのほうがいいよ」

三郎は芝浦までついてきて、トラックが出発するまで見ていて呉れた。朝九時に芝浦を出て、元箱根に着いたのは午後六時だった。馬込から出した電報はまだ着いてなかったので、市野老人は吃驚していた。三郎が来ないこともトラックなどに乗せたことも、気にいらないらしかった。「若い娘さんにもし途中で間違いでもあったらどうするつもりか、実に野放図な、呆(あき)れたやつだ」

夏子は気が抜けたような顔で黙っていた。

市野の家は町の裏で、土地が一段高く、うしろは二子山、すぐ右側に権現社の森、そして芦ノ湖と対岸の山々が一望に眺められた。三千坪ばかりの敷地は東南に向ってひらけ、殆んど自然のままの庭のまん中に、白壁と瓦の美しい数寄屋ふうの、やや凝った家が建っている。北側に杉を主として桜や箱根うつぎなどの林があり、貸した伊太利人が前庭を芝生にしようとしたらしく、そこだけ平らに土が均してあったが、市野老人はそれを掘り返して、菜園にするのだと云っていた。

「芝を正式に育てるには、地下二尺にずらっと煉瓦を並べて埋めるんですな、その上へ土を敷いて、それから芝を植える、これが正式だそうです、実にどうも洋式の栽培というやつは不風流なものですな」

市野老人はそんなことを云って、天気さえよければ、暢びりと煉瓦を掘り出していた。

夏子は一週間ほど茫然と日を送った。

亡くなった市野夫人が使っていたという、西の端の六帖の部屋を与えられたが、そこからは坐ったままで湖が見えた。食事拵えだけは自分でしたが、あとは殆んどその部屋から出ず、湖や、対岸の山や、ようやく夏めいてきた雲の動きなどを、ただ惘然と眺めくらした。

思考能力が無くなったかのように、ものを思うことさえなかったのである。

四

母の鞄をあけてみたのは、箱根へ移って十日ほど経ってからのことであった。母は死ぬまで鞄を大事にするように云い続けた。いつも枕許から離さなかったし、空襲になると、夏子に自分で持たせて退避させた。

――ちゃんと持っていてね、決して人に触らせないでね。

飽きずに繰り返す言葉つきには異常なくらい激しい執着がこもっていた。

四月十六日の夜、担架で梶岡の家へ避難させたとき「御池の者」という男が現われ、母が御池康彦の日記を持ち出したこと、それは非常に大切な物なので、捜して返すようにと妙なことを云った。夏子は本能的に、それが母の鞄の中にあることを察して、梶岡の防空壕の中へ預けた。

その男はその後も三度ばかり訪ねて来た。母は病勢もつのっていたが、その男が来ると、苦痛を訴えたり呻吟したりして、まったく相手にならず、口もきかなかった。

男は初め憲兵をつれて来て、かなり威嚇的であったが、二度めから態度を変え、まるで哀願するような口ぶりさえみせた。夏子は御池一族に対する反感と憎悪からかたくなに、ただ知らないとだけ答えとおした。

——そんな物は見たこともありません、もしお望みなら家捜しでもなんでもして下さい、隣組の方たちに立会って戴きますから。

男は家捜しはしなかった。そして諦めたものかどうか、馬込の家へは来なくなった。

鞄は梶岡の壕に隠したことは、夏子は云わなかったが、母は知っているようだった。うわ言のように、「大事にしておくれ」とは云うけれども、それが枕許に無いことには一度も触れなかった。

——貴女のお母さんが黙って持ち出した。

御池から来たというその男は、はっきりそう云った。そして、母も同じ意味のことを、病苦のなかでしばしば口にした。

——黙って戴いて来たことをお許し下さい、戴いて来ずにはいられなかったのです。

一生に一度の思い出という言葉もあった。

夏子はその鞄の中に、「康彦の日記」が入っていることを疑わなかった。そして、なぜ母がそれを持ち出したか、御池にとって（あの男の表現を借りれば）なぜそれが非常に重大な物であるか、という点にかなり強い好奇心を唆られていた。

「——母さん」

鞄をあけるとき夏子はふとそう呟いた。母に呼びかけるというよりは、自分の好奇心を詫びるといった気持だった。

三十分ほどまえに警報が出て、ラジオはB29の大編隊が、阪神地区に侵入しつつあることを告げていた。しかしこの箱根の山の中では、警報が出ても退避する者もなく、暗幕をおろした家の中では、たいてい電燈をつけたままであった。

鞄の中には指輪とか帯留とか釵など、装身具の小箱が十五、六もあり、御池銀行の通帳（それは一万七千円ばかりの残高が記してあったが）、郵便貯金、そして「国防」とか「報国」とか「弾丸」などという名の、強制割当の小額債券といった物が、母には珍しく、かなりきちんと整理されてあった。

康彦の日記は、それらの下にあった。畳紙に包んで、紐をかけてあった。

「——母さん」

夏子はその紐を解くとき、無意識にもう一度そう呟いた。

五

濃緑色の鹿革の表紙に、御池の御紋が金で打ち出してあり、背にはやはり金で昭和十一年と捺してあった。

夏子は机の上へそれを置いて、やや暫く黙って眺めていた。

——他人の日記。

それは見てはならぬものであった。それを見ることは、他人の秘事を覗くことである。誇張していえば神聖を冒すわざに等しい。

夏子の好奇心は「日記」を現実に手にして、却って激しい抵抗を感じた。しかしそれは長くは続かなかった。どうせ日本は負けるのではないか、戦争に負ければすべてが亡びるのではないか。父も死に母も死に、兄の生死もわからない、日本が負けたとき、自分がどうなるかもまったくわからない。

「同じことだわ」夏子は嘲笑するように肩を揺すった、「それに、悪いのはあたしだけじゃないわ」

茶の間で時計が一時を打った。

表紙をあけると「宗竹様御遺訓」というみだしで、三十数ヵ条の家訓が印刷してあった。御池に伝わる古いもので、そういうもののあることはいつか聞いたことがあった。

日記はかなりしっかりしたペン字で、「自分が十七になった」という、感想文めいた書き出しで始まっていた。

夏子にも覚えのあるとおり、初めはかなり念入りに書いてあるが、二月にはいると空白の頁が多く、書いても投げやりな、ごく短いものになり、長いところは読んだ哲学書などの感想とか、気にいった章句を抜いたものであったりした。

ただなにかしら暗い感じがひそんでいた。書いてある文字の裏に冷たい孤独なものがながれているようであった。

——今日も終日無言。

——鏡でつくづく自分の顔を見た、いやな眼だ。

——雨、一日じゅう雨。

そんな断片のなかにも、ふしぎな暗さが感じられるのであった。

月が四月になって、第二週の火曜日。そこにとつぜん母の名があらわれた。夏子はいい表わし難い衝動を受けた。

——数江よ、今日からこの日記はおまえのために書く。

それまでとは違って、力のこもった、ひたむきな書きようであり、文字も活き活(い)きとしていた。夏子はそこからあとの頁をぱらぱらとめくってみた。どの頁も字がぎっしり詰っていた、そして到るところに母の名があるようだった。

夏子は日記を閉じた。

初めの文章だけで、その呼びかけが尋常のものでないことが想像された。

——おまえのために書く。

あまりにじかであり、なまなましい感情にあふれている。紛れもなく、それは愛の告白であった。

夏子は嫌悪におそわれた。

母は三十七か八になっていた筈(はず)である。それは問題ではない、母には良人(おっと)があった。それもどっちでもよい。嫌悪は「母」と「恋愛」とが結びつくところからきた。あらゆる「子供」がそうであるように、それは本能的な、激しい精神の抵抗であった。

夏子は不潔な物にでも触れたように、卒然として机の前から立上った。その乱暴な動作で、日記帖が机の上から落ち、中に挟んであったのだろう、なにかがばさっと畳の上に辷り出た。

六

日記帖の中から出たのは、緑色の封筒であった。

特別に漉かせたらしい、羊皮紙に似てしっとりと丈夫そうな紙質で、表の上方に御池の紋が浮出しになっている。そしてうねったような筆つきで「康彦殿」と書いてあった。

夏子は手に取って見た。中になにか手紙のような物が入っているらしい。出してみたい誘惑を感じたが、そのまま日記帖へ挟み、机の上へ戻して置いた。

嫌悪といやらしさ。二度と読むまいと思ったが、明くる日になるとやはり気懸りで、そのままにはできなくなった。

暗く冷たい、孤独な性格が、母に呼びかけるところから活き活きとなり、情熱ともいえるような、ひたむきな感動が現われている。その変化が夏子の心を惹きつけた。二人のあいだにどういうことがあったか、それがどんな結末になったかを知りたかった。

その夜、夏子はまた日記の続きを読んだ。

——僕が五つの年、庭の古井戸に落ちたことを、おまえは知っているね。

康彦はそう書いていた。

広い庭の隅にある古井戸、深さは二十尺ほどもあり、水の涸れた底には枯葉や草や木の枝などが溜まって、朽ち腐っていた。まわりの石は蘚苔や歯朶類に掩われ、仰向くとあざやかに青い空が見えた。

——僕は康近の名を呼んだ。

彼は麻布片町の御池康近と遊んでいたのである。康近は彼がそこへ落ちたことを見た筈だった。しかし呼んでも叫んでも答えはなかった。

三日目の午後に助け出されるまで、その古井戸の底で味わった恐怖と絶望を、彼は諄いほど克明に、そして激しい表現で書いていた。頭上に見えるまるい空が、青から紫になり鼠色になり、まったく昏れてゆくさま。夜の圧倒的な暗さ、虫の動きまわる、ぞっとするような音、垂れ下っている歯朶類が、死人の髪毛のように見え、石と石の間からは、今にも妖怪が白い歯をみせるかと思えた。

——僕はあのとき死んだのだ、古井戸の中で、僕はたしかに死んだのだ、助け上げられたときの僕は、もうそれ以前の僕ではなかった。

康彦はその回想のために、三頁をびっしり費やしていた。そのときのショックの強烈さと、それが彼の性格に決定的な影響を与えたことを、まざまざと実感をこめて書きあらわしていた。

夏子は感動した。

康彦という人は見たこともないが、その記述は五歳の彼の姿と、その異常な出来事とを眼で見るように描いてあった。

夏子は康彦に対する同情で胸が熱くなった。膝(ひざ)の上へ抱いて、彼と一緒に泣きたいような気持にさえなった。

日記は母との恋に移った。

――僕は自分が変ったのがわかる、愛がこんなに人間を変えるものだということを、自分は初めて知った。

記述はぼかしてあるが、彼の愛は単純なものではないようだ。恋人としての愛より以上に、母や姉に対する愛。さらに人間ぜんたいへの愛といった、深い、複雑な感情に満ちていた。

――僕は恥じない、社会や道徳に対しても、神に対しても決して恥じない。

彼は荒々しい書きぶりで、こう叫んでいた。そして、それがやがて、絶望と哭詛の文字に変っていった。

七

母は康彦を裏切った。

——僕は見た、おまえが父の寝間から出て来るところを。おまえは寝衣姿であった。

それは五月二日の項であるが、明らかに昂奮し怒って、字も乱暴であり震えていた。夏子は再び厭悪におそわれ、吐きたいような不快な気持になった。

まだ御池の邸内にいた頃、同じ運転手の石山忠吉の妻が、夏子や兄の雄一郎に向って、しばしば露骨な蔭口をきいたことがある。

——あんたんちじゃ阿母さんに働きがあるからいいね、いまに古自動車の二、三台も貰って、ハイヤー屋でも始めたらいいだろ。

それは母が御池の主人と特別な関係があるという意味で、石山みね子は父のことを意気地なしと云い「男じゃあない」とさえ罵ったこともある。

夏子はそれを思いだした。

これまでにも書いたように、夏子は父にも母にもなじまない子だった。親たちが御池の使用人だということに屈辱を感じていた。自分はかれらの子ではない、本当の父や母はほかにいるのだ、そう信じていた。

けれども石山みね子の蔭口は（まだその意味ははっきり理解できなかったが）夏子にとって、自分が裸にされたような恥ずかしさと怒りの記憶をのこした。

――僕は生れて初めて人を愛することを知った、しかしその愛は汚れた不倫なものだった、おまえは裏切りではないと云う、僕に対する愛はおまえにとっても初めての、しんけんな、純粋な愛だと云う、ああ。

康彦はこう書き続けた。

――おまえの言葉が、おまえの本心から出たものだとすれば、おまえには「真実」ということも「愛」の意味もわかってはいないのだ、おまえは父とそういう関係にあって、それから松原と結婚し、なお父と同じ関係を続けている、そして僕をしんけんに愛すると云う、おまえは僕を裏切ったばかりでなく、僕から人間ぜんたいに対する信頼をも奪い取ったのだ。

夏子には康彦の怒りがよくわかった。

康彦の感じた怒りが、そのまま自分の中で燃えだすようだった。彼の記述でみると、母は頻りに弁解したようだ。康高とのそのような関係は、特に自分だけのものではないし、どこのお邸にもありふれた事である、そしてそれは愛情とはまったく無関係で、日常の一つの習慣にすぎない。そんなふうなことも云ったらしい。

——人間ぜんたいに対する信頼をも奪い取った。

康彦がそう書いているのは、情事についての母の無知を怒るばかりではなかった。母は自分を弁護するために、康彦の出生の秘密をもらしたのである。

康彦は康高夫人の子ではなかった、生母の名は死んでも云えないが、ほかに本当の母がいる。そのため康彦は父からは愛されたが、康高夫人や兄たちからは冷淡に扱われた……母にはそれがいじらしく哀れでならなかった、それがいつか愛情に変っていったのである。心の底から騙すとかいやらしい気持などは少しもなく、純粋に心の底から愛するようになったのだ。そんなふうに云ったようだ。

——僕はもう何も信じない、世の中も人間も、なにもかも信じないだろう。

彼の記述は絶望の呻きのように続いた。

八

夏子は泣いた。

五つで古井戸の底に二日もいた彼。十七歳で二十も年上の女を愛し、生きるよろこびを知ったとたんに裏切られた彼。しかもその女によって知らされた出生の秘密。

――もうなにも信じない。

殴りつけるような日記の文字は、さながら彼の絶叫を聞くかのようであった。

「ごめんなさい康彦さん」

夏子は涙を拭いた。

御池一族に対する夏子の根づよい憎悪の中から、いま、康彦だけが除外された。彼は一族の中にあって孤独だった。そして夏子の母によって、そのような不幸な打撃を受けている。憎まれるのは寧ろ自分のほうだと思った。

――僕は放浪者にすぎない。

――僕は自分の母が誰であるかわからない、おそらく永久に知ることができないだろう、僕は自分が父の子であるかどうかさえ疑わしくなった。

――僕は御池一族へ紛れ込んだ人間だ、いやこの世ぜんたいからみて、偶然に紛れ込んだ人間かもしれない。

そういう文字が五月十七日まで続いていた。初めは母を憎み呪っていたが、しだいに表現は自嘲的になり、やがて虚無的になって、五月十七日限り筆を折ったように終っていた。

夏子はそれから数日のあいだ、その日記を（母との愛のくだりは除いて）三度読み返した。そして鞄の中へ戻すとき、それに挟んであったあの緑色の封筒をあけてみた。

中から出たのは二枚の書付で、

一、マカロニ　十五箱

一、スパゲティ　十五箱

右を御池康高から康彦へ遺産として譲る、という意味が書いてあり、康高と法定弁護士の署名捺印がしてあった。他の一枚は遺産の所在地を示すらしく「月見山別邸」と書いた図面に、こまかくなにか書き入れたものであった。

――非常に重大な物。

いつか御池の者だといって来た男の言葉と、その態度の異様なほどの熱心さとが思いだされた。十五箱の「マカロニ」十五箱の「スパゲティ」というのは、そのままの意味ではあるまい。それぞれが他のなにかの代名詞であろう。

「そうだわ、いくらなんでも御池ともあるものが、マカロニやスパゲティを遺産にするなんてことがある筈はないわ」

食糧事情が窮迫している時だけに、それは一種の皮肉な滑稽感をもっていて、夏子はわれ知らず苦笑をもらしたのであった。

封筒を日記帖に挟み、元のように包みなおして鞄に入れた。

康彦の日記から受けた印象は強烈なものであった。彼の不幸な生立ちや経験もそうであるが、自分の父や母に対しても、これまでとは違った立場から同情がもてた。

父は哀れであった。

母が康高とそういう関係のあることは、父はおそらく知っていたであろう。知っていながら、半ば強制的に結婚させられ、それを拒むことができなかった。

母も哀れだった。

封建的な古い習慣のなかで、主人とのそのような関係が不道徳であろうとは思えなかった。どこにでもある日常の習慣とさえ考え、そこに少しの疑問も持たなかったのである。死ぬまでそれは変らなかった。その点では母がいちばん哀れだったかもしれない。

「あなたは善い方だったのよ、母さん」夏子はそっと呟いた、「でも人間は、ただ善良であるだけでは、却ってまわりを不幸にすることもあるのね」

仮名の生

一

康彦は二つの鞄（かばん）を持って列車から降りた。

降りたというよりもはね出されたのである。高崎からその軽井沢まで、彼は二等車のデッキで、人と荷物に挟まれて、極めて不自然な姿勢のまま、殆（ほと）んど窒息しそうな時間を過した。

乗客は窓から（土足のまま）車内に踏み込み、窓から荷物と一緒におどり出た。

詳しく書く必要はない。

あらゆる人間か自分のことだけしか考えていない。自分が乗る、自分の荷物、自分の席、自分の安全。自分、自分、自分。……列車の発着ごとに駅員の制止。窓硝子（ガラス）を叩（たた）き破る音。女や子供たちの悲鳴。怒号、罵詈（ばり）、殴り合う音などが沸き返った。

……難民。

日支事変の報道にしばしばあらわれた「難民」の様相が、それ以上の無秩序とあさましさで、なんの恥ずるけしきもなく展開した。

……いいじゃないか、これが日本の国と日本人との、現在の正直なすがたなんだ。康彦はそう思い続けた。

下車した者は二十人ばかりであるが、その多くは食糧の買出しらしい。なかには買出しに来て、此処には物資の無いことを聞かされて、途方にくれている者もあった。

「ああ傘を忘れた」

改札口を出てから康彦はそう呟いた。洋傘を列車へ置き忘れたのである。列車はまだ停っているが、あの喧騒の中ではみつかるまいし、むろん取りに戻ろうとは思わなかった。まえの駐車場に、古風な馬車が停っているのをみて、そっちへ歩きだしたとき、

「御池君じゃないか」

うしろから呼ばれた。

寛いセーターの衿からワイシャツと焦茶のネクタイをみせ、厚手のスコッチのズボンを穿いて、洋杖を持った佐田西正之が、悠くりとこちらへ近寄って来た。

「どうしたんだ、汽車なんかで来たのか」

康彦は頷(うなず)いた。

「車はないんだろうね」

「あれだよ」正之は馬車をさした、「しかし電話をすれば邸(やしき)から来るだろう」

「いや……」康彦はあいまいに首を振った、「君の処へ来たんだ」

「僕の……」

「君も馬車で来たんだろう、誰か迎えか、それとも伴(つ)れがあるのか」

「いや汽車を見に来たんだ」正之は歩きだした、「この頃は読むことも考えることもできない、家にいると苛々(いらいら)しておちつかないんだ、こんな状態のせいだろうが、なにか動くもの、そうぞうしいものを見ないと気がおさまらない」

「同じことなんだな」

康彦は鞄を揺り上げた。正之は彼を馬車に乗せながら云った。

「こうなると僕も戦争へ出たくなる、いっそ戦場にいるほうが気楽だという感じだ、一種の罪の自覚かもしれない、われわれは傍観者の立場だからね、戦線にいれば、それがどんなに惨憺(さんたん)なものであっても、少なくとも自分に罪を感じなくても済むだろう」

「断わっておくがね」康彦は上衣のポケットから名刺を出し、暗いシニックな笑い方をしながら云った、「これが僕の名刺だ、僕はもう御池康彦じゃないんだ、三日まえから、僕はそういう人間になったんだよ」

二

正之は名刺を見た。

馬車は男女七人ばかりの客を乗せて走りだした。康彦はそのとき気づいたのであるが、それは古い小型乗合自動車の車躰（しゃたい）を使い、車輪も古自動車のタイヤを取付けたものであった。この土地にはかなり近いころまで馬車があった筈である。個人の乗用は別として、山麓（さんろく）の村々や、小さな駅と駅とのあいだの連絡に、ときたまそんな馬車が通った。馭者（ぎょしゃ）の吹くラッパの音色や、土埃（つちぼこり）を立ててゆく鉄輪の車のやかましい音などが、ひどく時代ばなれのした懐古的な感じで面白かった。

——どうしてあれを使わないのだろう。

康彦は廃物のような、その古バスの車躰を眺めながら思った。

——このほうが客を多く乗せられるためか、それともこういう廃物を使うことが時代感覚なのか。

列車の中の混乱ぶりが嘘(うそ)であるかのように、高原の風光は爽(さわ)やかに澄んでいた。春のおそいこの地方でも、さすがに六月中旬となれば夏のけはいが濃く、淡い銀緑色の若葉をつけた落葉松(からまつ)林や、柔らかそうな葉を風にひらめかせている白樺(しらかば)などが、青く晴れあがった空からさんさんとみなぎる日光をあびて、眼にしみるほど鮮やかにみえた。

「――友田浩二」正之は名刺の字を読んだ、「散文的な名だね」

「番号でないだけましさ」

勤務先は長野県辰野(たつの)町「戊申(ぼしん)信託」とあり、住所は同じ町の大畑というところになっていた。

「君には通知があったのか」

康彦は正之を見た。

「――なにが」

「いや、あとで話そう」

康彦の口ぶりは投げるような調子だった。正之はその名刺をどうしたものかと迷うようすで、手に持ったまま洋杖の頭を握った。この土地の名物ともいえる外国人の姿が、乗っているあいだも、馬車を下りてからもまったく眼につかなかった。太平洋戦争にはいって以来、そこは殆んど独逸人によって占められていた。伊太利と、他の少数のラテン系の外人もいたが、最も多数なのは独逸人であった。

――そうだ、かれらは軟禁されてしまったんだ。

戦争開始とともに、連合国人は抑留された。今は同盟国であった独伊の人々の上に同じ運命がめぐってきた。

――そしてもう間もなくこんどはわれわれ全体が、かつて抑留した人間とその位置を換えるだろう。

馬車を下りた二人は、細い径を丘へ登っていった。雑木林の下草のなかに、紫色の菫の花がみえ、土の匂いが郷愁のように胸へしみた。

「近田が自殺をしそこなった」

正之が云った。

「――薬品か」

「ペーパー・ナイフで喉と手首の動脈を切ったそうだ、酔って、バス・タッブの中でね」

「誰かにみつかったのか」

「自分で医者を呼んだそうだ」

道は落葉松の林へはいった。

「それは何処で……」

「幸田子爵の鵠沼の別荘で、つい一週間ばかりまえのことだ」

「なんでまた幸田のところなどに」

「アパートを焼けだされたのを知ってるだろう」

「知らない」康彦は暫く黙って歩いてから云った、「それにしても幸田のところなんぞ」

二人は門の前へ着いた。

三

山羊の肉の焼いたのと馬鈴薯で昼食を済ませ、正之の書斎で二人は寛いだ。惧れていた美千子はいないらしかった。古くからいる松井ちかというばあやが、ウオッカの罎と紅茶を運んで来た。

「これも最後になった、砂糖を入れるか」

正之はウオッカの壜を取った。それに砂糖を入れて食後に飲むのが康彦の癖である。しかしいま康彦は首を振った。

「いや紅茶にしよう」

「では辰野へ持ってゆきたまえ」

「満州のようすはどうなの」

「全然わからない、君が此処を立っていったのは三月だね、あれから妹が愚劣なスキャンダルを起こした」

「ちょっと聞いたよ」

話すのはよして呉れというように、康彦は指の先を振り、正之の注いだ紅茶の茶碗を取った。

「それが満州へ知れた、臨検にあったとき満州の佐田西の娘だなどと威張ったらしい、もうそんなものは通用しなくなってるのも知らないほどの馬鹿だ」正之は自分で眉をしかめた、「そのとき満州から弟が来た」

「正三君が……」

「協和会の礼装でやって来たよ、美千子を一緒に連れてゆく、敗戦になったら内蒙古へ潜入して、五族協和の新国家をつくるんだなどと云ってね、もちろん妹はゆきゃあしない、ゆくと云って支度までして、正三の油断をみすまして巧みに逃げた」
「馬鹿どころじゃないさ」
「飛行機の席が取ってあるから、捜している暇はない、正三は拳骨を振り廻しながら帰っていった」
「それっきりか」
「いや、その飛行機が途中で行方不明になったんだ、陸軍の重爆で本部付きの将軍が乗っていたらしい、ずいぶん捜索したがわからない、どうやら敵の戦闘機にやられたらしいんだ」
「ああ、正三君がね」
「おふくろから愚痴めいた手紙が来た、可愛がっていたからね、しかしそれ以来まったく消息なしだ……独逸がああなるし、ソ連の参戦も遠いことじゃないだろう、おふくろだけでも帰せばいいと思うんだが……しかし日本もこんな状態だからな」
「そうだ、満州のほうが却っていいかもしれない、僕のように、いちど死んで、別の見も知らぬ人間にされるような、こんな緞帳芝居は少なくとも見ずに済むだろう」
「——いちど死んだって」

「十日の夜半の空襲でね」康彦は唇を醜いほど歪めた、「立川市へ出張していて、そこで爆死したことになったんだ」

「どういうからくりなんだ」

「三日まえに合資の市原がやって来た、甲八の僕のところへ……そのまえ、中小路や沼野原姉弟や幸田夫人などという例のグループが来ていたんだ、査察官の中佐などは功茂を某宮様だと信じて、例のとおり馬鹿遊びをやっていた、当分いる筈だったのが、市原の現われる前の日にとつぜん引揚げていった」

「それは常務の指図だな」

「中小路は市原をまえから摑んでいた、周囲ではうまく摑まれていると思っていたが、実は逆なんだ……中小路が甲八へ来た理由も」

ああいやになる、とでもいうふうに、康彦は立って窓際へいった。

四

庭の芝生いっぱいに、透明な日光がみなぎって、高くひろく枝を伸ばした楡の樹が、芝生の上に絵の具を刷いたように影をおとしていた。

「中小路が甲八へいったのはなにか目的でもあったのか」

「ごく劣等なね」康彦は楡の樹のみごとな枝ぶりを眺めながら答えた、「僕は死んだ父からとくに遺産を貰った、どれだけの価値のあるものか知らない、書類だけ渡されたんだ」

「いつか聞いたよ、それを康光氏が返せと云ったことも」

「僕はどこかへしまい失くした、捜したがどうしてもない、まったく記憶がないんだ、それを中小路が覗っている、初めは兄に頼まれたのかと思ったが、兄ではなく、どうやら市原常務らしいんだ、もっとも常務のうしろには兄がいるかもしれないが」

「君が隠してるという誤解か」

「僕が初めからそんな物にみれんを持っていなかった、ということが彼らには信じられないんだ、中小路は甲八へきて、グループと馬鹿遊びをやりながら、僕の身のまわりを丹念に掻きまわした、出る筈はないさ、そして引揚げてゆくと入れ替りに常務が現われた」

康彦は椅子へ戻り、煙草を出して火をつけた。

「そして因果をふくめられたというわけか」

「いや申し渡した」

煙草に噎せて康彦は激しい咳をした。

榛名湖の別邸の「同族会」で、御池合同体の解散が決定した。市原利助常務はその具体的な処理について、報告のためにきたのである。それは本家を除いた他の八家ぜんぶにたいして、各個に報告されたものであるが、康彦のそれは（他の例は知らないけれども）きわめて不愉快な、しかも拒むことのできないものであった。

——貴方は立川市で爆死した、死亡届も済まし、埋葬式もやった、御池康彦という人はもはや存在しない、貴方は今日から友田浩二という名で、戊申信託の行員になった。

市原常務はこう云って、一通の戸籍謄本と、戊申信託の辞令と、辰野町大畑×番地の借家契約書を渡したのである。

その他に戊申信託の百万円ほどの信託預金証を渡されたが、そのことは正之には話さなかった。

「すると、それで御池とは絶縁ということになるのか」

「そうあってくれれば有難い、僕はそれを望んでいる、名前なんかどっちでも、僕は自由な生活がしたいんだ、御池、御池——財閥としては世界的だといわれているが、それは財閥としての存在だけだ、われわれには自由がない、生活も実際にはみじめなものだ、常識的な一例をあげれば、酒場へ十五円の借りをつくることもできない」

「他人の妻は美しくみえるさ」

「違う、違う、君は知らないんだ」康彦は溜息(ためいき)をつき、君は知らないんだ、と繰り返して云った、それから乱暴に煙草を揉(も)み消した、「市原は云ったよ、こんごのことは自分から連絡をする、戦争が終ったら東京へ出て来て貰うだろう、祖国を再建するために、ぜひお力を貸して戴(いただ)きたいとね」

そこまで云って、康彦は発作的に高い声で笑いだした。

五

正之は黙って眼をそらした。

康彦の笑いの発作は、そのまま泣き声になった。彼は卓子(テーブル)の上に手を組み、そこへ顔を伏せて、かなり長いこと泣いた。

庭でカッコウの声がした。澄んだきれいな声で三度ばかり啼(な)き、啼きながら屋根の上を越えて北のほうへ飛び去った。康彦は手帛(ハンカチ)を出して顔を拭(ふ)いた、そして冷たくなった紅茶を呷(あお)り、その茶碗へウオッカを注ぎ、二本めの煙草に火をつけた。

「そのほうが楽になるよ」

「みんな話したまえ」正之は脇を見たまま云った、「そのことはわかるが、自分が将来どうなるかという点は、まったくわからない、見当がつくのは、自分が木偶であって、かれらの操る糸のままに踊らされるだろうということだ」康彦はまた煙草に噎せた、

「いつか君に話したと思う、僕は不明の母の子だ、一族にも妾腹の子は少なくないが、僕のばあいは母が不明だ、生きているか死んだか、どういう素性の人であるか、すべてが闇に隠されている、そして僕はまた一族のなかでは異端者的な人間だった」

「君は自分でその種を蒔いた」

「僕は種を蒔いた、そうしなければいられなかったのだ」

康彦は学習院を初等科だけでやめた。中学も高校も私立を選んだ。その時は彼を溺愛する父も怒ったが、彼はどんな説得をも拒絶した。

高校生のじぶん、一族のあいだにフェンシングが流行した。康彦はそれを嘲笑した。――躰格のいい足の伸びた西洋人には似合う、日本人の寸詰りの軀とがに股でやるスポーツじゃない、見たまえあの醜悪な恰好を。

紺江という公爵の長男が、どこかの富豪の娘と試合していたとき、康彦は正之にそう云ったことがあった。公爵の長男は独逸人の師範から教えられたのだそうで、

その別荘の側を通ると、庭先へ出て独りで「アイン、ツワイ、ドライ、アイン、ツワイ、ドライ」などと突きの練習をしているのが見えたものであった。

康彦はにがにがしく思いだした。彼は当時フェンシングに反発するために（それだけのために）剣道部へはいり、殆ど道場へは出なかったが、稽古着と黒い袴を着けて、わざと彼らの試合を見にいったものだ。

「彼らにとって、僕が邪魔者だったということはわかる、自分が正しかったとは、僕は決して主張はしない、僕はそれだけの種を蒔いたんだ、それなら、その結果も僕に刈らせて貰いたい」

「機会を捉んだじゃないか、君は友田浩二だ、御池康彦という人間はこの世から消滅した、君がそう望めば、今こそ自由は君の手にある筈じゃないか」

「だが康彦はいるんだ」

「それは矛盾する」

「いるんだ、現に君はこの僕を友田浩二だとは信じてやしない」

「問題が違うだろう」

「違わないんだ、御池財閥は康彦を爆死させたが、友田浩二には康彦に代るべき利用価値を設定している、だからこそ友田浩二という新しい人間の椅子を与えたんだ、ボタン一つでどうにでも操れる椅子をさ」

康彦は卒然と立った。

六

正之は咳をした。胸を庇う用心ぶかい咳であった。

康彦はウオッカを呷った。

「君は駅の前で、いっそ戦場へ出たほうがいいと云った、しかしその気持は僕ほどではないと思う」

「人それぞれだからね」正之の声は低く、かすれていた、「もういちど云うが、君は、なろうと思えば自由になれるんだよ、友田浩二、戸籍謄本も借家も、勤め口もあるんだろう」

「食糧通帳というものを知っているかい」

「僕だって配給は取ってるさ」

「友田浩二は、かれらに必要があれば、御池康彦を抹殺したように、いつでもかれらの手で抹殺することができるんだよ」

正之はこちらを見た。康彦はその眼を見返し、唇を強く歪めて大きく頷いた。

「三月のパーティには憲兵が護衛に立った、僕の自動車には参謀本部のマークが付いた、査察官の中佐はいつでも参謀肩章を付けることができる……御池は財閥解体が必至だとみて、その温存のためにあらゆる手を打っている、そのために利用できるものは塵一つみのがしはしないよ」

正之は深い溜息をついた。ひと口のウオッカのために、早くも頰と眼の周囲を赤くした康彦は、憎悪と自嘲をこめた調子で云った。

「食糧通帳、これこそ散文的な、滑稽な、なんとも愚劣な物さ、しかし現在の僕にとっては、これが僕に対する生殺与奪権の象徴なんだ、それを握っている者の力の強大さは、おそらく君にはわかって貰えないだろう」

「わかりたいとは思わない」正之は低い声で呟いた、「僕にはこの国のすべてが崩壊してゆくのがみえるだけだ、かつて在り、現在なお僅かに残っている権力、その権力に属するすべてのものがね、そのなかには僕自身もはいっているが」

「そうではないんだ、崩壊するのはかたちだけなんだ」康彦は両手を前へ突出してぎゅっと拳を握った、「君の云う権力に付属したものは亡びる、力のない弱いものは亡びる、だが権力そのものはちゃんと残るんだ、無力な弱いもの、付属したものを犠牲にしてね、……現実的に云えば、君は亡びる、僕はすでに亡びている、だが権力は殆んど無瑾で残るんだ、残るための方法を完了しているんだ、イギリスが負けてもロスチャイルドは儲ける、ナポレオンが負けてもロスチャイルドは儲けるんだよ」

「御池はロスチャイルドじゃないだろう」

「――よそう」

康彦は強く頭を振り、また窓際へいった。彼はとつぜん激しい羞恥におそわれたのである。昂奮したことではなく、自分の極端な無力について、自分がまったくの木偶であるということについて。

楡の樹は美しい。広い芝生にかげろうを立てて、さんさんといちめんにみなぎる日光も美しい。斜面になっている庭の彼方の落葉松の林、点々と見える白樺の木。なにもかもおどろくほど美しい。……だが今この瞬間にも、どこかに爆弾と焼夷弾が降り、特攻隊はただ死ぬためにどこかへ突込んでいるのだ。

「亡びるものには美しさがある筈だ」康彦は独り言のように呟いた、「しかしわれわれのばあいには望めそうもない、葛西善蔵の小説のなかに、しょせん美しい結末は望めない、という挿句があった、どうやらそのとおりらしい」

七

康彦は佐田西に三日いた。

そのあいだに合資の市原常務から、正之宛てに康彦の死亡通知が来た。工場事務の打合せのため、立川市へ出張中、六月十日の空爆で爆死した、時局がら近親のみで密葬したが……うんぬんという文面であった。

「しかし、こういうことも考えられる」

正之はその通知状を投げながら、もの憂いような口ぶりで云った、「今なにもかも崩壊しかかっているなかで、少なくとも君には新しいなにかが始まるわけだ」

「僕のじゃあない、決して」康彦は首を振った、「これから僕になにか始まるにしても、それは僕自身のものでなく、僕は他の力で動かされるにすぎない」

「君がそれを肯定すればね」

「否定することが僕にできると思うかい」

「まさか君が自尊心まで失くしているとは思いたくないよ」

「自尊心……」

そのとき外は雨だった。この高原には珍しく、風のない静かな雨で、窓から見える風景は薄い乳色に霞み、樹々の緑がしっとりとぼかしたようにうるんでいた。

「近田はいまどこにいるの」

康彦は窓外の雨を眺めながらぽつんと云った。

「よく知らないが、たぶん鵠沼じゃないか」

「僕にはいまわかる」康彦の調子は独り言に似ていた、「自分がこうなってから、わかるように思うんだ、近田の頽れた生活は、中小路たちグループの他の誰とも似てはいない、あんなふうになっても、彼は自尊心だけはもっていた……いや、彼の自尊心が彼をあんなふうにしたのかもしれないと思う」

「なんのために近田のことなど云うんだ」

「彼は自殺しようとしたそうじゃないか」

「そのまえは生きていたろうか」

「僕は哲学の話をしているんじゃない、彼はフランスへゆくまえには楽壇の流行児だった、ハープでは第一人者という定評があった、だが帰朝したとき彼は人間が変っていた、自分では世界的な存在だと口癖に云うが、一度もリサイタルをやらないし、音楽家の世界から去って、中小路などのグループに紛れこみ、かれらの頽廃的な遊びの伴奏をしながら、いつも泥のように酔っていた」

庭の遠い彼方に雲がながれだしていた。白い布を引くようにふんわりと厚い雨雲が、落葉松林の梢のあたりを横にながれて来た。その雲は雨の知らせであり、また雨のあがる前触れであった。

「瀬木俊子という声楽家は、伊太利で本格的に勉強して帰ってから発狂し、自殺した」康彦はふと眼をつむった、「なぜだろう……僕は瀬木俊子の才能がどれだけのものか知らない、近田紳二郎の才能も知らない、しかし他の多くの音楽家のなかで、二人が似たような亡びかたをしたのはなぜだろう、二人とも楽壇の花形だったのに、音楽の本場へいって勉強して来て、社会的に最も期待されていたにも拘らず、そうなったのは」

暫く沈黙したのちに、正之が依然としてもの憂い調子で云った。

「かれらの自尊心が、かれらをそうしたと云いたいのか」

「近田はフランスで本格的にやってみて、かつての自分の名声と、自分の真の才能の差を知ったのではないだろうか、そして、彼の自尊心がその差を許せなくなったのでは……」

八

「だが僕には自殺はできない」

正之はこちらを見た。

「僕は君に死ねと云った覚えはないぜ」

「僕を操っている力に反抗することは、自殺するより困難だということを知らないんだ」

「それは君がそう思うだけだ」正之は初めて調子を強めた、「近田が自分を亡ぼしたのは、彼の自尊心が軽薄だったからさ、低い自尊心はたいていの場合その当人を殺す、僕は君に生きて貫いたいんだ、君にはたらきかける力がどんなに強大でも、そしてその力からどうしても脱れることができないとしても、そのなかで自分を生かすだけの自尊心はもって貫いたいんだ」

「人間の力は無限じゃあない」

「ブラウニングの詩にあったね、人の偉大さはなにを為したかではなく、なにかを為そうとするところにある、って……」

「それからDOING NOTHING IS DOING ILLともね」康彦は冷たく笑い、急にべそをかくような悲しげな表情になった、「人間は他に対してはうまいことが云える、しかし自分のことになると途方にくれるものだ、僕は昔からアフォリズムは嫌いだったよ」

康彦はまもなく散歩に出た。

正之の雨外套と雨靴と防水帽を借りて、雨の中をもの思いに耽りながら歩いた。別邸の前も通った。古い水車小屋のある流れを渡ったり、若い白樺の疎林をぬけたりした。

「なんと傷だらけだ」仰向いて歩きながら、ときどき彼はそんなことを呟いた、「まだ二十六だというのに、おれはこんなに傷だらけで、老人のように疲れている」

落葉松の林をぬけると、眺望のひろい草原へ出た。そこには風が渡っていた。雨雲が低く林をかすめ、草原の斜面を這って、山のほうへとながれていく。見わたす限りの緑が銀鼠色に暈され、すべてが活き活きと濡れていた。

「美千子はどこにいるだろう」

佐田西美千子。彼がいま立っている草原で、美千子は彼のために桔梗の花を採ってくれたことがあった。

十五か六だったろうが、おとなびた顔をしていて、口よりも先に、表情で答えたり問いかけたりする敏感さをもち、こちらにいるあいだは康彦に付きまとって離れなかった。

——ママがねえ康彦さま。

——康彦さま、美千子にあれを取って。

少し舌足らずな甘えた言葉つきが、今でも耳に残っている。今でも……。しかし美千子そのものは変った。あの頃の美千子はもう決して見ることができない。

「人間はみんな変る、伸びてゆく者もあり外れたり倒れたりする者もある、決して同じ状態に停っていることはない、しかも人間はいつも変らない状態を求める……だが美千子があんな娘になったのは、美千子にとって自然なのだろうか、昔の美千子を求める僕のほうが誤っているのだろうか」

康彦はなお二時間ばかりも、高原をさまよい続けた。

四日目の朝、康彦は辰野へ出発した、正之が駅まで送って来た。曇ったやや寒い朝で、駅の待合室は買出しにゆく客でぎっしり詰っていた。

「じゃあ、友田浩二君」別れるとき正之はこう云って、康彦の手を固く握った、「必ずまた会えるものと、信じているよ」

列車は狂人の群れを乗せたように、混雑していた。

裸ショウ

一

松原雄一郎が訪ねてきたとき、山木周平はちょっと誰だかわからなかった。戦争が終ってすでに三年、山木の知っている範囲では、未帰還者の話は聞かなくなっていた。帰らないものはたいてい戦死の確報があった。雄一郎のことも戦後しばらくは気にかかっていたが、彼自身がおそろしく多忙で――というのは、終戦の翌年に再婚したし、学童疎開にいっていた子供たちが帰り、つまり、四人の子と、新しい妻を抱えし、凄(すさ)まじいインフレーションとたたかわなければならなかったので――いつ忘れるともなく忘れていたのであった。

もう一つは雄一郎とそれほど親しい往来がなかった。

山木の書くのは封建時代を背景にしたあまりぱっとしない小説であるが、妙に知ったかぶりをするような書き方をするので、ときに国史や国文に興味をもつ人たちから、手紙を貰ったり訪問されることがある。松原雄一郎もそのなかの一人で東大の国文に在学中、武家の日常生活について質問の手紙を貰い、それからときたま訪ねてくるようになった。

山木は客があると、既知未知を問わず酒を出す。

――適当に酔うと衒気や遠慮がとれるし、その人間の本音が出るから時間の経済だ。

そんな理屈をつけている。実際そのとおりの例が多いらしい、しかし正直のところをいえば、彼自身がぶあいそうで無学なものだから、酔わないと接客がうまくいかない、つまり効用は自分にたいしてのもののようであった。

だが松原雄一郎は酒を飲まなかった。濁りのないすっきりした容貌であるが、どこか陰気な感じで、口のきき方も訥々としているし、相客などがあると殆んど黙って話の圏外に坐っているというふうだった……。訪ねてきたのも前後七、八回であろう、なにしろ来客が多種多様なのと、それでなくとも記憶力の悪いほうだから、印象がぼやけてしまったのは当然であった。

「それでも復員者らしい恰好をしていれば気がついたんだがねえ」狭い仕事部屋で向き合って坐ってから、山木周平は弁解がましくそう云った、「ちゃんとした背広を着て、帽子も靴もいま流行のものだし、そんな鞄は持っているし、まさか君とは思わなかったよ」

「先生はお痩せになりましたね」雄一郎は苦笑しながら、持っていた紙包を解いて、英国産のウィスキーの壜を机の上へおいた、「先生にはこのほかにお土産がないと思って」

「K・Gじゃないか、へえ」山木は渋いような眼をした、「酒を飲まない君にしてこれに気がつくとは、僕としてはかなり、ああそうか、戦地へいったんだから君も飲むようになったんだね」

「飲むなどという品のいいものじゃありません、先生の仰しゃる足軽酒のもっと下等なやつですよ」

「とにかく、まず」山木は襖をあけて妻を呼んだ、「お持たせで祝杯もできないから、まずわが愛用でやろう」

「しかし僕はすぐ……」

「まあいいよ、帰還祝いだけ」

山木の家族は裏の二階家にいる。その表の、つまりかつて松原夏子と母のいた平家を、いま彼は仕事場に独占しているのであった。彼の呼ぶ声で、その裏の住居から妻の絹子がきた。

二

仕事机の上に二、三の貧寒な摘(つま)み物が並び、薄白く濁ったいやな匂いのする酒を、コップへ注いで二人は祝杯をあげた。

「これはむろんカストリなんだがね、ちょっと他人の知らない手が加えてあるんだよ」山木は勿体(もったい)らしい顔をした、「牧水(ぼくすい)の歌にこういうのがある、焼酎(しょうちゅう)に蜂蜜(はちみつ)を混ずればうまい酒となる春の外光とね、もう一首あったように思うんだが、牧水がそう歌ってるんで早速やってみたのさ、それほど悪くないだろう」

「しかしこれは悪酔いしますね」

「それは君、なにを飲んだって同じことさ、世の中がこんなあんばいでは悪酔いでもしないことには生きていられやしない、世の中に罪をきせるわけじゃないがね……ときにいつ帰ったの」

「六月に帰りました、ジャワの奥地で部隊に置去りをくいましてね」

「置去りだって……」

「病気だったもんですから、それはいいんですが、終戦になると戦犯にひっかかって、そのために帰るのが遅れてしまったんです」

「戦犯というのは……」

「僕らの属していた中隊長が、中隊全部の罪を転嫁していったんです、といっても掠奪と凌辱くらいなんですが、僕たちは五人でした、栄養失調と高熱で、殆んど死にかかっていたもんですから、どうせ死ぬならば背負わせようということだったんでしょう、ところが皮肉なことに、この五人のうち四人までが、酒も飲まないし童貞だったんですからね」

「そんなことはしかし、調べてみればすぐわかるんじゃないのか」

「もっと大きい事件なら却ってよかったんですがね、要するに軽罪というやつで、簡単に判決がついちまいましたし、こっちも病気だし敗戦のショックが強いときでしたからね、どうせ罪ほろぼしだと思って……」

「ふーん、そいつはひどいめにあったな」

「なあに珍しいこっちゃないですよ」

松原雄一郎は唇の端だけで自嘲するように笑った。

山木はその歪んだ笑いを見たとき、一種のぞっとする気持を感じた。単に不愉快とか、凄みとかいうものではなく、譬えて云えば死躰にでも触ったときのような、生理的にいやらしい感じであった。

雄一郎は以前と同様に、口ぶりも訥々としているし、容貌もおちつきが出たくらいで、どこにも変ったところはみえなかった。しかし変っていることはたしかだった、山木は自分のそういう直感力には自信があった。

「そうそう、うっかりしていたが夏子君とはもう連絡がついているんだろうね」

「いいえ、まだです」

「まだって、手紙くらいは」

「それもやってありません」

「そいつはどうも……六月に帰ったというのに、少しどうもなんじゃないか」

「ずっと関西にいたもんで」雄一郎はちょっと言葉を濁すふうだった、「先生のご厄介になっているという手紙は受取ったんですけれど、帰ってくるまでは爆撃でやられたものと諦めてましたし、内地へ着いたらちょっと抜けられない仕事にひっかかっちまいまして」

「なんにしてもそれはひどいよ、帰ってきて半年も経つじゃないか、いったい関西でなにをしていたの」

「それは聞かないでください」

雄一郎はコップを取って、牧水が「うまき酒」と歌ったというその白濁した臭い酒をぐっと飲んだ。

三

「云いたくなければ聞かなくてもいいが、しかしまさか、危ないような事をやってるんじゃないだろうな」

「それは解釈によります」雄一郎は目をそむけて云った、「先生はさっき、悪酔いでもしなければ生きてはいられない時代だと云われましたね、まえにはそういう飲み方を、足軽酒だと軽蔑(けいべつ)していらっしゃったでしょう」

「わかった、いや、なにもわからないが、今日はその話はよそう、うん」山木周平は悲しげに唸(うな)った、「僕はただ君に、いやまあいい、君には悲しい知らせがあるんだ、夏子君に手紙を出してないとすると、お母さんが亡くなったことも知らないんだね」

「いや知っています」

「――知ってる」

「実は仕事で東京へくる仲間があるんで、調べて貰ったんです、たしかこちらへ伺った筈ですが」

「夏子君のことをききにか」山木は首をひねった、「それは御池の人かい」

「いいえ、山田という男です」

「はっきり覚えてないね、実は御池の者だという男がときどき夏子君のことをききにくるんでねえ、戦争中にも二度か三度やってきて、それから暫くこなかったんだが、また先月あたりから現われだして、うるさくって困るんだが……それじゃその男と間違えて返辞をしたかもしれないね」

「御池で妹になにか用でもあるんですか」

「さあ、それはなにか、むろんあるんだろうけれど、夏子君は逢いたくないらしい」

山木はその話を避けた。

それというのが、松原数江がまだ重態のとき、その男が訪ねてきて、夏子に諄く云っていたことを聞いたからである。

――貴女のお母さんは康彦君の日記をだまって持ち出した。

初めは憲兵などをつれていて、脅迫がましい態度さえ示した。それ以来、夏子は（箱根へ疎開するときも）あの男にはいどころを知らせないで呉れと、山木に頼んだくらいであった。

内容はわからないが、松原母娘になにか思わしからぬ事があった、と山木は想像していたのであった。

「それで住所もずっと教えずにあるというわけなんで、そういう点からも君が早く逢ってやらなければいけないんじゃないか」

「いまどうしているんですか」

「相互信託というのに勤めているんだが、住所は荏原町でここから歩いてもゆける、とにかく彼女もずいぶん苦労したよ」

山木は戦争中の事を話した。

夏子がすすんで工場へ通勤したこと。数江の重病。空襲。瓦斯も水道も止り、極度に物資の欠乏しているなかでの看護。母の死。そして箱根の市野家への疎開。終戦後半年で馬込へ戻ってきたこと。

「このすぐ向うに加村達吉というのがいてね、つい去年まである新聞社の整理部長をしていたんだ、もともと共産党だったんだが、戦後の自由民主主義でまた党員になって、現在ではその方面の仕事をしているらしい、それはまあどっちでもいいんだが、その妹に節子という娘がいてね、この娘と夏子君が戦争中に仲良しになっていたんだが、箱根からここへ戻ってくるとまもなく、その節子君の紹介で相互信託へ勤めるようになったのさ」

四

山木もはっきりとは知らなかったが、夏子が箱根の家を出てきたには、ちょっと理由があった。

当時は疎開者が都市へ復帰しようとするために、各地で「転入制限」という規則が出た。市街は戦災のため住宅が無い、それがある程度まで復興整理するまでは、食糧輸送その他の関係で、人員の増加を制限しなければならなかった。夏子は時期が早かったし、山木の奔走もあって、割とすれば簡単に戻ってこられたのであるが、――兄が帰還したとき住む家が無いと困るから。

そう云うのは口実であって、市野三郎となにかあったらしい、おそらく三郎が彼女に求婚したのではないかと、思われるふしがあった。山木としては三郎と彼女が結婚することは賛成であった。三郎は口は乱暴だけれども、容貌は男らしい美男であるし、性質も善良で生活力もあり、家族は父だけなので、求められて結婚すれば、おそらく幸福になれるだろうと思えた。

夏子も三郎を嫌ってはいなかったようである。そこは山木の目に狂いはなさそうだったのだが、（話さないのでわからないけれども）夏子はあっさり箱根を出てきてしまった。

「ではいまのところ、ともかく心配はないわけですね」

雄一郎は山木の話をよく聞いていないふうだった。

「それはまあ生活のほうはね、こんな時代だから決して楽じゃあないけれども、その点はみんな同じようなものなんだから」

「住所を教えて戴きましょうか」

彼は手帳とP・Kの万年筆を出した。戦後の品らしい、山木はますます彼の「仕事」に対して暗い想像を唆られた。

「その杉山という家は実は質屋なんだが、僕の遠い親類に当っているんで」番地を教えてから山木がそう説明した、「まだ部屋があいているから、もし君が定住するなら、夏子君と一緒にそこへ頼むこともできるぜ」

「ええ、まあ……」

「もちろん今日ゆくんだろう」

「そう思うんですが」

雄一郎は時計を見た。その腕時計も高価な物らしい、山木はまたひそかに眉をしかめた。

「午後六時に銀座で人と会う約束があるんで、たぶんこんどはこのまま帰ることになるでしょうが、ともかく手紙は出します」

「それじゃあ少し早く出て、信託のほうへ寄ったらどう、銀座裏のたしか木挽町六丁目だったよ」

「そうですね、それもいいが」

そんなところへ二人連れで若い雑誌記者が来、続いて南田勝衛という詩人がきたりした。南田は雄一郎とは二、三度顔を合わせているので（山木よりも記憶がいいとみえ）すぐ話しかけ、雄一郎も戦地の経験を少し語った。しかし罪をきせられて、重労働の刑に服したことは触れなかった。

山木がいま貰ったK・Gウィスキーの口をあけるのを機会に、雄一郎が帰ろうとしていると、また訪問客の声がした。

「こいつは偶然だな」山木はその声を聞いて、雄一郎にすばやく囁いた、「さっき話した男だよ、夏子君のことをしつっこく聞きにくる、例の御池のね、知らん顔をして会ってみないか」

そして玄関へ出ていった。

五

玄関に立っているのは中小路宗季であった。むろん山木は知らない。彼は口髭をたてている。昔よくコールマン髭といわれたかたちで、なかなかよく似合うし、顔も躯も逞しくがっちりしていた。

「またお邪魔にあがりました」宗季はきれいなゼスチュアと、巧みな表情で山木に会釈した。

「このあいだ使いの者を伺わせたんですが、こちらへまいりましたでしょうか」

「ああ来ました、どうです、ちょっとあがりませんか」

「いや御来客のようですし」

「なにみんな遠慮のない者ばかりです、いつも立ち話ばかりで、貴方も要領を得ないだろうし、こっちもいつまで面倒くさいし、ひとつ悠(ゆっ)くり事情を聞こうじゃないですか」

　山木はちょっと挑発的な調子で云った。

「いや御迷惑はよくわかるんですが、松原のことはこちらで伺うよりほかに手掛りがないもんですから」

「何度も云うとおり、松原君がどこにいるか僕は知りません、終戦の夏に疎開したままで、それからどうしたか」

「ちょっと待って下さい」宗季は指を一本つと立てた、「山木先生はそう仰しゃいますが、終戦後に松原がこっちへ来て、お預けした荷物を持っていってはいませんか」

「それは、そうそう、もちろん荷物を取りには来ましたよ」

「そのとき行先をなにも云わなかったんですか」

　山木は明らかにへどもどした。

　周平という人物は職業柄に似合わず嘘(うそ)が云えない。座談を面白くする程度の拵(こしら)えごとなら、ちょっとした腕前が（自分のつもりでは）あるといえるが、それでも大抵は底が割れてしまう。ましてこのばあいは夏子の住所を知っているのだから、言(こと)

葉尻を取って突込まれるとだらしはなかった。

　中小路は微笑した。

彼にはこの四十男の小説書きを取って押えるぐらい、それこそ朝飯前といっていい駆引きがある。試しに入れたゾンデに手応えがあったとみて、彼はぐっと態度を変えた。

「実を云うと、先生が松原のいどころを御存知だということは、僕のほうにはもうわかっているんです」

「それならいいでしょう、それがわかっているくらいなら、松原君の住所だってわかっていない筈はないでしょう」

「伺いたいのは住所だけではないんです」宗季の眼は鋭くなった、「知りたいと思えば松原の住所くらいすぐ知る方法はありますよ、しかし僕にはそれよりもっと重大なことがあるんだ、そして山木先生のほかにそれを」

　仕事部屋のほうからそのとき雄一郎が出て来た。

「中小路さんですね、暫く」

　宗季はあっと云った。

いきなり平手打ちをくったという感じである。彼は「御池の者」というだけで、これまで一度も自分の名を示したことがない。知られては具合の悪い理由があったからで、そのためにはかなり神経をつかって来た。

その自分の名を、まったく突然見知らぬ男から云われたので、宗季は殆んどぎょっとしたくらいであった。

「――君は誰です」

六

雄一郎は黙って外套を着た。

「――君はいったい、誰です」

宗季はもういちど云った。雄一郎は仕事部屋にいる南田勝衛に挨拶し、それから山木周平に向って、「では先生、僕はこれで失礼します、この男とは僕が話をつけますから」

「しかし君、いいのか」

「ええ大丈夫です」雄一郎は狭い玄関で靴をはきながら、「この男は中小路といいましてね、たしか男爵か子爵でしょう、旧と云わなければいけないんでしょうが公卿出の旧華族ですからね、元は身持の悪い硬軟二刀づかいの不良でしたが、命知らずというほどじゃありません、僕だってむやみに乱暴はしませんよ」

「しかし此処で話してはどうかね、僕も事情を聞きたいし」

「いや詳しい事はこのつぎ伺ったとき申上げます、どうやら先生のお部屋で話すような事じゃなさそうですから、では」雄一郎は鞄を持って、無表情に中小路を見やった、「中小路君、出ましょう」

二人は外へ出た。

宗季は不安になった。相手がなに者であるか彼は知らない、だが身なりや持物や、口のきき方、態度などを見ると、山木周平などを訪ねる人間とは明らかに種族が違う。明らかに自分たちと同じ「仕事」をしている仲間であろう、しかもこちらの名や、過去の事までかなり知っているらしい。

――誰だろう。

宗季はそれが知りたかった。それがわかれば対等の位地が取れる。いまはまるで逆手を取られたかたちだった。相手の攻撃を防ぐ法がまったくないように思えた。

「どこへゆくんだ」

不安を隠すために、宗季はわざと傲慢なポーズをとった。雄一郎は大森駅と反対のほうへ、悠くりと大股（おおまた）に歩きだした。

「戦争へゆくまえに、僕はよくこの付近を歩きまわったもんだ、山木さんと一緒にも歩いたし、一人でも歩いた」雄一郎は前を見たまま云った、「此処はどっちへいっても丘がある、馬込の九十九谷というそうでね、昔は作家や画家がたくさんいて、日本のバルビゾンなどと云われたこともあった、見たまえ、そこに寺があるだろう、慈眼山万福寺、あの森の蔭（かげ）に室井という老作家がいるんだ……それからこっちの大きな家が院展の」

「たくさんだ」宗季が遮（さえぎ）った、「そんなことは聞きたくもないし、君も饒舌（しゃべ）りたくはないだろう、いったい君は誰なんだ、僕にどういう用があるんだ」

「せくこたあないさ、あの丘を越すと静かな処がある、そこで悠くり話すよ」

　雄一郎は見向きもしなかった。

　二人は坂を登り、坂を下った。右に防風林をまわした農家があり、その隣りに画家の梶岡兆生の家がある。あの四月十六日の夜、夏子が隣組の人たちと共に、重態の母を避難させた家だ。しかしもちろん二人はそんなことは知らない。梶岡の家の西に森があり、そこが小さな社（やしろ）の境内で、いつもひとけのない静かな場所だということを、雄一郎は前に幾度も来て知っていた。

「こっちだよ」

雄一郎はその境内へ入っていった。

七

境内には榎と樫と杉の大木が枝を交わしていた。大きな銀杏も二本あった。四月十六日の夜の空襲には、そこへ避難者が集まって、三方から火に煽られながら、泣き喚き、逃げ惑ったものである。

そんな事は嘘ででもあったかのように、今は森閑として人の影もない、枯れた銀杏や榎や樫が、冬の午後の日をあびて、湿った土の上に影を投げている。梢のあたりでは、頻りに鶫の鳴く声が聞えた。

「此処ならゆっくり話ができる」大きな杉の樹のところで、雄一郎がそう云って振返った、「まずこっちから聞くが、君はなんのために妹を追いまわすんだ」

「妹だって……妹っていうと」

「夏子さ、そのほかにあるか」

「――あれが君の、妹……」宗季は再び足をすくわれた、「すると君は」

「松原雄一郎さ、御池のお抱え自動車の運転手、松原清次の長男ということになっているが、死んだ御池康高氏にそんなスキャンダルがあったのを覚えてはいないかい」

「僕は……知らない」

宗季は口ごもった。

もちろん彼が知らないわけはなかった。宗季はその種の醜聞を利用し、そのなかにもぐり込んで、生活して来た。康高と数江の関係、数江の産んだ子が康高の胤らしいことなど、彼はよくは知らなかったが、噂を耳にして知っているような顔をし、それを巧みにほのめかすことで、康高からかなりなものを引出したことさえあった。

それをすっかり忘れていた。

彼の周囲にはそういう醜聞の種は絶えずあったし、一つの問題に深入りすることは、却って不利益だということをよく知っていた。

「知らなければ知らないでいい」雄一郎は無表情で相手を見た、「おれは松原夏子の兄だ、そしておれは君をかなりよく知っている、君がどんな人間だかということをね、したがって君を妹に近づけたくないんだ」

「しかしそれは、それは僕の意思じゃないんだよ」宗季は傲慢な態度をやめた、

「僕は頼まれているだけなんだ、それは山木さんも知っている筈だ、もちろん」

「誰に頼まれたんだ」雄一郎は煙草(たばこ)を出しライターを出した、「頼まれた用はなんだ」

「ごく単純な事さ、君たちのお母さん、失敬、夏子君のお母さんが御池を出るとき、康彦君の日記を持っていったらしい、いや持っていったことは慥(たし)かなんだ、それを返して貰(もら)えばいいんだよ」

「ただそれだけかい」

「それだけさ、嘘も隠しもない、それだけのことなんだよ」

煙草を深くすいこみ、それをゆっくり吐きだしながら、雄一郎はふと含み笑いをした。

「君は裸ショウを見たことがあるかい」

「——っていうと」

「ストリップ・ティーズというやつさ、僕はおつきあいで三度ばかり見たがね」雄一郎は眼を脇(わき)へ向けた、「いま笑ったりして失敬だったが、君のようすを見ていると急にその裸ショウを思いだしたんだ、うん実によく似ているんだ」

「それは侮辱の意味かい」

「いや正直な感想だよ」

八

雄一郎は三分の一ほど吸った煙草を投げ、すぐ二本めを出して火をつけた。

「裸ショウってやつは上から衣装を脱いでゆく、そして乳当と下穿（したばき）だけの裸になるんだがね、上手なやつになると乳当もパンティも付けてないようにみせるんだ、実に巧妙にやるんで、僕なども一度は全裸躰かと思った……君は見たことがないのかい」

「残念ながらね、僕は本当の裸ダンスを見ることにしている」

「そりゃあいけない、ぜひ見るほうがいい、そうすればもう少し世渡りが上手になるよ」そこで雄一郎は嘲弄（ちょうろう）するように相手を見、わざとらしい手真似などいれて続けた、「つまり裸ショウというやつは、すっ裸になるというみせかけで踊るんだ、乳当も下穿もしていない、まるっきり裸だというふうにね、しかしちゃんと乳当もパンティもしているのさ、どんなに上手にやって、本当に全裸躰のように見えても、実はちゃんと隠すべき処は隠しているんだ、そして、馴（な）れている客にはそれがわかるんだよ」

こんどは宗季はなにも云わなかった。

「君は戦争中にも馬込へ来たそうだね、二度も三度も、それから今年になってまた来はじめたというじゃないか、その目的が単に一冊の日記帖だというのかい」

「そういうけれど、君は知らないんだ、その日記には特別の意味があるんだよ」

「へえ、特別のね」

「こうなれば云ってしまうが」

宗季は初めて煙草を取出した。雄一郎は片手にライターを持っていたが、宗季を見ながら知らん顔をしていた。やむなく宗季は自分のを出して火をつけた。

「君には不愉快な話かもしれないが、数江という人は康彦君とも関係があった、康彦君の十七の年で、彼はしんけんにあの人を愛したんだ、数江という人は彼より二十も年上だったし、良人があり子供もあった、それを彼は夢中になって愛したんだ、ところが数江という人は同時に康高氏とも関係が続いていた、彼は知らなかったんだが、或るときあの人が父親の部屋から寝衣で出て来るのを見た」

雄一郎は鞄を投げ、右手の拳でいきなり宗季の顎を殴りつけた。すばやい動作であり、的確な、みごとなフックである。まったく不意をくらって、宗季はよろめきながら、肱をあげて顔を庇った。

「なにをする、暴力は」

「黙れ、黙れこの下司」

雄一郎は第二撃を脇腹へいれ、頭を殴った。宗季の帽子が飛び、苦痛の呻きをあげ、逃げようとして横ざまに転がった。

「事実なんだ、嘘じゃない、乱暴はやめて呉れ、日記を見ればわかるんだ」地面に転んだまま、頭を抱え、身を縮めながら宗季は叫んだ、「ちゃんと日記に書いてある、だから御池では取返したいんだ、嘘じゃない、君は僕を殴る権利はないんだ」

雄一郎はもう殴らなかった。宗季のみじめな恰好と、悲鳴に似た叫びを聞きながら、ぺっと汚ならしそうに唾を吐いた。

「それを誰がきさまに頼んだ」

「もちろん、康彦君だ」

雄一郎はふんと冷笑した。そして戻っていって鞄を拾い、帽子をかぶり直しながら、よろよろ起きあがっている宗季を見て、刺すような調子で云った。

「パンティが見えたぞ、中小路、きさまは御池康彦が立川で爆死したのを忘れたのか」

そして大股(おおまた)に去っていった。

九

中小路宗季は石段へ腰をかけ、頻(しき)りに唾を吐きながら、左の顎を手で撫(な)でた。殴られたとき歯がどうかしたのだろう、唾には血が混っているし、顎の骨もなんだかぐらぐらするような感じだった。

その石段を登った丘の上に社がある。丘の上も境内になっていて、そっちからもはいれるが、おそらくそっちから入ったのだろう、黒いトンビを着た、眼のぎろりとした老人が、石段を下りようとして、宗季の姿をみつけた、実はこれも院展派で、特異な彫刻家として知名な、里尾精造であった。

宗季は気がつかなかった。

「雄一郎、松原雄一郎」彼は同じことをまた呟(つぶや)く、「まずいやつが出て来た、まずい、もちろん唯(ただ)はおけない、うまく捉(つか)まえてまず御池へ、そうだ、康光という殿様はそういう問題にはぴんとくるからな、ふん、おやじが女中に産ませた異母弟、こいつはことによると康高老よりいい蔓(つる)かもしれないぞ」彼の頭は現在の屈辱を避けて、くるくると転回する、思考は次から次へ、少しも停頓せずに動いた、「いきなり暴力に出るとは思わなかった、ひでえ畜生だ、ぺっ、おふくろのことを云われたのがよっぽど癪に障ったんだな、凄い眼をしやあがった、うん、だがあいつ自分で康光にぶっつかるかもしれんぞ」

　まともな仕事をしている男でないことは、初めに見当がついていた。なにをしているかわからないが、自分を知っているとすれば、相手は御池のことだから、恐喝ぐらいの手は打つかもしれない。

「康彦の名を出したのはまずかったな、まずい、われながらまずい、だがどうしてあいつが知っていたろう……ふ、そうじゃない、知っちゃあいないんだ」彼は肩をすくめたが、痛いのでうっと眉をしかめた、「爆死ということは知っているが、実は生けるパスカルだということは知らないだろう、そうだ、こいつ……」

　石段を里尾精造が下りて来た。ふきげんな顔で、鷲のような眼をして、一段ずつ悠くり下りて来たが、それでも宗季が動かないのをみて、怒ったような声でうしろから云った。

「おい、道をあけないか」

　宗季はとびあがった。そして本能的に肱で顔を庇いながら振返った。老彫刻家は上から睨（にら）みおろした、頬骨の張った、蔭（かげ）の深い、性格の強烈そうな相貌（そうぼう）である。

「つまらぬ顔だな」老彫刻家は呟いた、「おれならげんのうで叩（たた）き割ってしまう」

そしてゆっくりと石段を下り、宗季の脇を通って、坂道のほうへ去っていった。

宗季には老彫刻家がなにを云ったのかわからない。

「おかしなじじいだな」彼も境内を出た。

「気違いかもしれない、山木周平もまともじゃあないし、妙な人間の集まっている処だ、が、まあいい、裸ショウ」宗季はいそぎ足になった、「洒（しゃ）落れたことを云いやがる、それもまあいい、問題はすべてまずいことになったという点だ、おそらく妹と一緒だろう、そして……あの日記を見るだろう、気がつかなければいいが、もし気がついたら……いや、それより日記を焼きゃあしないか、どっちにしても」

坂を登るとバスが来た。宗季はそれが停るのをみて、手を挙げながら走りだした。

十

宗季は大森駅から電車に乗り、新橋（しんばし）で下りると、吹きはじめた北風に向って、西銀座のほうへ急いだ。

　土橋を渡ったとき、うしろからきた自動車が、彼を追いぬいて停り、中から女が顔を出した。緑色の高級車で、中ではラジオがWVTRのジャズを鳴らしていた。

「どうしたの宗ちゃん」高楷珠子であった、「乗ってかない」

扉をあけた。宗季はてれたような顔で車へ入った。腰かけたとき肩をぶっつけたのだろう、痛そうに眉をしかめた。

「どうしたの、いったい」

「なぜさ、どうかしたようにみえるかい」

「隠すつもりね」珠子は笑いもせずに、運転手に命じた、「先にQへやって」

「僕はいかないぜ」

「あらどうして」

　宗季は腕時計を見た。

「五時に例のがくるんだ、僕がいないとぐあいが悪い」

「まだ切れないのね、あれ」

　珠子は唇を歪(ゆが)めた。

「まだ切れないのって、他人の事のように云うね、まずくすると芋蔓(いもづる)はそっちへもひっかかっていくんだぜ、もちろん御承知でしょうがね」

「あんた馬込へいったんだろ」珠子は皮肉な眼をした、「よせばいいのに、諦めの悪い人物だよ」

「そう思ってればいいさ、しかしどこでわかった」

「ホテルへ電話をかけたさ、そうしたら佐田西の美千公が出たにはビックラしたわ、あんたが誰かをくわえ込んだってことはQでモッちゃんから聞いたけれど、モッちゃんも知らないいらしかったね、どうしたの美千公、どこから拾ってきたの」

「そこで停めて呉れ」

宗季が云うのを珠子が抑えた。

「いいのよ、Qへやって」

「だめだって云ったら」

「いいんだってば、事務所へはQから電話をかければいい、くるのは大村証券だろう、呼んで話をつければいいさ」

「島中はあんな処へきやしない、あいつにはそんな手はだめなんだ、大村証券で島中を出すようになれば、日銀がインスペクターを派遣するのと同じなんだ」

「だからホテルへ電話かけたんじゃないの、中小路宗季ともある人物がびくびくしなさんな、共和興業専務の箔が落ちるよ」

珠子は戦時中よりずっと肥えた。

美しくはないが魅惑的だった姿が、いまでは動物的な生活力と露骨な貪欲（あらゆる意味で）のかたまりのようにみえる。まだ三十五にはなっていないだろうのに、胸や頸筋には脂肪が溜まり、肩の小さいのに比べて、腕の太いこりこりした肉付きが卑しいほど逞しい。

豪奢な毛皮の外套も、その衿から覗いている真珠の首飾りも、柘榴色の大きなルビーを中心に小粒のダイアモンドを配した指輪など、自分ではわざとけばけばしく装っているつもりらしいが（むろん生活の必要上から）しかしさすがに育ちでそれが似合わしく身についていた。

「すると……現われたのかい」

「誰だと思う」車が停った、珠子は自分でドアをあけながら、芝居めかして云った、「ちょうざんさんのおいらんだよ」

十一

数寄屋橋に近いその建物は、戦前にフランス料理の「モン・ダルジャン」があるので知られていた。

五階建ての細長い鉄筋コンクリート造りで、幸い戦災をまぬかれ、最近また化粧し直したから、スペインふうの表飾りが、すっきりと周囲から際立ってみえた。三階から上は貸事務所で、某産業、某興業といったえたいのしれない新興商社から、バイヤー相手の商品見本店。また雑誌出版社の編集所などがあった。

「Q」は地階の西洋料理店、二階でキャバレーを経営していた。

これは旧貴族や富豪たちの合同出資で、代表者は元伯爵の高楷功郷ということになっているが、実権はもちろん夫人の珠子の手にあり、功郷の弟の功茂（仲間のいわゆるモッちゃん）が支配人であった。

キャバレーQは戦後第一の開店で、設備は経営者たちの持寄りだったが、そのため却って、他に類のない豪華なものになった。開店が早かったのと、旧貴族の経営であり「会員組織」であり、多少ちぐはぐにもせよ、豪華な設備であったため、新興階級の確実な客が多くつき、半年足らずで、地階に料理店を拡張するようになった。

バンドを入れたのも初めてだし、フロア・ショウをやったのも初めてであった。

全裸のダンサー五人の踊りは、特にQのよびものであるが、他の秘密な催しが検挙されるなかで、此処だけは一度もそんなことがなかった。高額な会費前納による「会員組織」であるのと、珠子の隙のない活動力がものをいうらしい。ダンサーたちは立派にソロの踊れる、そして顔も軀も群をぬいたのが揃っていて、それが適当な時期に絶えず変えられるのであった。

珠子と宗季が車を下りたとき、入口の上にぱっとネオン・ライトがついた。菫色の「Q」の上に、レストラン、キャバレーという字が赤く出ている。その付近ではまだネオン・ライトが少ないし、Qのそれはむだのない配色と構成でめだっていた。

二人はクロークの脇から事務所へはいった。

やかましい制限にも拘らず、電気ストーブが三つ赤々とつけてあり、室内はむっとするほど暖かかった。広さは四坪ばかり、大きな事務机（珠子専用）のほかに卓子や椅子や長椅子など、みな戦前のがっちりした家具が置いてある。二人がはいってゆくと、支配人のモッちゃんが、マール・雪という踊子と話しているところだった。

「なにしてるの、こんな処で」

珠子はいきなり咎めた。この室では経営者のほかにはごく大事な客だけしか、出入りできない規定である。モッちゃんは困った顔で、このごろ覚えた妙な感嘆詞のスラングをとばし、頭を脇のほうへかしげてみせた。

「労働攻勢なんだ、ギャラを上げろってさ」

「わかったわかった」珠子はマールに向って乱暴に手を振った、「話はあとで聞くから出てって頂戴(ちょうだい)、此処はあんたたちの来る処じゃないんだから、それにそんな話はもっと早くか、店を閉めてっからにするもんだよ」

「でもそれでは皆さんにお会いできません」マール・雪は室を出ながら投げるように云った、「この時間以外にはどなたもいらっしゃらないんですもの、今夜はあとでちゃんと話をつけて戴(いただ)きます」

珠子は見向きもしなかった。自分の席へ就くなり外套をうしろへはねて、椅子の背へ巧みに掛けながら功茂に云った。

「モッちゃん、あんたまだ背広じゃないの、もう五時よ」

十二

「――で、来るんだね」

功茂が着替えに出てゆくと、宗季は珠子の近くの椅子に掛けて、煙草を出し相手にもすすめた。珠子は首を振って自分のケースを出した。

「あたしは煙草だけはピース、それとウィスキーね、スコッチでなければいっそ日本のがいい、あちら製はどうしてああバニラ臭いんだろう、煙草でも酒でもお構いなしに、バニラを入れるんだから堪らないよ」

「僕は電話をかけなくちゃならないんだよ」

「そこにあるじゃないの」

「だってまだたしかなところを聞いてない」

「弱気になったね、可哀想に」珠子は手を伸ばして宗季の帽子を取り、頭の毛へ指を入れて乱暴に愛撫した、「ふるさとへまわる六部の気の弱り、昭鉱がガサをくって二千万いかれたからってなにさ、いいから電話をかけなさい、大村証券の島中が来たらこの事務室へつれて来いって、そのとき約手はきれいにしますって」

「きれいにするって……いったいどのくらいさ」

「決っているじゃないの、全額よ」

宗季の眼は火がついたようにみえた。しかし彼は珠子の性質を知っている、口からとびだしかかった喜びの声を、危ないところで彼は抑えた。

「それで、代償は……」

「ウェル、ウェル、ウェル」

「どうする、電話」

珠子は宗季の頭から手を放し、椅子に反って煙草の煙をふうと吹いた。宗季は卓上電話を引寄せ、自分の事務所を呼び出して、必要なことを命じた。

「――で、来ているのかい」

受話器を置いて振向く宗季の前へ、珠子は一枚の約手をひらりと投げ出した。

「なんだい、約手じゃないか」

「裏書を見なさい」

宗季は裏を返してあと黙った。

「――へえ」

そして珠子を見た。珠子はそれにウィンクを与え、自信ありげににっと微笑した。

「相互信託が大村証券の背景だということは知らない者はないでしょう、その裏書でもし島中が首を振れたら、お眼にかかるわ」

「白紙委任状」

「おそらくはね」

宗季は忘れていた例のゼスチュアをした。そのとき扉をノックして、制服を着た給仕が顔を出した。

「下関の織田さんがいらっしゃいました」

「奥のブース、支度できてるわね、すぐゆくから御案内して」珠子はコムパクトを出し、顔を直しながら椅子を立った、「宗ちゃん会ってみない」

「縄張りは尊重しよう」

「東南支那海きってのエースだって、とてもそうはみえない、ゲーブル型のかなりスマートな人物よ」

「年増好みだね」

「魅力は潮の香よ、なんといっても女には潮の香がモルヒネ」

「メエルは女性だからね」

珠子は出ていった。

宗季は煙草を灰皿に捨て、十秒ばかり経ってその室を出た。晩餐は六時から始まるので、食堂には客はまだ少ない、壁際の歩廊をまっすぐ酒場へゆき、そこから、鉢植のゴムの葉越しに、奥のブースを見た。

そして彼はさっと蒼くなった。

十三

珠子と向い合って、二人の男がいた。

一人は珠子のいわゆる「ゲーブル型のスマート」な人物、織田というのだろう、四十五、六になる精悍な、逞しい男であるが、その脇にいるのは松原雄一郎であった。

二時間ほどまえに馬込で会い、生れて初めて殴られ、生れて初めて地面へ叩き伏せられた。その相手がそこにいるのである。

――偶然か、それとも運命か。

宗季はそっと酒場を離れた。

――出ていってやろうか。

――どんな顔をするだろう。

激しい誘惑であった。彼は他人の侮辱に敏感である、これまで生活の必要上、こちらから屈辱的に出なければならないばあいが少なくなかった。そんなばあいにも、必ず、何かのかたちでそれだけの取返しはつけた。

まして人に手をあげられたなどという例はない。それを、殴られたばかりでなく、地面に転げ、悲鳴まであげてしまった。

宗季は殆(ほと)んど殺意に近い衝動に駆られた。

——珠子の机にあれが有る。

事務室の珠子専用の机の抽出(ひきだし)に、昔の品ではあるが女持のコルトがあった。彼はそれを思いだしたが、同時に「急ぐな急ぐな」と独り言を呟(つぶや)いた。

——珠子の取引の邪魔になってはいけない、それに、彼は妹の処へゆくだろう、つまり日記の所在がわかるわけだ。

珠子はすでに見切りをつけているが、宗季の固執には根拠があった。彼は今でも御池へ出入りをしている、康光はたいてい軽井沢にいるが、解体された財閥は、解体されたかたちのまま、その糸はみな康光につながって動きつつある、宗季もそこに自分の結び目をつくった。相かわらず康光の慎重さには隙がないが、彼のくいさがる力もそれに劣らないものがあった。

この関係は今は重要ではない。

宗季はごく最近、康彦の「遺産」がまだ発見されていないという、確実な情報を握った。康彦自身がその所在を知らない、ということもたしかになったようだ。したがって、日記を手に入れることは、相当に高い価値があるはずであった。

――踊らせるのはそのあとだ。

彼は歩廊を事務室のほうへ戻った。

――ひとを裸ショウなどと云やあがった。パンティが見えたぞ……ふん、だがこんどはそっちの番さ、パンティを見せるくらいじゃ済まない、プログラムは定っているんだぜ、トーテン・タンツとね。

事務室には沼野原と近田紳二郎が来ていた。近田はひどく酔っているらしい、外套のポケットへ両手を入れ、股をひらいて立ったまま、軀を前後にぐらぐらさせていた。

「ここは客が来るんだ、酒場へでもいって呉れ」

宗季がどなると、近田はがくりと顔をあげた。帽子が彼の頭から落ちた。

「よう、どうだ、ぺてん師」近田は宗季に云った、「景気はどうだ、儲かるか」

宗季は近田の前へ戻って来た。

「いま、なに師とか云ったね、近田先生」

「なに師……ぺてん師さ、詐欺師ってほどのしろものじゃない、唯のぺてん師さ」

宗季が右手を大きく振った。拳は正面から顎を突きあげた。近田はがくんともろにのけ反り、うしろざまに椅子へよろけかかって椅子と一緒にがらがらと倒れた。

「本当に客が来るんだ、伴れてって呉れ」

宗季は沼野原にそう云い、珠子の専用机の前へ歩み寄った。

冬の部屋

一

夏子は練習に取ったステノを訳していた。部長は昼食のとき出ていったまま戻らず、その室には秘書の友田浩二と二人しかいない、それで煖房(だんぼう)のない室内はひどく寒かった。

電話のベルが鳴った。友田が出て、すぐに夏子の卓子(テーブル)のほうへ切り替えた。

「松原君、電話だ」

夏子は鉛筆を置いたが、ちょっと迷って友田を見た。

「名を云いませんでした？」

「聞かなかった、男の声だ」夏子はさらに迷った、「そっちへつないだよ」

「——ええ」

市野三郎ではないかと思った。しかし出ないわけにはいかないので、鬱陶(うっとう)しい気持で受話器を取った。

「夏ちゃんか、僕だよ」

市野の声のようではなかった。

「どなたですか」

「僕だよ、わからないか」

「市野さんですか」

相手は笑った。市野ではない、では誰だろう、そんなふうに電話をかけてくるような男の知人は、ほかにはちょっと思い当らなかった。

「何時にひけるの、社は」

「四時半に帰ります」

「ちょっと会いたいんだがね、銀座まで出られないか」

「あのう、どなたでしょうか」

相手はまた笑った。からかうような、楽しそうな笑い方である。それから送話器に口を近づけたのだろう、低い含み声で云った。

「わざとじらしたんじゃないんだよ、いきなりいって驚かしちゃ悪いと思ったんでね、わからないのは当然さ、ずいぶん長い時間だったからね」

「あの、もしもし」夏子は声が喉に詰った、「貴方は、あのう」

「そうだよ、雄一郎だよ」

「兄さん」われ知らず叫んだ、なにかが全身にあふれて、それがぜんぶ頭へ逆流するように感じられた、「兄さん、本当に兄さんですか」

夏子の眼から涙がこぼれ、声はもう噎せぶように震えた。

「ああ僕だ、帰って来たよ」

「お帰りなさい、待ってたわ、御無事だわね」

「君こそたいへんだったね」雄一郎の声も震えた、「昨日ね、山木先生の処へいったんだ、そしてすっかり聞いたんだよ、もしもし」

「はい、聞いてます」

「苦労させて済まなかった、会って話すけれど、これからはもう大丈夫だからね、僕がみんな引受けるから、十分に苦労のお礼をするよ」

「あたしは大丈夫です」夏子は指で涙を拭いた、「兄さんこそ御苦労さまでした、いつお帰りになりましたの」

「それも会ってから話すよ、いま三時だね、四時半にひけたら来て呉れないか、銀座のパン亭っていう喫茶店、知ってるかい」

「いいえ、どの辺ですか」

「ええと、四丁目の交叉点ね、あれを新橋のほうへ向って」

雑音がはいり、兄の声が聞えなくなった。

二

「もしもし、もしもし」

夏子は大きな声で呼んだ。終戦から三年も経つのに、電話はいつも故障だらけで、満足に用の通じることは稀であった。

雑音はむやみにがあがあと破れそうに高い。その向うに兄の声が聞える。もし切れたら、そのまま兄と会えなくなるように思えた。夏子は友田に向って云った。

「済みません、そちらへ換えて下さいませんか」

友田浩二は自分の卓上電話を取った。夏子はそっちへ走ってゆき、受話器を力いっぱい耳に当てた。

「もしもし、兄さん、もしもし」

「ああ夏ちゃん、聞えるかい」

「ええ聞えます、早く仰しゃって、パン亭ってどこですか」

こんどはややはっきりした。

「四丁目の交叉点ね、西側を新橋のほうへいって、初めの通りを右へ曲った右」

「じゃあ凮月堂のあった前ね」

「そうなるかな、とにかくゆけば看板が出ているからすぐにわかるよ」

「はい、五時までにはきっとまいります」

「ああ夏子、ちょっと」雄一郎の声は低くなった、「面と向っては云いにくいから、いまもういちど云っておくよ、君一人にいろいろな心配や苦労をさせて、済まなかった」

「そんなことなくってよ兄さん」

「いやもういちど云わせてくれ、夏子、有難う」

では五時にと云って、電話は切れた。

「兄が帰りましたの」夏子は昂奮して、いきなり友田にそう話しかけた、「南方へいったっきり戦争中に便りが無くなって、もうだめなものと諦めていたんです、だから声を聞いてもわからないくらいでした、いまごろ帰って来るなんて、ほんとに夢にも思いませんでしたわ」

「──嬉しそうだよ」友田は沈んだ眼で夏子を見た、「すぐゆけばよかったのに」

「ああそうだったわ」夏子はそこで気がついた、「今日はうちへ来て戴くお約束でしたわね」

「そんなことは構わない」

「いいえ、うちでも支度をしているんですもの、悪いわ」

友田は黙っていた。夏子はちょっと考えて、それから少し遠慮そうに云った。

「失礼ですけれど、一緒にいらしって戴けないでしょうか」

「兄さんに会うのに？」

「わたくし喫茶店なんて一人ではいったことがありませんし、もし兄の都合がよければ三人でうちへまいりますわ、友田さんがいらしって下されば、晩の御飯で賑やかな帰還祝いができますもの」

「それは兄妹だけのほうがよくはないか」

「いいえぜひそうして戴きたいんです、もしおいやでなかったら──」

夏子はじっと友田をみつめた。浩二は無感動な眼で、ちょっと考えてから頷いた。

「まあ嬉しい、行って下さる」

「ともかくその喫茶店までいきましょう、パン亭なら僕は場所を知っているから」

「兄にも会って下さいましね、お願いしましてよ」

夏子には珍しく、はしゃいだ調子で云って、踊るように自分の机へ戻った。

三

夏子と友田がそこへ着いたのは、まだ五時十五分前であった。

パン亭は狭いひっ込んだ横丁にある。三階建てのビルディングの一階で喫茶部、地下室で酒場をやっている。英国ふうの窓の小さいがっちりした造りで、入口の扉にノッカーなど付けてあり、内部の家具もすべて頑丈に古びて、馴れない眼には陰気くさくみえる。外からの光りは入る隙がほとんどないから、昼間でも電燈をつけなければならない。喫茶部も卓子ではなく、酒場のように、客はみなスタンドに向って掛けるのであった。

四十がらみの（主人であろうか）あいそうのいい和服の女が、まるで旧知のように迎え、珈琲を頼むと自分ですぐ支度を始めた。

「兄さんのことは初めて聞くね」

「ええ……」夏子は高い椅子が掛けにくいので、両肱をバーに置いて躯を支えるようにした。

「すっかり諦めていましたから、さっき云いましたわね、もう戦死したものと思っていましたの、それに、わたくし人にそんなこと話すのいやですから」

「――聞く機会もなかった」友田は煙草を出した、彼の眼はやはり沈んだ色をしているし、話しぶりもどこかしら冷たく、ふとすると投げるような、そっけない調子になった、「話をするようになってから、ほんの三月くらいだったね」

「友田さんは近寄りにくかったんですもの」

「君もそう優しそうではなかった」

「そうでしょうか」

「少なくとも、ほかの女の子たちとは違っていたよ」

友田はマッチを何本もむだにした。ちかごろはマッチも粗製でひどいが、つけ方もぶきようで気の毒なようだった。つけてやろうかとつい手が出そうになったけれど、夏子は自分を制して、さりげなく見ていた。

珈琲が運ばれ、二人伴れの男の客がきた。五時からはそこでも酒を出すらしく、二人の客は麦酒を注文した。

「どうしたのかしら」

五時二十分になったが兄はこなかった。

「どなたかお待ちですの」

女主人がこちらのようすをみて、そう聞いた。よく気のまわる性質らしい、夏子は自分の姓を云って、誰か言伝てをするか、電話をかけた者はないかとたずねた。

「さあ、そういう方は……」

女主人が首を傾げたとき、スタンドの端にある卓上電話が鳴った、女主人が出て、ふた言ばかり聞いて、すぐこちらをみた。

「かかりましたわ、松原さんですわね」

「有難う」夏子はとんでいった、「夏子です、お兄さまですか」

「ああ夏子、済まない」兄はひどく走ったあとのように、苦しそうに荒い息をしていた、「急に用ができてね、今日はそこへいけなくなったんだ」

「もしもし、いまお兄さまどこにいらっしゃるの」

「東京駅の近くだけれど、非常に急ぐんだ、二、三日うちに君の家へゆくからね、それから日記をね、わかるだろう、御池康彦の日記、持っているかい」

「お兄さま、そんなこと」

「僕の云うことだけ聞くんだ」

雄一郎は叱るように云った。

四

「いいかい、よく聞くんだよ」

夏子は兄の云い方に異常な調子があるのを感じた。

「日記は持っているね」

「ええ、はい持ってます」

「それを大事にね、僕がゆくまで誰にも渡しちゃいけない、絶対にだ、いいかい」

「はいわかりました、でもお兄さまどうしてそれを御存じですの、もしもし、わたくしそちらへ伺いますわ」

「いや僕のほうから」

急にひどい雑音がはいり、兄の言葉は聞きとれなくなった。

「もしもし、お兄さん」

兄がなにか云っていた。叫んでいるようなのだが、言葉はまったくわからない。

夏子は胸苦しい気持におそわれた、さっき社の電話が聞えなくなったときよりも、ずっと強く、不吉な出来事の予感のようにさえ思えた。

「――夏子……早く……気をつけて……送るから」

雑音の中からそんな言葉が遠くかすかに聞きとれた。そして、電話は切れてしまった。

「どうしたの」

夏子が戻ってゆくと、友田は心配そうにこちらを見た。

「なんだか急用ができて来られないんですって、二、三日うちに訪ねてゆくっていうんですけれど」

「――そう、じゃあ、とにかく出ようか」

「ええ、済みませんでした」

友田が勘定をして、そこを出ようとしたとき、ひどく酔った客が入って来て、友田を見るなり、手をひろげて立ち塞(ふさ)がった。

「よう、珍しい、亡者(もうじゃ)君」

友田は眉(まゆ)をひそめたが、相手はよろめきながら、両手で友田の肩を抱えこみ、そしてばかげた調子外れの声で歌った。

「昔は御殿に生れ、王子さまの如く育てられた身の、死んでしまったいまは、まるで夢のようだ……さ、どうだい新生の感想は」

「わたくし失礼致します」

夏子は友田にこう云って、すばやく二人の側をすりぬけ、まるで逃げるように外へ走り出た。

友田を自分の家（といっても間借りであるが）へ招いて、夕食を一緒にする約束だった。しかし兄の電話を聞いてから、不安なおちつかない気持になり、とても楽しい夕食などできそうもなかった。酔った男が現われたのがいい機会になったし、友田も追って来はしないであろう。夏子は並木通りをまっすぐに、新橋駅へといそいだ。

「——亡者君だなんて、へんなことを云う人」夏子は独りで呟いた、「——死んでしまったいまは、とか、新生の感想はとか……親しいお友達なのかしら」

口ではそんなふうに呟きながら、頭の中は兄のことでいっぱいだった。

すべての印象が尋常なものでないように思えた。

なんの前触れもなく、いきなり電話で帰還の知らせをしてきたこと。東京駅の近くにいるというのに、ひと跨ぎの銀座へ来られないということ。そして、なにより意外だったのは「康彦の日記」を知っていて、それを（母と同じように）誰にも渡してはいけない、大事にするようにと念を押したことなど……なにもかもが唐突で、しかも危険の予告のような調子さえ感じられた。

――なにかあるのだ。

夏子は電車に乗ってからも、友田と兄とのことで、気持がおちつかなくなるばかりだった。

五

明くる日は日曜だった。

夏子はもともと朝寝のできない性分であるが、間借りをするようになってからは、いっそう朝が早くなった。

山木周平の世話で借りたその家は、荏原町の小山通りに近く、枡屋（ますや）という屋号で質屋を営んでいた。主人の杉山正次（山木の遠い親類に当るという）は道楽で始めた写真が身に付いてしまい、戦争中は航空測量部に勤めて、台湾まで航空写真を撮りにいったこともある。そのとき彼が台北で初めての空襲を経験した話は、夏子は山木から聞いて知っていた。

戦後は中西カメラ工業に勤め、写真雑誌へ原稿を書いたり、初心者むきの本を出したり、なかなか多忙であるらしい。家業のほうは妻君と、正次の弟が受持っていた。

家族は夫妻に子供が三人、杉山の老母と弟という顔触れだった。正次の次に国三という次男があって、それは比島で戦死したそうであるが、この家族の生活ぶりには、夏子は初めから驚かされどおしだった。

――傷つかざる人たち。

いろいろな角度から観て、この一家から受ける印象は、その一語に尽きるようだった。

主人も老母も妻君も、殆んど信じ兼ねるほど善良であった。単に夏子との関係についても、部屋代は戦前なみだし「自炊」がたてまえなのに、どうせついでだからと云って、食事も家族と同じにして呉れる。それも代用食などは殆んど稀で、弁当の菜なども肉か魚か、野菜物にしても一品だけでなく盛合せで、必ず脂肪分を使ってあった。

杉山も老母も明るい性質で、賑やかなことが好きだった。どちらかの客の絶えたことがない、故郷は山梨県の石和という処だそうであるが、そっちからも月に一、二回は誰かきて、その度に二、三日は泊ってゆく。食事に米を欠かさないのは、つまりそういう連絡があるためらしい。――また妻君は三人も子供があり、店を預かっているわけだから、客の多いことや間借人などを置くのは迷惑な筈であるが、そんなようすは少しもみせなかった。

妻君は舌ったるいような口をきく、痩せた人だった。料理が好きで、刺身も上手に作るし、あえ物とか甘煮とか、洒落れた小とりまわし、酒の肴めいたものが得意であり、またそうしているときがなにより楽しいふうであった。

家では質屋をやり、主人は主人でかなり稼ぐのだから、家計が豊かなのは当然かもしれない、また主人や老母が明るい解放的な性分だからかもしれないが、この人たちはまったく傷ついていない。

あれだけ惨憺たる戦争の中で、少しも痛手を受けず（空襲ではすぐ裏まで焼けたのに、倉庫付きの広いその家は残った。また次男は戦死したが、これもさして傷心の種とはならなかったようである）続く敗戦と、戦後のみじめな生活からも、殆んど影響を受けていなかった。

――こういう人たちもいる。

夏子にとっては驚異であった。それからやがて反感を唆られだした。それは戦争によって深く傷つき、戦後の飢えと窮乏に喘いでいる多数の人々にたいして一種の「悪徳」といってもいいように思えた。

戦争によって傷つかない人々があるということは、寧ろ祝福してもよい筈である。しかも夏子はその人から現実に幸福を分けて貰っているではないか……にも拘らず彼女は反感を、それも激しい反感を唆られるのだった。

——早くこの家を出なければならない。

六

——この家から出なければ。

間借りをして半年くらいにそう思い始め、それ以来ずっと、固定観念のようにそのことが頭を去らなかった。

かつて、御池に対して感じた屈辱感。大財閥の総本家である御池の存在と、自分の父母がその「使用人」であるということに、耐えられない屈辱を感じた神経。それが杉山の家族にも同様にはたらくのであろう、対等の位置に立たなければ、人と気軽につきあえない性格がある。また、強権に対して甚だしく敏感なため、敵意をもつか隷属するか、どちらかに身を置かずにいられない人間もある。

——自分だけの幸福は幸福ではない。

夏子はそう信じていた。

——大多数の人間が不幸であるとき、自分だけが仕合せだということは、悪徳であり寧ろその大多数よりも遥かに不幸である。

こういう考え方が古風であり、感傷主義に類することはほぼ間違いはないだろう。だがやはりあるのだ、夏子のばあいは性格的なものだろうが、殆ど支配的なちからをもっていた。

だいたい箱根から下りた動機がすでにその一つであった。

市野老人との四月ばかりの生活は楽しかった。疎開者がずいぶん入り込んでいるとはいえ、環境は静かで、美しい眺望に恵まれ、ことに夏にはいってからの、気候の爽やかさ、快い涼しさはいいようもなかった。

たいてい一週間に一度くらい、三郎が秩父からやって来た。工場に配給される干魚とか肉とか、酒などを背負って。

——厚生部をまるめたのさ、この肉は会社の幹部のを召し上げて来たんだよ。

三郎はよく独特の露悪的な口ぶりで云った。

――やつらは戦争を食ってやがるんだから、おれがやつらの肉や魚を徴発するぐらい当然だよ、そうだろう、おやじ。

彼は夏子を誘いだして、山を歩いたり、湖でボートを漕ぎまわったりした。わざと粗暴にふるまったり、ことさら悪がった口をきいたりするくせに、本当はかなりシャイネスだとみえて、夏子のほうでは疾うに気づいているのにも拘らず、彼が「求愛」したのは終戦の夜のことであった。

彼は八月十二日から箱根へ来て泊っていた。東京の本社へ連絡に出て、ついでに馬込の山木周平を訪ねると「すでに政府が連合軍と終戦の交渉をしている」ことを聞いた。山木は海軍関係からと、家の向うにいる加村達吉から聞いたらしい。加村は経済新聞の整理部長で、その種の情報はいつもたしかだった。

――おまけに工場はなんにもしていねえんだ、幹部のやつらは資材の隠匿と闇売りで眼の色を変えてやがるし、工員はみんな野菜作りさ、ばかばかしくってあんな処へ帰れやしねえよ。

三郎はふてたように云った。

それから三日目に終戦になった。そしてその夜、市野老人が寝たあとで、彼は夏子に結婚を申込んだ。

——山木さんにも相談したよ。

彼は赤くなっていた。夏子は返辞を待って貰った。嫌っていたわけではない。寧ろ好いていたといってもいい。こちらは父母もなく頼る当てもなく、兄は戦地で消息不明だった。それに加えて敗戦、こんごこの国がどんな状態になるかは相当はっきりしたことだ。客観的には願ってもないような求愛だったのである。

七

だが夏子は返事を保留した。

敗戦という現実によって（既に戦争で徹底的に傷ついている同胞が）さらに激烈な混乱と窮乏に曝されようとしている。そのなかで自分だけ安全な庇護の下に隠れることはできない、夏子はそう思ったのだ。少なくとも、自分ではそう思ったと信じた。

終戦の日から一週間めに、夏子は箱根を下りて山木周平を訪ねた。海軍の一部に戦争継続を主張するものがあるそうで、その日も海軍の戦闘機が、大森の上空を頻りに飛びまわり、ビラを撒いたり、やけくそのように機銃を射ったりした。

——良い結婚だと思うがなあ。

山木はアルコールを湯で割って飲みながら、夏子の話を聞いてそう云った。

——君の云う理由もわかるが、結婚することが、敗戦の現実や大多数の困難な生活の圏外へ逃げる、という考え方は偏執的だと思う、戦争中ならまあいい、戦争には時間の限度があるからね、しかしこれからは腰を据えてやってゆかなくちゃならないんだから、もっと気持をひろくもって、じっくりねばってゆかなくちゃならないんだからね。

そして山木はちょっと眩しそうに、自分も再婚するつもりだ、などと告白するように云った。

その日は山木の家に泊ったが、山木との問答のあいだに、夏子は自分の心のなかに、三郎の求愛を避ける、もう一つの理由があることに気づいた。

それは御池康彦であった。

箱根の家で読んだ彼の日記から、夏子は強烈すぎる印象を与えられた。

御池一族に対する憎悪が、ここでは康彦に向って、逆の立場から極端な哀憐の情となって集中したようだ。出生の秘密、冷たい環境のなかでの生いたち、孤独な、傷ついた魂……夏子にはそれが自分のことのように感じられた、消息不明の兄も、自分の出生の秘密を知って、あのように苦しんだではないか、安全な位置が国内にあったのに、自ら求めて戦場へいったのも、その苦しみを遁れるためだったと思われる。

康彦はそれ以上にみじめで、痛ましく傷ついている。そして、その責任の重要な一つは夏子の母にあった。

――このままあの人を捨ててはおけない。

ではどうするか。実際的にはなにも思案はなかった。しかし康彦をそのままにしておけないという気持は、強い潜在意識となって彼女を縛りつけた。

相互信託へ就職したのは加村節子の紹介であった。戦争中、空襲になると加村の防空壕へ退避させて貰い、不足な物資などでもいろいろ世話になった。下町育ちだそうで、節子はあいそも飾りもない、二十六だというが、子供のように邪気のない、あけっ放しな性質で、人の世話をするにも眼につかないようにするといったふうである。内田信託にもう八年も勤続し、その方面に知人が多く、戦後、二、三の信託会社が合併して「相互信託」が創立されることになり、自分も招かれたのだが自分の代りに夏子を入れたわけであった。

荏原町の杉山の家に間借りをし、通勤し始めたのは十月で、それからまる二年とちょっとになる。このあいだに御池康彦が爆死したこともわかった。世間のありさまは予想以上に険しく、全般的に生活は苦しくなるばかりであった。日々の新聞が報道する凶悪な犯罪や悲惨な出来事、政治上の醜い紛争や、贈収賄、瀆職――世も人も傷だらけになっていた。

――自分だけが温床にぬくまっていてはいけない。

夏子は自責をさえ感じた。

八

夏子の借りている部屋は、倉庫の裏に当る四帖半で、他の部屋とはいちおう離れている。南に面して廊下の硝子戸越しに狭い庭が見え、東側に切窓があるが、これはすぐ隣りの家に接しているので、殆んど日光のさすことはなかった。

廊下はひと跨ぎで家族の部屋に続いていたから、夏子が家にいる限り、三人の子供たちや、話し好きな老母と無交渉というわけにはいかなかった。そういうことは最も苦手であったし、ことに英文のタイプライターと速記を習い始めてからは、勉強の時間を取られるのに困惑した。

こういう条件のためばかりではなかったが、勤めが休みの日には夏子はたいてい馬込へ遊びにでかけた。

山木周平は終戦の年が明けて、二月に再婚していた。

それは加村節子の姉で絹子といい、戦争中は老父母と一緒に山梨県へ疎開していた。夏子は彼女にそんな姉のあることも知らなかったので、なにやら奇遇といった感じがしたものであった。その姉という人も節子と気性がよく似て、明るく、拘りがなく、夏子がゆくとまったく旧知のように歓待して呉れた。

その日曜の朝。

予定では溜まっていた洗濯をするつもりであったが、昨日、兄からとつぜんの電話で、思いがけない帰還を知らされ、そのあと会う約束が会えなかったばかりでなく、電話のようすに納得のいかない、不安なものが感じられたので、洗濯はやめて、馬込へゆくことにした。

兄は山木周平を訪ねて、夏子のことを聞いたと云った。そうすれば、山木は兄についてなにか知っているに違いない。もう一つは市野三郎のことも相談したかった。三郎は今でも社のほうへ訪ねて来たり、電話をかけたりして、相当にうるさい。

——なんの意味もねえんだよ、ただちょっと映画でも観ようと思ったんだ。

そんなふうに云うが、結婚を諦めていないことはおよそ察しがついていた。

それには山木にも一半の責任がある。その後も山木は、幾らか三郎を声援しているらしい。つまりその結婚が夏子の将来を幸福にすると信じているからであろう。しかし夏子にはもうそんな気持は少しもなかった、できることなら、きっぱり縁を切りたくなっていたのである。

荏原町から京浜新国道まで歩き、そこからバスで馬込へ行った。

「あらお早う」

バスを下りると加村節子がそこに立っていた。じみな紫色の畝織のコートに、灰色のラクダの肩掛で厚く肩を包み、どこかへでかけるのだろう、いつもより華やかに化粧していた。

「おでかけ？」

「社の子たちを伴れて箱根」

「まあ変ってるのね、十二月に箱根だなんて」

「だってそういうことになったんですもの、おまけに誰も箱根ってとこ知らないんだから、どんなことになるか今から眼に見えるようだわ」

節子の早くも諦めたような口ぶりに、思わず夏子は笑わされてしまった。

山木は朝食を終ったところで、仕事机に向って茶を啜っていた。彼は朝暗いうちに起きる。夕方までが仕事の時間であるが、怠け者で、書くよりも画集を眺めたり、なにか読みちらしたり、客と会ったりすることのほうが多い。もともと不流行な小説書きだから、それで結構まにあうらしかった。

「兄さんが帰ってよかったね」

山木は夏子を見るとすぐにそう云った。

九

「実はそのことなんですけれど」

夏子はそう前置きして、昨日のことを詳しく話した。それまで黙っていた康彦の日記のことも……聞き終ると山木は、珍しく眉をひそめた。

「ちょっと待ちたまえ、そいつはどうも、なんだか普通でない事がありそうだな」

「こちらでもそんなような事がございましたの？」

「松原君が此処へ来たのは四、五日まえのことだったが、そのとき、ほら例の御池の者だというあの男ね、松原君にもその話をしていたんだが、偶然それがやって来たんだ」

「兄のいるときですか」

「ちょうど帰ろうとするところだったよ、それで会ってみないかと云ったんだがね……そして二人で一緒に出ていったんだが」

「――それから？……」

「いやそれっきりなんだ、出てゆくときのようすは少し穏やかじゃなかった、小説書きの観察はとかく誇張しがちだけれどね、松原君の態度には相当に険悪なものがあったようだ、もちろん君にうるさく付きまとったという話を聞いたからでもあるだろうが」

「――でも、兄は本当にあの人を知っていたのでしょうか」

「そうらしいよ、なになに君……とかって、名を呼んでいたからね、相手は松原君を知らないようで、ぎくっとしていたようだけれど」

夏子はその男をたびたび見た。しかしまったく知らない人間であった、兄が知っているとすれば、御池の邸での知人に違いない。そうして、電話での注意から想像すると、二人のあいだに「日記」のことが問題になったことは確実だと思える。

「兄は今どこにいるのでしょうか」

夏子はふと眼をあげた。

「それがはっきりしないんだ、関西のほうでなにか仕事をしているとは云ったが、こっちの住所は定っていないらしいね、その仕事のことでも僕はちょっと」

山木はそう云いかけて、急にやめた。雄一郎が半年もまえに帰還していたことや、なにか危険な仕事をしているらしいことなど、話せばいたずらに心配させるだけだと思ったから。

「ときにその誰とかの日記とかいうの、やっぱり君が持っているの」

「ええ持っています」

「いったいそれにはどんな意味があるのかね、話だけ聞いてるとなんだか変にスリリングじゃないか、なにかそんなふうな秘密くさい物なのかね」

「いいえ、そんな秘密くさいなんて物じゃありませんわ、ただ」

夏子は言葉を濁した。日記には康彦の出生の秘密が書いてある、そして母とのことも。もしかするとあの男は、それを種に、御池から金でも取ろうというのではないだろうか。

——でも康彦という人は死んでいる。

あの男が此処へ初めて来たのは、まだ康彦が生きていたときのことだ。そのときならわかるが、彼が死んでしまった以上、そんな物を持出しても、御池ではもう驚きはしないだろう。

「いいえ」夏子は首を振った、「本当にそんな秘密なんて物じゃありませんわ、あたくし一度すっかりみたんですけれど、ただ康彦という人の古い日記で、その人は爆撃で死んでしまっているんです」

「ふーむ、しかしそれは」

山木は首を捻った。

十

「それはなにかあるね、その日記には、君にはわからないなにかがあるよ」

「なにかって、例えばどんな事でしょう」

「僕のはむろん想像だけれど、例えば財閥解体という問題でも、実際は有名無実で、解体どころかそっくり温存されているという説がある、世耕事件の五百億という隠退蔵物資なども、どこかその方面にひっかかりがあるようだしね」

「でも全然そんなこと書いてございませんわ、本当にただ若い日の日記というだけですのよ」

「しかし少なくともその、なんとか康彦とかいう人は、御池の息子なんだろう」

「ええ慥(たし)か二男だったと思います」

「そしてあの妙な男の熱心さは尋常じゃなかったろう、なにしろ初めて来たのはあの空襲の晩だし、憲兵など伴れて、ちょっと脅迫的だったじゃないか、それから暫(しばら)く途絶えて、またこの夏あたりからしつっこくやって来だしたろう、それに、そうだ、君の兄さんまでがそんな注意をしたとすれば」

「いやですわ先生、そんなふうに仰(おっ)しゃられると怖くなってしまいますわ、あたし」

「始めに断わったとおり想像なんだよ、怖がるには及ばないけれど、しかしその日記はなんとかするほうがいいな」

「なんとかって……」

「まず焼くんだね、本当ならその当人に返すべきだが、死んだとすればまず焼くんだろうね、どういう理由でお母さんが持っていらしったかは知らないけれど、ともかく、人の日記だからな」

「ええ、そうなんです」

夏子は眼を伏せた。

母がどうしてあの日記を持ち出したかは、書いてある内容を読んだときにわかった、母は病気が重くなってから、頻りに康彦の名を呼んで、うわ言を云った。それは殆んど若い娘の愛の訴えであった。母にとって、康彦とのことは恐らく本気だったろう。

——一生にいちどの。

という言葉をしばしば云った。本当に一生に一度の真実な愛だったに違いない、その思い出を離したくないために、母にとっては愛の記録ともいうべき、その日記を持ち出して来たのだ。

夏子などには考えられないことであるが、まるで自我のない、無節操ともいえる母の性質を思うと、愚かで哀れながら、その気持はおよそ察しがついた。

「でも焼くとして、兄に黙って焼いてしまっていいでしょうか」

「そうか、兄さんも大事に納って置けといったんだね、するとすぐ焼くわけにもいかないが、僕はそのほうが安全なような気がするんだが」

「兄は二、三日うちにゆくと云ってましたから、では兄が来るまで待ってみましょうか」

そこへ山木の妻の絹子が、茶がはいったからと云いに来た。

「あいにくだわね、今日は節ちゃんいないのよ」

「ええ会いましたの、バスの停留所で」

「あらそう、じゃ聞いたでしょ、こんなに寒くなって箱根ですって、まったくあの子ときたら調子ッぱずれで」

「ああそれで思いだしたわ」箱根と聞いて、夏子は市野三郎のことに気がついた、「ねえ先生、市野さんのことでお願いがあるんですけれど」

十一

夏子が山木を訪ねていた朝。

高楷珠子と中小路宗季の乗った自動車が、まだこの暗い街に強いヘッド・ライトを投げながら、かなりな速さで青山の通りを走っていた。

彼はふきげんで、ひどく苛々していた。

頬は疲労のために乾いてたるみ、洒落れた口髭は埃っぽくみえ、眼は濁って充血していた。彼は頻りに身動きをした。寒いのだろう、マフラーや外套の衿をかき合せ、また思いだしたように、手袋をはめた手で、交互に腕や肩をばたばた叩いた。これも外国の映画か新劇の舞台でする演技に似ているが、あるいは自然の動作かもしれない。寒さを凌ぐ運動らしいが、そうしながら時をきって全身が震えた。

珠子は脂の浮いた腫れぼったい顔で、まだ酔っているのだろう、栗鼠の毛皮の外套の衿がだらしなく開き、くしゃくしゃになったソアレの半ば裸の胸を露にして、煙草を休みなしに吸っては、だるそうに足を組み変えた。

「どうしたの、五日もつけまわして、結局まかれたってわけ?」

「僕は、覘った鳥を逃がしたことはない」

「今回が初めてなのね」

「覘った鳥は、僕は決して逃がさないんだ」

「その身振りをやめて頂戴」珠子は宗季の腕を肱で小突いた、「このあいだの大村証券、おちたでしょう」

宗季は皮肉な眼で振向いた。

「だがお気の毒なことに、おめあての白紙委任状の件はいかれたらしいぜ」

「あたしを甘くみちゃだめよ」

「摘発だよ、夕方電報が来たんだ」

「すぐ新聞に出るさ」

珠子は眼尻で、すばやく、宗季の顔を探るように見た。そして煙草を捨て、靴でやけに踏み消しながら、「いったい宗ちゃん、おめあてって、あたしがなにをポイントしていたかわかるの」

「下関の織田氏は全支那海のエースだっていうじゃないか、いまあちら向けの最高は鉛さ、初めは栃木のやつかと思ったがね」

「じゃあ、福井がやられたの」

珠子の眼が動物的に光った。宗季は肩を竦め、溜息をついた。

「電気銅、錫、ひっくるめて四千二百トン、すぐ新聞に出るさ」

「ばかばかしい」

「こっちはそれじゃあ済まないからね、ばかばかしいどころじゃあないんだ、全然賭けてたんだから全然」

埃っぽい口髭を歪めて、宗季はマフラーをかき寄せ、ぶるぶると身を震わせた。

「その数字たしかなの、四千二百トンっての、押えられたのがそれだけ？　そうじゃないでしょう」

「三工場でどれだけあるか、僕が乗ったのは三千トンだが、ほかにも乗ってるのがあるらしいから、全体の量はもっと有るかもわからない、しかし海軍直属の工場だったし、摘発がはいったとすれば、まず諦(あきら)めるより手はないさ」

「そんな物をそんな工場へ置いとくなんて、やっぱり田舎は田舎なのね、ますます公団は濡手(ぬれて)で粟(あわ)じゃないの」こう云って、突然、珠子は乾いた声で高笑いをし、また煙草を出して火をつけた、「それじゃあしようがない、あたしは栃木のあれを戴(いただ)くけれど、宗ちゃんどうするの、いっそ福井へいってみたらどう」

「封印された宝の山を見にかい」

「マカロニとスパゲティだって大差ないでしょ、少し息ぬきをしてくるといいわ」

十二

青山五丁目を左に折れて、焼け残った一角にある、大きな邸の門前に車は停った。

「どうしたの、ああ閉ってるのね、珍しい」

運転手は下りていって、門柱の釦(ぼたん)を押し、すぐに車へ戻った。すると鉄の門扉が悠(ゆっ)くりと左右に開いた。

石の門柱には、高楷と二字だけの、小さな表札が掛けてあるが、竪繁格子に唐草を配した鉄の門扉には、二尺に三尺くらいの大きさの板に横文字で「東京・エンヂニアース・クラブ・十二番」と書いた標示板が掛っていた。それが本当は進駐軍に属するものでなく、そうみせかけているのだということは、近所の人たちでさえもようく知っていた。

車が入ると、門はまた自動的に悠くり閉った。

小砂利を敷いた道の右側に、古びた洋館がある。珠子の良人、高楷功郷の祖父に当る人が、英国へ留学したとき、エディンバラの高名な政治家に愛され、しばしば狩猟に招かれたり、大陸の旅行に伴れてゆかれた。その政治家の山荘が気にいり、設計図を写して貰って、帰朝後すぐに建てたものだという……それが、黒ずんだ常緑木の間から、すっかり明るくなった朝の光りをあびて、新しく塗ったらしい白壁の部分を、さむざむと覗かせていた。

車はその前を辷ってゆき、古風な車廻しのある御殿造りの建物の前に停った。

「あの晩ゆけばよかったんだ」

車から出ながら、珠子がかさかさした声で云った。

「庭から入りましょう」

「寒い、風邪をひきそうだ」

二人は建物に沿って庭のほうへまわった。

「あの晩ゆけばよかったのよ」珠子はまた云った、「あんな男は放っといてね、いったいあの男は何者なの、どうしてあとをつけたり、それも御苦労さまに五日もつけまわしたりしたの」

「――似ているのに気がつかなかったかい」

「っていうと」

「死んだ康彦、御池の二男坊の」

「御池の……死んだ？」

「似てるんだ、眼から鼻へかけてね、軀つきなんかも」

「だってそれ、どういうわけ」

「知ってる筈だから、故康高老が女中頭に産ませた子さ」

「オーノウ」

「シュアー松原夏子の兄になってる、戸籍上はね、だがあの邸ではたいてい知っていたよ」宗季はふと足を停めた、「ムッシウがいるぜ」

広い芝生の向うに、瘦せた背の高い男が立っていた。白髪混りの髪がくしゃくしゃになり、厚いナイト・ガウンの上にだらしなく外套をひっかけ、まるで棒杭のように立って、自分の足下を見まもっていた。元伯爵などという感じはまったくない、頬のこけた蒼黒いような、憔悴し疲れきったような相貌や、その放心した虚脱的な姿勢は、精神病院の庭に立っている人のようにみえた。

「ははあ、そうなの」

珠子はそっちには眼も呉れず、高廊下の踏段をさっさと登った。和風御殿造りの半ばが洋館になっていて、高廊下もそこだけは靴であがれた。珠子は渋い緑色のカーテンの下っている大きなフランス窓の扉をあけて入り、乱暴に呼鈴の飾り紐を引きながら、ソファの上へハンド・バッグを投げだした。

「珈琲にする？　それとも」

「お茶が欲しい、煎じたての熱い番茶をね」

十三

瓦斯と電気、二つの大型のストーブで、部屋の中はまもなく暖まってきた。

世間は電気も瓦斯も厳しい制限を受けている、電気は停電つづきで、指定量を超過すると罰金を取り、瓦斯は使用を停止される。しかし此処(ここ)では（銀座の「Q」と同様）どういうことになっているものか、そんな一般の状態とはまったく無関係のようである。

これは電気や瓦斯に限ったことではない。

二人の若い娘が運んで来た卓上の贅沢(ぜいたく)な食物や、三種類の洋酒の壜(びん)など、現在の普遍的な窮迫生活からみると、まるで嘘(うそ)のような品ばかりであった。戦前から戦争末期まで、かれらはそういう生活に慣れていたし、敗戦という現実に当面しても、いち早くこういう生活の中にぬくまっている。

「それでわかったわよ、つまりあの男は宗ちゃんにとって二重の利用価値があったわけね」自分でグラスに濃い色のリキュールを注ぎながら、珠子はからかうような調子で云った、「一つは日記の手懸り、一つは康光君に売り込もうってわけ」

「――返すよ」

熱い番茶を啜(すす)っていた宗季は、こう云って外套(がいとう)のポケットを探り、女持の小型の拳銃(けんじゅう)を出して、キャビアの皿の脇(わき)へ置いた。

「――弾丸、減らしたの」

珠子がじっと宗季を見た。

「減らすところだった、すんでにね、引金へ指をかけたくらいだったけれど……」
「その身振りやめなさい」
「五日つけまわして、昨日の晩、織田氏と別れて一人で地下鉄に乗った、てっきり妹の処へゆくなと思ったからね」
「あたしボガードって役者いまでも好きさ」
「ところが渋谷で下りると、いきなり三人の男に取巻かれた」
「まさか……」
「むろん松原、僕じゃないあの男がさ」宗季は手を伸ばして、古い物らしい細工の高雅な胡桃材の莨箱を取り、一本抜いてくわえると、珠子のライターを持って言葉を続けた、「顔は知っていたらしい、松原はやあと云いかけた、身振りでわかったんだが、やあと云いかけて、急にぎくりと硬くなった、こう全身がきゅんとひき緊った」
「話を面白くすることはないわよ」
「三人の顔をこう順々に見た、いやな顔つきだった、蒼ざめて、石のように硬化したとでもいうんだろう、それから歩きだした、左右とうしろを三人に囲まれてね」
「コンテじゃなく筋書で頼むわ」

「あとは簡単なんだ、駅を出て道玄坂の途中を右へ曲ったのさ、こっちはかなり離れていたから、小走りにあとから曲ると四人が見えない、停電でまっ暗、十時を過ぎてたろう、人通りはありゃしない、二十間ばかりゆくと、いきなり前へ立塞（たちふさ）がったやつがある」宗季はライターの火をつけた、しかし煙草へは持ってゆかずにそのまま消した、「――帰れっていうんだ、低いやさしい声でね、此処は通行止めだってさ」

「そのときか、引金に指は」

「――あっさり投げたよ、こっちがつけてたとは知らないんだ、そこでなにか始めるんで人払いというわけらしい、てんで出る幕じゃないって感じなんだ」

「それで、それっきり帰って来ちゃったの、ふむ、一巻の終りか、ライターかして頂戴（ちょうだい）」珠子は煙草に火をつけて深く吸った、「もう会えないわね、あの男」

風と雪

一

重いずしんという大きい物音で、友田浩二は眼をさました。

夜が明けるのだろう、窓のカーテンに光りのこまかい縞目（しまめ）ができ、狭い室内にもかわたれの色が揺曳（ようえい）し始めていた。

四坪ばかりの居間に造付けの和洋箪笥（たんす）二つ、粗末な机と椅子（いす）、寝台。それだけがこのアパートメント・ハウスの貸し家具である。この部屋にはほかに三人掛けの長椅子と、円卓子（テーブル）と、書棚。それに窓が硝子（ガラス）扉だけなので、厚い樺色（かばいろ）の重たげなカーテンが引いてあるが、これらは粗末な貸し家具とは極めて不調和であって、そのため却（かえ）って部屋がおちつきのない、妙に傾いたような印象を与える。

大きな物音は、寝ていた近田紳二郎が、長椅子から転げ落ちたのであった。

「みんな木っ葉じゃあねえか」近田は落ちたままの恰好（かっこう）で、掛けていた毛布や外套（がいとう）

を躯に巻きつけながら、低い、呻くような声で独り言を云った、「ひと燃えぱっと燃えるだけさ、ぱっと、ほんのひととき、ちょっと華やかにみえても、あとはみんな灰さ、それっきりのものさ、権威とはなんだ、価値とはなんだ、ばかばかしい迷蒙じゃねえか」

そしてぐっと足を毛布の中へ縮めた。

「なんじの持てるものをことごとく売りて貧しき者に与えよ、ふん誰がなにを持ってるというんだ、人間はなにも持ってはいない、これまで持ったことはないし、これからも持つことは決してない……杯を取れば火になる、箸を持てば火になる、火宅とは洒落れたことを云いやあがった……灰だ、残るのは灰ばかりだ、それをなんのために」

右腕を振って、それをばたっと投げだした。手首の内側に、古い二条の傷痕が、かなりはっきり見えた。

——あそこをやったんだな。

友田は痛みを感じたように眉をひそめた。鵠沼の幸田子爵の別荘で、近田が自殺し損ったということは、終戦の年の夏、佐田西から聞いた。

——おれはそれ以上だ。

御池康彦が死んで、友田浩二という人間になった。自分の意志ではない、強制されたものである。

百万円ばかりの預金（むろん彼の物ではない）を持って、長野県辰野町の戊申(ぼしん)信託の社員になったのも、敗戦後それが相互信託に合併されたとき、東京本社の証券部長秘書に転勤したことも。そして麴町(こうじまち)二番町の、焼け残ったこのアパートメント・ハウスに部屋を借りたのも、すべて彼の意志とは関係なくとりはこばれたものだ。

——御池財閥というものを温存するための排気孔、安全弁。

それが彼に課された役割だということは、疑う余地のない事実であり、しだいにはっきりして来ていた。

彼は眼に見えない無数の糸で自分が操られているのを感ずる。御池合資は解体され、幹部の多くは追放されるか隠退した。だが合資の主体は、無形のまま現存しているし、首脳部の意志は衰えない力を以(もっ)て動いている。東京へ転勤になったのも、この二番町へ部屋を取ってくれたのも、みな相互信託本社のやったことだ。直接には証券部長の和泉祐司のはからいであるが、友田浩二でなく、康彦としては、和泉部長の背後に一つの顔がはっきり見える。

――兄の康光と市原利助。

彼は殆(ほと)んど寒気におそわれたように眼をつむった。

二

近田が自殺しようとしたことは決して意外ではない、ハープを弾かなくなって以来、彼は既に近田紳二郎ではなかった。近田紳二郎としては十年以上もまえに死んでいたと云えよう。寧(むし)ろ自殺に失敗したことのほうが、彼にとっては悲劇なのだ。近田は鵠沼から熱海の知人の家へゆき、そこで終戦を迎えたことだけはわかるが、それからどうしていたか友田はまるで知らなかった。

松原夏子と銀座のパン亭へいったとき、泥酔した彼と出会ったのが、軽井沢の邸のパーティ以来初めてであった。それから今日で約一週間、夜になるとこの部屋へ泊りに来るのであるが、昼間どこでなにをしているか、彼自身なにも云わないし、こちらにもまったく推察がつかなかった。

いつも酔って、軀(からだ)じゅう悪い酒の匂いをぷんぷんさせていた。誰から貰(もら)ったものか、袖(そで)や肱(ひじ)の擦切(すりき)れた背広は短く、外套はだぶだぶで長すぎた。頰はこけ、眼はくぼみ顎の骨が露になり、仰向きに寝ると、腹のところが抉ったようにぺしゃんこになる。

——昔は宮殿に育てられた身の、死んでしまった今は、まるで夢のようだ。

パン亭で会ったとき、彼は浩二に向っていきなり「地獄のオルフォイス」の歌をもじってそううたった。それはむろん、御池康彦が死んで、友田浩二という新しい人間になったことを諷したものだ……その点では他の者も同様である、そういう階級の者の特殊な感性というか、以前はずいぶん親しく往来した知人が、今ではときに街で会っても、決して声をかけるようなことはなかった。殆んどみごとなくらい、誰も彼も知らない顔をした。

向うから呼びかけたのは、近田紳二郎だけであるが、そのうたいかけたパロディは、康彦に対するものであると同時に、そのまま彼自身にも当嵌まるようである。

「しかし、彼はまだ人間らしい」浩二は眼をつむったまま、口の中でそっと呟いた、「少なくとも自分の好むように生きている……おれこそ思い切って死ぬべきだった、自殺すべきだったのはおれじゃないか」

どうして自殺しないのか。

皮肉なことには彼は御池一族から異端者とみられていた。自分でも意識的に異端者であろうとした。しかしそれは単に観念的な、一種の気取りにすぎなかった。結局は彼も御池の土に生れ、その土と水とで育ったのである。「宗竹様御遺訓」を中軸とした伝統の枠のなかで、人間の個性を持つまえに「御池の一員」としての要素を身につけていたのだ。

「そうだ、おれには自殺するという自意識さえなかったんだ」

消耗性の暗い自己厭悪におそわれて、浩二はゆらゆらと頭を左右に振った。

「――起きたのか」

近田が床の上に転げたまま、はっきりした声でそう云った。友田浩二はもの憂げに眼をあけた。

「そんな恰好で、風邪をひくぞ」

「混凝土の上にだって寝るんだ、場所や条件には縛られない、おれは既に形而上的存在だからな、酒はいつでもそのメディアムになって呉れる」

「本当に風邪をひくよ」

「話したいのかい」

近田は首を曲げてこっちを見た。友田浩二は寝台の上に起き、壁にかけてあるガウンを取って着た。

「珈琲でもいれよう」

ひどく寒かった。

二

珈琲が沸くと、近田はゆうべ書棚の上へ置いた酒壜を取って、中の酒精を（それは酒精そのものであった）まずカップの中へ三分の一ほど注いだ。

「この上から汁いで呉れ」

「――自分でやりたまえ」

友田浩二は自分のに注いでから珈琲沸しを近田に渡した。近田はゆがんだ笑い方をし、外套を着た上へ毛布を巻きつけた。

「君も馴れるがいいんだ、そんな砂糖漬けの感傷はもう滑稽でもあるし、ますます君を縛りつけるばかりだぜ」

「砂糖はないんだ、有るのはズルチン、入れるなら出すよ」

「君は蝸牛に似ている」

二杯めを作ってから、近田はそれを持って円卓子の椅子に掛けた。友田浩二は窓のカーテンを引いてから、その脇の椅子に掛けた。

「君は鍋牛に似ている」近田はひと口飲んで云った、「攻撃されると、黙って自分の殻の中に引込むだけだ、決して手向いをしないし、闘おうともしない」

「蝸牛の角(つの)は武器じゃないからね」

「そこが悲劇さ、蝸牛の触角は武器じゃない、しかし彼は人間共の知らぬまに、野菜や木葉を貪欲(どんよく)に喰(た)べ荒すことができる、君は単に似ているだけなんだ、しかも無抵抗という点だけでさ」

「それを僕に承認しろというわけなのか」

「笑ってもいいさ、が、君には笑うことはできない、黙って殻の中へ引込んでしまう、かなしげに黙ったままでね」

友田浩二は窓の外を見た。

「君は僕ではない」

「決して、断じてね」近田は二杯めを呷(あお)った。そして三杯めを同じように作りながら、珍しくまじめな調子で云った、「まっぴら御免だよ、友田浩二なんて、いや名前なんかどっちでもいい、そういう罠(わな)の中におとなしく身を縮めている君さ、とんでもない、僕は断じて君なんかでありたくはないよ」

外はすっかり明るくなっていた。急造のバラック建ての屋根や、焼けた幾つかのビルディングの彼方に、半蔵門あたりの皇居の森が曇った朝の光りのなかにかすんでみえた。

「君はその君のなかから逃亡すべきだ、御池康彦から、友田浩二から、そして君自身にならなくちゃいけないんだ、いったい……君はこんなふうにして、なにを待ってるんだい」近田の頬に赤みがさし、眼がきらきらと光りだした、「なにが君を惹きつけるんだ、なにか目的でもあるというのかい」

「――そういうものなしにだって生きてゆけないことはない」

「ああ、おれは君を殴りつけてやりたい」近田はカップの中の酒精を呷り、珈琲のかすを乱暴に吐きちらした、それからふんと鼻を鳴らし、椅子の背へ反って足を伸ばした、「君はもっとまじめにならなくちゃいけない、少なくとも自分に対してだけはさ……君は中小路を軽蔑しているだろう、おれも軽蔑していた、おれは寄生虫だけはがまんがならない、ところが、あいつはおれを殴った、Qとかいうキャバレーの事務室でね、いきなりここへぱんと、ストレートを入れやがった……おれはあいつを見直したよ、わかるかい、殴ろうと思ってそれを実行する、これはまじめなんだ、これにはごまかしはないんだ」

四

「云いたいことがあったらそれを云ったらいいじゃないか」友田浩二は紳二郎の饒舌を遮った、「もし僕に文句をつけたり、宗季を見直したなどということを云いたいだけなら、たくさんだからいいかげんにして呉れ」
「文句なんかつけやしない、おれは君に勇気をもって呉れと云ってるんだ、こんな非現実な欺瞞だらけの生活にどうして引摺られているかというんだ、なぜ綱を切って、自由にならないかと云いたいんだ、中小路でさえおれを殴り倒すことができるんだぜ」
「君はいま自由なのか」友田浩二は冷やかな眼で、しかしどこかしら劬るような調子で反問した、「君は非現実な欺瞞だらけなものに縛られていないのか」
「おれは禅問答をしてるんじゃないぞ」
「それならやめるがいい」友田浩二は窓のほうを見た、「僕には君のことはわからない、同時に君にも僕のことはわからない、なんにもわかってはいないんだ、わからない事に口を出すなんて、君には似合わしくないよ」

「――おれはね」近田はやや間をおいて、低い嘆息するような口ぶりで云った、「おれは昔から君が好きだった、今でも好きだ、君は人の悪口を云わない、人を押し除けて自分を主張することもない、おちぶれたならず者のようなこのおれをも拒まない、宗季のような人間に利用されても、いやな顔いちどしたことがない、周囲の者にとって、君はいつも避難港であり給水所だった、誰でも必要なときには君を利用し、君から奪うことができる……それは君が御池の御曹司で、条件に恵まれていたからではなく、気質なんだ、性格なんだ、善き魂さ……だが君は結局なにもしちゃあいない」

近田は椅子から立った。

「君を利用し、君から奪い、君を騙した人間でさえ、そのために少しも善くはならなかった、寧ろ悪くなった例のほうが多いかもしれない、なぜだかわかるか……君は善き魂であったかもしれないが人間ではなかった、人間としての意識的な主張や反省がなかったからだ、利用されたり騙されることにただ無抵抗だったにすぎないからだ」紳二郎は昂奮を抑えるために、すっかり冷めた珈琲と酒精とで四杯めを作り、それをいちどに呷った、「積極的な意志を伴わない善は……君は善とは思わなかったろうが……却って人を毒する、君はまず自分の意志をもつべきだ、人間としての自由を守るべきだ」

「――――」

「人間はね、善良であるだけでは、いけないんだ、善良であるためには闘わなければならない、単に善良であるというだけでは、寧ろ害悪でさえあるというべきなんだぜ」

「僕に構わないで呉れ」友田浩二は窓の外を見たまま答えた、「僕は善き魂などじゃない、決して善良でもない、善をしたとも思わない、僕はなに者でもありたくもない、どうか僕をそっとしておいて呉れ」

「じゃあ、このままで満足だというのか」

「僕は昔から満足などということを知らない、ただの放浪者でしかなかった、僕には避難港も給水所もなかった、僕はいつも……今でも放浪者なんだ」

近田は乱暴にカップを卓子の上へ置いた。それから唇を歪（ゆが）めて、冷笑するように云った。

「さよなら、もう厄介はかけないよ」

五

近田紳二郎は出てゆこうとした。

「それはもう来ないという意味なのか」

うしろから友田浩二がそう呼び止めた。近田は振返って、軽侮と憐れみの眼でこちらを見た。

「たぶんね」近田は刺すように云った、「僕には君がやりきれない、君がうちあげられたくらげのように、溶けて亡びてゆくのを見るに耐えないんだ」

「じゃあ僕もひと言だけ云おう」友田浩二は沈んだ調子で云った、「君はさっき独り言を云っていた、杯を取ろうとすれば火になる、箸を持てば食物は火になるって、覚えているかい」

「それがどうしたんだ」

「僕は火の杯は取らない、火の食物にも手は出さない、僕はもうその熱さと、火傷の痛さを知っているからね」

「君だけがかい、僕はそれを知らないと思うのかい」

「僕は君じゃない」

　近田は笑った。

「君はさっきからそれを繰り返している、自分の経験が誰のものより深刻だという盲信、自分以外のものを信じようとしない偏執、それはね」近田は一歩戻って来た、「それは君がまだこの人生でなにも経験していない証拠なんだ、君は三角の定理だけ知って、それで暗算をしているに過ぎない、人間は生きている、人生は動いているんだ、くらげのように溶けて亡びるより、自分の意思で火傷をしたまえ、自分の意思で傷ついてみたまえ、そのほうが少なくとも人間らしいよ」

　紳二郎は酒精の罎(びん)を外套(がいとう)のポケットへ入れた。友田浩二はさぐるような眼で彼を見て、云った。

「なにかあったんだね、変ったことが」

　近田は眼をそらした。

「いったいなにがあったんだ」

「君の知ったことじゃない」

「云えないんだな」

「云えるさ、簡単なこった」唇を歪めて、近田は大きく肩を揺りあげた、なにかのしかかってくる重い物をはね除けでもするように、そして自ら嘲笑するように云った、「おれはね、スパイになる」

彼は自分の言葉から逃げるように、身をひるがえして出ていった。

友田浩二は暫く茫然としていた。他の部屋では炊事の物音や人声が高くなり、頻りに扉のあけたてが聞えだした。

「――スパイ」

まるで現実感のない言葉であった。しかし泊りに来ていたあいだのようすや、今朝の思いがけない忠告、およそ近田紳二郎には似合わない「善」とか「害悪」とか、「人生」とか「積極的な意志」などという表現は、まったく思いがけないだけに、なにごとかあるということを証明するようであった。

「――どうするんだろう」

呟きながら立って、習慣になっている朝食の支度をしようとした。

珈琲ポットを取ったが、それを入れ替えなければならないことに気づいた。食欲もなかった。彼はひどく疲れたもののように、卓子の上はそのままにして、髭剃りの用意にかかった。そのとき扉をノックして、「友田さん、電報」という高い声が聞えた。

六

「アイタシ　マサユキ」

電文はそれだけであった。

「——会いたし」

まさゆきとは佐田西のほかにはない。友田浩二はその単純な呼びかけに、激しいなつかしさと、ついで暗い不安におそわれた。

「——病気が悪くなったのかもしれない」

終戦の年の夏こちらから訪ねていって以来、ずっと会わない。手紙はごくときたま往復しているが、元の知人との交際は禁止されたと同様なので、それさえ半ば秘密だったのである。

木挽町の社へ出勤したのは、定刻の九時より二十分も早かった。

「お早うございます」松原夏子が外套と帽子を受取りながら、気づかわしげな眼で彼を眺めた、「お顔色が悪うございますわ、どうかなさいまして？」

「いや、べつに……」友田は頭を振って、自分の机のほうへいきながら、「兄さん来たの？」

「いいえ、まいりませんの」夏子は外套と帽子を片づけてから、ためらうような表情で友田を見た。「兄はまいりませんけれど、昨日変な手紙がきたんですの」

「兄さんから？」

「ええ、それが封筒の名前は違っていて、兄の名は中にあるんですけれど、手紙は邦文タイプで打ったものですし、なんだか気味の悪いような文句で、どうしたらいいか迷ってるんです」

「気味が悪いって、例えば……」

「中央区の郵便局に留置き郵便があるから、それを取りにゆけと云って、その用紙が入っているんです」

友田は夏子を見た。

「べつに変じゃないじゃないの」

「だって家へくると云ったでしょう、荏原までそう遠いわけじゃなし、わざわざ留置き郵便にするなんて」

「だってぬけられない用事もあるからね」

「それはそうですけれど、それならじかにこの社へきてもいいんじゃないでしょうか」

友田はもういちど夏子を見た。それまでうわのそらで答えていたのだが、そこまできて彼もちょっと不審になったのである。

「そうね……で、手紙の文句はそれだけ？」

「大事なものだからできるだけ早く取りにゆくように、っていうのと、このことは誰にも相談してはいけないって念を押してあるんです」

友田は暫く考えていた。

「僕にはまるで見当がつかないけれど、君がもし気味が悪いんなら慥かにちょっとおかしいところもあるし……誰かに頼んで取りにいって貰うか、もう一つは、そのままにしてようすをみるんだね」

「取りにゆかずにですか？」

「そう、放って置けばまたなんとか云ってくるんじゃないか、そのほうがいいと思うね」

「――そうだわ」夏子はちょっと考えてから頷いた、「ではそう致しますわ」

その手紙は馬込の山木周平のところへ来、山木から荏原の家へ届けられたものであった。御池の者という、あの不愉快な男を避けるために、夏子の荏原町の住所は隠してある。兄が大事をとって手紙を山木宛に出したとも思えるし、一方では御池のあの男が、夏子を誘い出そうとしているのだとも考えられた。

七

山木を訪ねて以来ずっと、夏子はおちつかない不安な日を送っていた。
二、三日うちにゆくといった兄は、もう一週間にもなろうというのに来ない。電話もかからない、どこにいて、なにをしているかも、どうして「康彦の日記」を知っているかも、すべてわからない。
山木も知らないのか、知っていて隠すのか、「関西のほうでなにか仕事をしているらしい」と云うだけだった。

しかし東京へ来たことは事実なのだし、この社は銀座のすぐ裏にあるのだから、たいていな事情があっても、ちょっと会いに来るくらいのことはできる筈だ。

――手紙は兄さんじゃないわ、あの男に相違ないわ。

夏子にはだんだんそれがはっきりしてきた。

本当の兄だとしたら、荏原町でなくとも、例えば山木宛にしても（殊に「大事な物」というからには）手紙でなく自分で訪ねるに違いない。また、留置き郵便などという手数なことをするより、相互信託へ来ればもっと簡単である。

——慥かにあの男だわ。

連想は不明確ながら具象性をもちだした。「康彦の日記」のことが、二人のあいだで問題になった。あの男は兄と会ったのだ、そして「康彦の日記」のことを知る機会はない。それからどうしたか……あの男は夏子の住所を知らない、知るためには山木宛に、誘い出しの手紙を書くのが便法である。ただし名を偽って。

——では兄さんは？

夏子はぐっと息をのんだ。

兄は東京にはいないのだ。そしてあの男はそれを知っている、さもなければ、夏子と兄とどんな連絡があるかわからないのに、兄の名でそんな手紙を出す筈がないではないか。

「そうだわ、兄さんはもう東京にはいないんだわ」

では関西へ帰ったのだろうか。

五年ぶりで帰還して来て、たった一人の妹にも会わず、しかも「二、三日うちに

いってしまったのに、電話で断わる暇もなく、同じ東京から黙って去って

ゆく」とはっきり云ったのに、電話で断わる暇もなく、同じ東京から黙って去って
いったのだろうか。

——そうは信じられない。

寧ろもっと悪いことがあったような気がする。もっと重大なことが。そして、い
ずれにしても、あの男はそれを知っているに違いない。

恐ろしいような想像が次から次とわいて、夏子はいたたまれないほど息苦しくな
った。帰りに友田に相談してみよう、そして、一緒に留置き郵便を取りにいって貰
おう。そう思ったのであるが、部長の和泉祐司が出社するとすぐ、友田は部長に、
休暇が欲しいと云いだした。

「三日ばかり休みたいんですが」

「なにか用事ですか」

部長はすぐでかけるらしく、外套を着たまま机の上の書類をみていた。友田は問
いには答えないで自分にはまだ休暇が五日残っていると云った。

「そうですね、ではこれから、浅井産業までいってきて貰って、それから」部長は
腕時計を見た、「十時と……休暇は今日から欲しいんですね」

「できればそう願いたいんです」

「では一緒に出ましょう、浅井のほかにちょっといって貰うところもあるし」

友田はすぐに椅子から立った。

八

部長と部屋を出た友田は、ふと思い出していちど戻り、扉口から夏子に云った。

「さっきの話ね、あれは黙ってそのままにして置きなさい、そのほうがいいと思うから」

「今日はお帰りになりませんの」

「たぶんこのまま休みを貰うと思う、でも金曜日には帰るから」

「旅行なさいますの？」

夏子はもの問いたげな、そして淋しげな表情で友田を見た。

「旅行というほどでもないけれど、じゃあ」

そして扉を閉めた。

浅井産業は銀座二丁目にある。焼けたビルディングの三階で、産業とはいっても実はありふれたブローカーであり、それも他の多くの例にもれず、闇物資を扱っていることは明らかだった。友田が浅井産業を受持つようになったのは、つい五週間ほどまえのことである。信託から貸付けた二百万円が、期限を過ぎて三月ほどになり、その督促に当るわけだったが、実際はただ顔を出すだけで、事務的な交渉をしたことなどは殆(ほと)んど無かった。

「これを浅井の社長に届けて下さい」

外へ出ると、和泉部長はこう云って、上衣の内ポケットから封書を取出し、歩きながら友田に渡した。

「直接にですか、これまで社長には一度も会ってないんですが、いつも代理の渡部という」

「そういうことは困る」

和泉祐司は妙にそこだけきっぱり云った。

「代理などでは責任がとれない、いざというばあいにはだね、しかし今日は社長が会うでしょう……まあ直接でなければならんということもないが」そこでまた妥協的になった、「まあ宜(よろ)しくやって下さい」

「直接ですか、そうでなくともいいのですか」

「そんなことを君、念を押すまでもないじゃないか」部長は腕時計をみた、「僕はこれから室町へいって、それから丸ビルの和協商事へまわるからね、たぶん十一時までにはゆくから、君もそのじぶんに来てくれたまえ」

「ただゆけばいいんですね」

「十一時までに僕がいなかったら帰っていいです、むろんそのまま休暇を取って差支えないでしょう、そのほうがよければ」

そして銀座通りへ出るとすぐに別れていった。

友田は和協商事へゆく必要はないことを知っていた。これまでにも絶えずそうだった。彼は五つばかりの商社を受持っている、貸付け、取立て。むろん常識からいえば証券部の仕事ではない、どちらもちゃんとその担当する部課があった。友田浩二としては、その点で詳しい知識はないけれども、それでも証券部の自分が貸付けや取立てに当る不合理さくらいはわかった。だが、融資事業の内情は一般経済界と同様に窮屈であり困難であった。多かれ少なかれ、闇金融といったものに依らなければ、めぼしい利潤は得られない。友田にもその程度のことは勤めはじめてまもなくわかった。

それはいいのだが、彼は辰野町の戊申信託にいたときと同じように、東京へ来てからも殆んど仕事がない。五つの商社を受持たされてはいるが、定期的に書類を届けたり、受取った物を部長に渡したり、どちらが接待するかわからない酒席（彼はできる限り欠席した）へ出たりするだけで、いわば給仕でも足りることしかさせられていなかった。

九

友田浩二に与えられている仕事は、現在のところでは「仕事をしている」というみせかけにすぎないようだ。しかしその「みせかけ」の裏には「なにか」がある。そしてその「なにか」は絶えず動いている。いかなる「もの」がどう動いているか、どんなカラクリが行われているか、彼にはまったくわからない。ただそのように自分を操っているものが、相互信託でもなく、もちろん部長の和泉祐司などでないこと、見えない糸の根が御池につながっていることだけは明らかに想像することができた。

浅井産業ではやはり社長は会わなかった。社長秘書という渡部が（退職した銀行の出納係といった感じの、頭の禿げた中年者だったが）出て「電話で話はわかっているから」と云い、友田の差出す封書を受取った。

時計は十時ちょっと過ぎだった。

「十一時のに乗れる」

並木通りへ出ると、そう呟きながら、彼は京橋のほうへ歩きだした。重たげに暗く曇った空の下で、僅かな時の間に、かなり強い風が吹きだしていた。まだ錆びた亜鉛板や鉄屑などの醜く焦げたり外装の剝げたままのビルディングや、積んである焼跡に、表だけそれらしく造ったバラック建ての（殆んどが飲食店である）小さな家々がその冷たく刺すような風に叩かれ、揺りたてられて、さむざむと身を竦めているようにみえた。

——一昨々年の春には、此処で爆弾が炸裂し、焼夷弾が火を噴いたのだ、家が粉砕され、街は火に包まれ、何百何千という人間が死んだ、それは殆んど毎日のように。

彼は歩きながら眺めまわした。風は焼跡から土埃を巻きあげ、バラックの亜鉛板の屋根を鳴らし、軒先の看板やのれんを千切れそうにはためかしていた。

——あれだけの事があった、しかしなにも変ってはいない。敗戦という事実と、戦争によって傷ついたものは、今なおその傷痕を残している、が、ただそれだけだ。根本的にはなにも変らない、傷は治るだろうし街は昔の姿に返るだろう、そしてあれだけの出来事、惨憺たる悲劇は忘れられてしまう。

彼は胸がむかむかし、高熱を病むように全身がだるくなった。

もと「大根河岸」といわれた河岸通りへ出る少し手前で、右側にある小さな飲屋の中から、五十ばかりになる男が出て来て、焼けたまま裸で立っている並木へ、よろよろと両手で抱きついた。黒い外套を着て、靴も光っていたが、帽子の無い頭の伸びた半白の髪が、風に吹かれて枯草のようにふり乱れた。

「はは、ブルータスよか」その男はしゃがれ声で、頭をがくんと右に左に振りながら、しどろもどろに喚きたてた、「おれは共産党だ、革命をやれ、遅かった、あまりに遅かったぞ、諸君、シーザーを刺すんだ、それが革命の第一だ、ブルータスよ、はは、やあ君」

男はこちらを見た、そこを通り過ぎようとした友田浩二のほうへ片手を出した。泥酔のために蒼くむくみ、不健康にたるんだ顔だった。友田は急に眼をそむけた、男もあっと云ったようだ。

――幸田東麿だ。

元の子爵、放縦な嘉寿子夫人のために有名な幸田東麿であった。

「近田はスパイになると云った」

河岸通りから京橋を渡って、地下鉄のほうへいそぎながら、友田は溜息をつくように口の中で呟いた。

「そして幸田はあんな処に……」

十

汽車が峠にかかったとき雪が舞いだした。途中でいちど事故があり、軽井沢に着いたのは三十分も遅れて、四時四十幾分かだった。

雪はかなり積って、なお盛んに降っていた。車を交渉しようかとやや暫く迷ったが、思い切って歩くことにした。

日は暮れてしまったし、密度の濃い雪が舞い狂うので、徒歩でゆくには相当辛かった。雨具もなく短靴のままであった。外套の衿を立てて、その上から耳の隠れるようにマフラーを巻き、帽子の庇を引き下げ、両手を深くポケットに入れて歩いた。

――逃亡者のようだ。

自分の恰好を自分でそう思ったのだが「よう」ではなく、実際に「逃亡者」でないかと、すぐに思い直して苦笑した。

道が町を出はずれると、北から吹きつける風が強くなり、頬に当る雪がぴしぴし音を立てるように思えた。自動車がときどき走り過ぎるほか、人の影はなかった。

——放浪者の逃亡。

外からの寒気のほかに、孤独の寒さが彼を押し包んだ。

俯向いて大股に歩く靴の下で、雪のきしむ音がし、ときに靴が滑ってよろめいた。

ふとこんなことが何度かあったような気がした、やっぱり独りで、うち拉がれた、死んでしまいたいような気持で歩いたこともあるようだ。

「そうだ、そんなことがあった」

いつだろう。

いつでもそうだった。

たしかに。彼は自分の過去を思いかえしてみるが、幼年、少年、青春時代を通じて、喜びや楽しさを殆んど知らない。周囲には華やかな色彩があり、形式的には恵まれた豊かな生活があった。けれども、その中で彼はいつも独りだった。どうしても華やかな色彩に馴れず、豊かに生活を楽しむことができなかった。

——古井戸の底で独りで泣いていたように。

彼の歩調がゆるく、重たげになった。

深く鋭い悲哀の感情が、とつぜんしっかり彼をつかんだ。自分についてなにか考えるとき、必ずその出来事が頭に浮ぶ。ごく幼い昔のことであるのに、古井戸の底の情景はなまなまと眼にみえた。救われる望みのない絶望と恐怖とが、血の流れる新しい傷のように胸をひき裂くのであった。

どうして救われる望みがないと思ったか。

彼は決して口には出さないが、それには理由があった。

そのとき彼は麻布片町の康近と遊んでいた。康近は一つ年上だった。明らかに彼は康近に誘われて古井戸を見にいったのだ。康近がうしろから押したと思うのが誤りだったにもせよ、彼が井戸の中へ落ちたことは、康近がちゃんと見ていた。それにもかかわらず彼は三日二夜、その井戸の底にいたのである。康近が知っているのに、そんなにも長く捨てて置かれた。

――自分はそのまま死んでしまうだろう、そして、それは誰かがそう望んでいるのだ。

彼はそう信じた。

片町の御池は本家の次位である、康近は十二で家督を継いだから、そのごもしばしば会う機会があった。最後に顔を合わせたのは終戦の年、榛名湖畔の同族会のときであった……しかし古井戸のことがあって以来、二人は決して口をきいたことがなかった。会えば互いに眼をそらすか、憎悪の視線を交わすだけだった。

——そうだ、おれはここから出られない。いまでも古井戸の底で餓(う)えて凍えて、死ぬのを待っているだけだ。

彼の頭上へ、落葉松(からまつ)の枝から、ざあと雪が落ちてきた。

十一

佐田西へ着くまでに、三度も道を間違えた。雪のためばかりではなく、あだ黒い毒のような回想にとらえられていたのである。

幹の片方だけ雪を衣(き)た落葉松の林をぬけたとき、右側にリヒトの家の灯が見えた。

——リヒトは生きていたのだろうか、それともいま住んでいるのは違う人間だろうか。

頭の禿(は)げた、醜い膏(あぶら)ぎった顔のずんぐりした独逸(ドイツ)人の姿が思いだされた。そしてあの夜、美千子の部屋へ逃げて来て、絨毯(じゅうたん)の上へ倒れた姿、その背中が血に染まっていたことも。

「――うう」

彼は苦痛を感じて呻いた。

若い歌舞伎役者と逢っていた美千子。また彼の見ている前で、重傷の醜い独逸人に抱きつき、狂ったように接吻した美千子。それらの幻像が思いだされたからである。

佐田西の門のところで、中から出て来る者と出会った。

「――康彦さま、康彦さまではございませんか」

雨外套の頭巾をかかげて、相手は低くこう叫び声をあげた。ちょっとわからなかったが、それは長いこと彼に付いていた、執事の梅田孝吉であった。

「――梅田さんですか」

「御無沙汰を致しておりまして、御無事でいらっしゃいますか」

「いや僕はもう……梅田さんはどうしたんです、ずっとこっちですか」

「はい、あれから御本家さまのお世話になっております、もっとも使い走りのようなことにしかお役にはたちませんが」

「軀は丈夫ですか」

「倅が死にまして、去年ですが、それから続いて家内が病気になったり致しまして、あ、これはどうもつまらぬことを申上げました、久方ぶりにおめにかかってついお懐かしくなったものですから、どうぞお聞き流し下さいまし、まことに失礼を申上げました」

「いや決して、失礼なんてことはありませんよ」

彼はそううち消して、なお話しかけたい衝動を感じたが、危うく自制して袖の雪を払った。

「佐田西へなにか用があったのですか」

「はい薬をお届けにまいったのです、一般には手にはいらない輸入薬でして、医者から御本家さまにお願い申し、この十月からときどきお届け申しております」

「よほど悪いんですか」

「夏に二度、十月にひどく喀血なさいましたそうで、今はおちついていらっしゃるようですが、なんせ満州のほうがあんなことになりましたし、暮しも相当ゆき詰っておいでの模様ですから」

「満州というと、家族の方たちがどうかしたんですか」

「私も詳しいことは存じませんのですが」

梅田は長い習慣からくる控え目な表現で、佐田西の父母の死と、二男が行方不明だということを話した。秀次氏は侵入して来たソ連兵に、拳銃を持って抵抗し、ついには妻を射ったうえ、自分も自殺したという。また二男の正三は内蒙古へ潜入したらしいが、そのまま消息を絶った。捕虜になっているようすはなく、おそらく死んだろうというのが、正三を知る帰還者たちの一致した評だそうであった。

「暫く御滞在でございますか」

別れようとすると、梅田は名残り惜しげにこう聞いた。

「いや、わからない」

彼は首を振って云った。

「どうか貴方も御大事に」

十二

出迎えたのは見知らぬ老婆であった。みえもなく着ぶくれて、白髪頭で、腰が曲っていた。貧しい農家の炉端に忘れられたまま生きているような、みじめに老いぼれた姿であった。

寒いから外套は着たままでいるように。

老婆はこう云ってぜいぜい喉を鳴らした。雪まみれなので、彼は外套をぬぎ、帽子をはたいて渡そうとした。しかし老婆は手を出さなかった。受取ることを知らないのか、あるいは知っていてする気がないのか、どちらにせよそれは佐田西の現在、没落してゆく現在の状態を象徴するようで、友田の心は暗くふさがれた。

足音でわかったのだろう、扉をあけると正之の眼がこっちを見ていた。寝台の上へ横になり、幾枚もの毛布で軀を包み、首にも厚く毛糸の衿巻を巻いていた。大きな柔らかい枕の、白い掩い布の上で、肉のおちた正之の顔は初め土色にみえ、近寄ると透きとおるような蒼みを帯びてみえた。

「オーバーを着ていないか、火がないからそれじゃあ堪らない」

「雪まみれなんだ、強行して来たからね、それほど寒くはない」

「じゃあそのストーブに火をつけたまえ、まだ油がある筈だ、失敬だけれどもこの頃は自分でサービスして貰うよりしかたがないんだ」

「それにはもう僕も慣れたよ」

「ああ……君もね」

正之の顔が歪んだ。友田は慌てて話をそらすように、快活な高声をあげた。

「構わないのか、ストーブをつけても」

「病気か？　大丈夫だ」

「いま梅田と会ったよ」

友田は石油煖炉（だんろ）へ火をつけながら云った。よく手入れをしないとみえて、なかなかうまく点火せず、火がついても気化が悪くて、しゅうしゅう音をたてたり喘（あえ）いだりした。

「梅田君には世話になった、いや殿様にはそれ以上だが」

「当然じゃないか」

正之の「殿様」という表現には皮肉よりもかなりあらわな感謝の響きがあった。友田にはそれが痛かった。佐田西の満州での仕事は、つまるところ御池財閥のためであった、「御池の出先機関」などと云われたくらいで、それがどれだけ大きな内容をもっていたか不明だとしても、秀次夫妻の死後、病気で倒れている正之の世話をするくらいは、御池の当主としては当然の義務というべきではないか。

——必要なことは堂々と請求したまえ。

友田はこう云おうとしてやめた。正之はそんな事情はよく承知している。いまさら友田などの助言することではなかった。

「こんなに早く来てくれるとは思わなかったんでね、なんにも支度がしてないんだ、もちろん食事はまだなんだろう」

「まだだ、しかし心配はいらない、有るものでいいよ」

「ホテルからなにか取らないか、もちろん支払いはそっちだが」

「君なにか欲しいか」

「お相伴ならしてもいい」正之は痩せた手を出して、重たそうに振りながら云った、

「まだ電話だけある、売れないからなんだがね」

「おれより裕福だ」友田は笑ってみせた、「自分の家の自分のベッドに寝ていられるし、よくしつけた召使はいるしね、まあいい、ともかくなにか取ろう」

十三

取寄せた料理の皿と、葡萄酒の壜とグラスを、友田が自分で卓子に並べ、それを寝台の側へ寄せて向き合った。葡萄酒もホテルから取ったのであるが、鼻を衝くように酸いばかりの、ひどく不味いものであった。

話は少しもはずまなかった。

お互いが裸に剝けた傷口を持っている、それはほんの僅か触れても、なま皮が破

れ、血が流れずにはいない。しかも無意味な話題にはどちらも興味がないし、不得手でもあった。

「君にはなにか変ったことがあったのじゃないか」

正之は食欲がないのだろう、皿の物を形式的につつきながら、ふとこう云って眼をあげた。

「どんな意味で？」

「それは云いにくいが、ちかごろ手紙の書き方が違ってきた」

「わかるほどにか」

「そう思うね」正之はフォークを置いた、「もっともこれは病気のせいもあるかもしれないが、非常に直感が鋭くなった、自分でも気味の悪くなることがあるんだ、一種のテレパシーといったふうな感覚がはたらくらしいんだが」

「君には昔からそんなところがあった」

「もっと現実的なんだ、それが、ちょっと気恥ずかしいんだが、おやじたちが死ぬのを、殆んど同時刻に感じたからね」

「そういう偶然は珍しくはないんだろう」

「僕もそう思っていたよ、自分で経験するまではね、いや、おやじたちの事には触れないで呉れたまえ、おやじはあれでよかったんだ、初めから満州の土になると云っていたからね、それに、生きていることが、必ずしもいいとはいえない状態だしね、僕はむしろおやじのためにはよかったと思っているんだ」なにか非常に不快なものを、手早く片づけてしまいたいとでもいったように、能弁にそこまで云い続けて、それからふと声を低くした、「ただこの妙な直感力、いってみれば超自然的な感覚にはまいるんだ、おやじたちの時はべつにしても、とにかく自分でいやになるようなことがたびたびあるんだからね」

「――それで……」友田はさからうのをやめ、軽くそらすように微笑した、「君のテレパシーには僕がどう映ったんだ」

「恋人だよ、まざまざとね」

「そんなことだろうと思った、それはテレパシーでもなし超自然的感覚でもない、僕の手紙から生れたイリュージョンじゃないか」

「だから手紙がと云ったろう」

「いや、手紙に松原夏子というタイピストのことを書いた、二度になるかな、われわれには珍しいかなり性格のはっきりした娘なんで、そのことを書いたんだが、恋人などという」友田は首を振った、「まるで違う、お気の毒だけれどもその直感は外れてるよ」

「それにしては、否定が少し熱心すぎるね」

正之はじっと相手をみつめた。友田はどきっとした、佐田西の反問とその凝視が、自分のなかに在って自分で意識しないなにかを指摘したように思えたからである。

「変ったことはなくはない」友田はわざと他を云った、「五日ばかり近田が泊りに来た、彼は泥酔して僕に善を論じたよ、活（かつ）を入れられたかたちさ、そして彼は去っていった、スパイになると云い残して」

十四

「それから今日、銀座裏で、幸田子爵に逢（あ）った」友田は肉を切りながら云った、「べろべろに酔って、焼け焦げた並木にかじり付いて、ブルータスよなどと喚いていた、汚れた半分白い髪毛を風に弄（なぶ）られながらね、もちろん羨（うらや）ましかったよ、少なくとも酔って喚くことができるんだから」

「禅の本を読んでるんだがね」友田の話をまったく聞きながして、正之はこう云いながら、寝台の上へ仰向（あおむ）きに寝直った、「こういう言葉があるんだ、碧山（へきざん）雲層層」

「――――」

「碧色の山脈が重畳とかさなっている、ずっと遠く、蒼茫と霞む彼方まで……層々たる雲がその上を掩っている、ほかにはなんの色も、音もない、重畳たる山脈も動かないし、雲も動かない、生きた物の姿は、なにも見えない、へきざんくもそうそう……太古のすがたであり、永遠にそのままなんだ、時間から超越し、現象外に森厳と坐っている……君には想像できないか」

サラダ菜をフォークで押えたまま、友田はちょっと黙っていたが、やがて眼で笑いながら正之を見た。

「つまり人間共じたばたするなというわけなんだろう」

「おかしいんだ」正之はしんと天床を見ていた、「バイブルは天国と救いを謳っている、虚栄や偽善、人間悪とか原罪とか、直接われわれの生活に則して、慰めや希望や喜びを教えている、しかし僕のようになると、それが却ってものたらなくなるんだ」

「君のようになるとだって？」

「僕のように、絶えず死と睨みあいをするようになるとね」こう云って正之はすぐ続けた、「禅というやつは、仏教のなかでも煩瑣哲学的なものだろう、時間も空間も無視する、生死にもそっぽを向く、碧山雲層層なんかひどいもんだ、しかしこっちのほうが正直のところ救われるんだ、審判のラッパよりはじかにわかる」

「——明らかに逃避だ」

「だが決定的なんだと思う、ヨーロッパと東洋との、民族性のさ」友田は葡萄酒のグラスを取り口のところまで持っていって、そのまま悠くりと哀しげに云った、「——原子力の時代になっても、人間はやっぱり死について苦しまなければならないんだな」

二人は暫く沈黙した。石油煖炉の喘ぐ音が、しんとした室内に高く聞え、吹雪が叩くのだろう、窓の鎧戸がときおりかたことと鳴った。

「金が必要じゃないのか」

友田がさりげなく云った。正之は枕の上で首を振った。

「殿様が呉れるよ」

「足りるほどじゃあるまい」

「必要もないんだ」

そしてまたどちらも口をつぐんだ。正之の皿は殆んど料理が残ったままだった、友田は胸ふさがる思いで、その卓子の上に布巾を掛けた。

「もう片づけるよ」
「ああ済まない、そして寝て呉れないか、汽車で疲れてるだろう」そして眼をつむりながらそっと呟いた、「来て呉れて有難う、嬉しかったよ」

十五

明くる朝、梅田が邸から朝食を運んで来た。彼はかいがいしく正服を着て、チーズを切り、サラダを盛り、トーストを拵え、珈琲を淹れた。ずいぶん嬉しそうに、久方ぶりの給仕をして、帰るとき「また明朝お伺い致します」と云った。

朝食のあとで友田は歩きに出た。すっかり晴れたので、広いところは雪が日光を反射して眼に痛かった。彼は林から林を伝いながら、大股に歩いていった。あかはらやめじろやつぐみなどが、どの林でも音を張って鳴き、枝から飛び立ったり、雪の上をかすめたりした。

日溜りの窪地に、伐り倒した木があった。彼はそこへ腰を掛けて、煙草をふかしながら暫く休んだ。

雪の溶けた処では、日に暖められて土の匂いが揺れていた。そこへ鳥が代る代る舞いおりて来て、餌を啄み、そしてまた飛び去った。

「――碧山雲層層」

友田はそう呟きながら、ふと、自分が松原夏子を想っているのに気づいた。夏子の兄から帰還の知らせがあった日、彼は夏子の間借りしている家へ食事に招かれていた。いま彼が想っているのは、夏子と兄とが約束した喫茶店で会えず、訪ねると云って訪ねもせず、とつぜん妙な手紙を受取ったなどの、納得のいかない事柄にかかっていた。

――兄というのはなにをしているのか。

――兄妹はどんな身の上の人間なのか。

友田は煙草に噎せて顔を歪めた。

彼の想いはそこにだけ留まっているのではなかった。夏子に対する関心は、かなり深く強い。昨夜の佐田西の反問とくい入るような凝視が、いままた新しく、もっと現実的に、そのことを彼に思い出させた。

――とにかく食事に招かれて、承知するようになっていたのは事実だ。いつそんなに気持が近づいていたのだろう。彼が東京本社へ転勤になったとき、夏子はもう部長付きのタイピストだった。顔つきは平凡であるが、ひき緊った唇と、賢そうなくりっとした眼が美しかった。動作もきびきびしていたし、言葉つきも歯切れがよく、どんな場合にも語尾をはっきりと云った。

相互信託には男女百二十人ばかりの社員がいる。友田はそのなかで誰ともつきあわなかった。（それは彼を操る者の意見でもあったが）夏子とは同じ室で二年近く顔を合わせていたが、三月ばかりまえまでは話をしたこともなかった。

夏子にはどこかしら人を近づけない固さがあったし、彼もまた近づく興味をもたなかったのである。

けれどもそのあいだに、お互いの気持は知らず知らず近寄っていたものらしい。口をきくようになったのは九月の末あたりだったが、そしてはじめはごく単純な、日常の挨拶（あいさつ）を交わす程度のことだったが、どんな短い会話のなかにも、これまで感じたことのないふしぎな温かさ、一種の包まれるような好ましい感じを彼は受取った。

恋は彼にとっては嫌悪すべきものだった。夏子に対する感情が、「恋」であろうとは思えない、幾たびも欺（あざむ）かれ裏切られて、その味の辛辣（しんらつ）な苦しさを知っている。決してそれではない、「恋」などとはまったく違った、彼には初めての好ましい感情であった。

「——碧山、雲……層層」

友田は立って歩きだした。

十六

「もちろん、恋などではない」

友田は歩きながらそう呟き、暫くしてはまた呟いた。すると唐突に、あの銀座裏を歩いていたときとよく似た、高熱にでもおそわれたかのような全身のだるさと重い鋭い胸苦しさを感じた。

——こうしてはいられない。

漠然とそう思った。

——こうしてはいられない。

理由はわからないが、気持が激しく苛だち、肉躰的な不安にさえ駆られてきた。

「——風邪かもしれない」友田は立止って手首を握ってみた、脈は強く早く搏っていた、胸苦しさもひどくなり、ネクタイを緩めた、「帰るほうがいい」

彼は歩きだしたが、帰るという独り言は「東京へ」という意味であり、さらに夏子へと惹かれる気持さえひそんでいた。彼はそれを自分で否定し、ばかな、と唇を歪めた。

ホテルへ寄って、昼食を注文しながら、熱くしたウィスキーでも飲もうと思った。道を半ばまで行ったとき、そこは知人に会う惧れのあることに気がついた。

——構わないじゃないか。

彼は躊ったが、やはりそこから引返した。うしろで高い嘲笑と、「無抵抗」と笑う声が聞えるようだった。彼はまるでその声から逃げるかのように、初めにみつけた脇道へと曲っていった。

電話で取寄せた昼食を終ると、友田は椅子を窓際へ寄せて、和製のブランディを啜りながら、ぼんやりと枯れた庭を眺めやった。そのブランディもホテルから取ったのだが、色ばかり濃くて水っぽいひどいものであった。

「どういう仕事をしているの」正之が天床を見たまま云った、「今のままで大丈夫なの」

「わからない、まるで……」

「相互信託というのは、要するに御池系なんだろう」

「と思うけれどね」友田は庭の楡をみつめていた、曇ってきたのだろう、庭がかげって、雪が灰色に変った、友田は投げやりな放心したような調子で続けた、「ひどいからくりなんだ、あらゆるものが、複雑で不明確で、混沌としている……みんなどこかで政治に関係をつけているし、瀆職事件を起こしている、たいていうやむやに終ってしまう……相互信託は戦後に合併されたもので、御池とははっきり縁が切れたことになっている、まったく無関係な筈なんだが……ではなぜ僕がいるのか、友田浩二などと云ってさ」

「からくりはからくりさ、複雑なようにみえるのは、そうみせているだけだ、君はただ自分で知ろうとしないだけなんだ」

「もちろんさ、僕は知りたくないし、知ったところでどうなるものでもない、ただ、かれらがなにをするか、傍観する興味だけはあるよ」

「自分を犠牲にしてか……」

「ほかにどうしようがある？」

廊下にせかせかした足音が聞え、やがて扉を誰かがノックした。はいって来たのは梅田執事であった。

「早く、すぐお立ち下さい」寒さに白くなった顔を痙攣させ、苦しそうに喘ぎながら梅田が云った、「東京から役人のような者がまいりました、なにか悪い事が起こりそうでございます」

十七

「東京からどうしたって」

友田は椅子に掛けたまま、不審そうに梅田を見た。

「役人のような者が五人来まして、そのなかの二人が御本家さまと話していらっしゃるのです、島がいないもので私が接待を致しました、人払いですし、話の模様は詳しく聞きませんでしたが、康彦さまのことで来たことだけは慥かでございます、そして、待っていた三人の中の一人はこの土地の刑事でございました」

正之の眼が自分を見ているのを感じながら、友田はあいまいに苦笑した。

「僕にはなんだか見当もつかないが、それで梅田さんは黙ってぬけて来たんですか」

「どう申したらいいでしょうか」梅田は身を揉むような表情で、骨張った両手を固く握り合せながら云った、なにか知っているのだが、それは云えない、口にすることができない、そういう意味を含めた、訴えるような調子であった、「私にも詳しいことはなにもわかりません、けれどもおよそわかるのです、それが、いや、どうかお願いですから早く、沓掛(くつかけ)へでもぬけてお立ちになって下さい、さもないと本当に」

「わかりました、有難う」友田は相手をなだめるように、「そうしますから貴方(あなた)はもう帰って下さい、黙って来たことがわかるとぐあいが悪いでしょう、僕のことは安心していていいです、わざわざ有難う」

梅田が去ると、急に室内がしんと寒くなった。まるで梅田といっしょに「なにか」が去ったように、そして、それに代って不快な、暗い、圧迫するような沈黙がふくれあがってきた。

「いったほうがいいよ」

正之がそっと囁(ささや)いた。

「――どうして」

「理由は君が知っている筈だ」

「とんでもない」友田は歪(ゆが)んだ笑い方をした、「僕がなにを知っているものか、もちろん僕がなにも知らないことは僕が安全だという証明にはならないさ、梅田が知らせに来たのは、それだけの根拠があるに違いないと思うよ、しかし、梅田も君も誤解している——此処から逃げてどうするんだ、何処へゆけばいいんだ」

　正之はああという声をあげた。友田は煙草を出して火をつけ、寧ろ自分の不安を抑えるように深い呼吸をして云った。

「友田浩二の出る幕が来たのかもしれない、そうだとすれば、その役を命ぜられるままに演ずるよりしかたがないんだ、ほかの話をしよう」

「君は間違っている、君は恥じなければいけない」正之は哀しげに云った、「辰野へゆくときにも、張られた網を切ることができない、ということを頻りに云った、御池の勢力とか、食糧通帳とか、いろいろな条件を挙げて……しかし網は切れるんだ、君がそうしようと思い、ほんの少しの勇気さえあれば、街では浮浪児でさえ生きているそうじゃないか」

「——近田も云ったよ、中小路宗季でさえ生きているって……生きているだけでいいなら、そして僕にそれが好ましければね」友田は手に持った煙草の煙を眺めた、「だが僕は強いて生きたいとは思わない、浮浪者にもなれないし、中小路のようにもなれない、もし少しでも勇気があるとすれば、寧ろ自殺するほうが僕には自然なんだ」

「それは、それは暴言だ」

正之は喘ぐように云った。

十八

「自殺するのが自然だなんて、それは、君が死の恐怖を知らないから云えるんだ、死がどんなに恐ろしいか……」

友田はちょっと息をつめた。

——死の恐怖。

正之の口からそれを聞こうとはまったく予想しなかった。彼の疾患は少年時代からのもので、喀血も幾たびかしたし、重症で長く寝たこともある。当然「死」と対面する時間が多かったであろう、しかし彼には「砂糖漬け」などと評されるペシミスティックなところがあるくらいで、死に対する不安とか、恐怖といったふうなものは、決してみせたことがなかった。

友田は眼を伏せた。

——死がどんなに恐ろしいか。

正之の声は喘ぐようであった。昨夜の話しぶりでは聖書や禅の本なども読んでいるようだ。つづめていえば、正之は今こそ（あるいは今がいちばん）じかに「死」と対面しているのに違いない。

「そうかもしれない」友田は頭を垂れた、そして岩から水がしたたるような、ひそやかな口ぶりで云った、「しかし、それならなぜ君も、生きようとしないんだ、肋骨を切る外科手術、造胸というのか、あれをなぜやってみないんだ」

「いつか手紙に書いたとおりだよ」

「自分の病気は自分がいちばんよく知っている、と云うのだろう、しかしそれは違う」

友田はそっと立って窓の硝子扉を閉めた。こまかい雪が舞いだしたのである。

「君は肋骨を何本か切り取るという手術を嫌っているんだ、これまでも幾たびか喀血したし、相当の重症を克服した経験がある、だからこんども克服できるかもしれない、そう思ってるんだ、そうじゃないか」

「もういちど云うが、僕のこいつは二十年も病んでいる、病勢の波とその方向は僕にはよくわかるんだ」

「そして死ぬことを恐怖しているのか」友田は煙草を消して云った、「死ぬ病気はどんな治療をしても死ぬ、と君は手紙に書いて来た……佐田西、それなら君も僕に忠告するのはやめたまえ、僕が僕に掛けられた網を切らないのは、君のその気持と少しも違わないんだから」

暫く黙っていてから正之が云った。

「――それは思い違いだ、君は健康じゃないか、しようと思えば、何でもできる軀（からだ）を持ってるじゃないか」

「君にそう見えるだけだよ」

門のほうで自動車のエンジンの音が停った。雪はしだいに激しく、風立ってきて、庭の楡（にれ）の木もおぼろにしか見えなくなった。

「お迎えが来たらしい」

玄関のベルの音を聞いて、友田があざ笑うように呟（つぶや）いた。

「医者かもしれない」

「自動車で来るのか」

正之は答えなかった。友田は彼のほうへ近寄った。

「なにか必要なことはないか、どんな事になるか見当もつかないが、たぶん暫くは会えないと思う」

毛布の下から、正之が痩せた手を出した。廊下を足音が近づいて来る。友田はその手を静かに握った。

「約束して呉れないか」正之がじっとこちらの眼をみつめながら云った、「好んで自分を破滅させるようなことはないって」

そのとき扉にノックが聞えた。

十九

友田は正之の言葉には答えないで、手を握ったまま微笑した。力のない、歪んだ微笑であった。

「じゃあ大事に」

くいいるような正之の凝視と、強く握っている彼の手から逃れるかのように、友田は顔をそむけて寝台の側を離れた。

「君は松原という人を愛している筈だ」正之がうしろから云った、「その人と一緒に生きることを考えたまえ」

「手紙を呉れたまえ」

友田は廊下へ出た。

そこには厚い外套(がいとう)にくるまった老紳士が立っていた。やつれて、たるんだ頬と美しい白い口髭(くちひげ)。友田を見て、右手に持った帽子をちょっとあげて、柔和に笑った。

……医者か。

そう思ったとき、老紳士は聞き覚えのある声で呼びかけた。

「そんなに変りましたかな、桁井ですよ」

友田はああと云った。それは正しく桁井正顕であった。

「ああ貴方(あなた)でしたか」

「榛名湖でお会いしてから初めてですな、ときに車が待たせてあるのですが、お支度は」

「御一緒にゆくのですか」

「沓掛(くつかけ)までお送り致しましょう」

友田は外套と帽子をとりにゆき、桁井と並んで玄関へ下りた。召使の老婆が、喉(のど)をぜいぜい鳴らしながら、醜く着ぶくれた恰好(かっこう)で、猿のように身を跼(かが)めて見送った。

自動車は雪の中を走りだした。

「今日いらしったのですか」

「私ですか、いや……」桁井はこっちを見なかった、「三日まえに呼び出されましてね、医者には反対されたのですが、これが最後の御奉公と思ったものですから」

「御病気だったんですか」

「病気というより、もう老衰というのでしょうな、使い古したエンジンも同様で、しかしまあ……こういう時勢になっては、丈夫でいるより寧ろ気楽というわけです」

風は横から吹いていた。空から粉袋をうちまけるかのように、雪は条をなし渦を巻きして、殆んど視界を掩い隠していた。

「僕はこれからどういう役割をするんですか」

「新潟へいらしって下さい」桁井はシートの隅にある手提鞄を示し、上衣の内ポケットから封書と乗車券とを出して渡した、「これが新潟までの切符です、この鞄をお持ちになって、着いたら駅の近くのグランド・ホテルというのに泊って下さい、それからのことは封筒の中に書いてあります、それをよく読んで、覚えたら焼いて下さい」

「……どうしても、僕がしなければならないんですか」

「ほんの僅かなあいだです」桁井は窓の外を見たままで、「ほんの暫くのことです、康彦さん、すぐ保釈の手配をします、どうか辛抱なすって下さい」

友田は鋭く桁井の横顔を見まもった。

……保釈の手配。

桁井の顔は仮面のように無表情だった。衰え皺たるんでいるが御池という大財閥の支配者であり戦時内閣に一方の勢力をなした人の重厚な靭い意力といったものが、その硬く乾いた皮膚の下からある種のエネルギーのようにこちらを圧迫した。

車は灰白色の幕の中を分けるように、西へ向って走っていた。

夜の眺め

一

午後十時、西銀座のQの食堂の電燈が消された。酒場には四、五人の客がいて、そこだけオレンジ色のスタンドがつけてあり、飾り棚の酒壜や各種のグラスや、銀色のシェーカーなどが、美しい光りと色彩のハーモニィを描きだしている。

もう五十あまりの、肥えたバーテンダーは、白の正服をきちんと着て、ぴっちりとカラーで首を緊め、若い給仕を脇に坐らせたまま自分で客に酒を注いだり、大きなナフキンでせっせとグラスを磨いたり、肥えた軀を休みなしに動かしていた。

客の一人は近田紳二郎であった。彼のようすはすっかり変っている。背広も外套も靴も、帽子もネクタイも。色や柄や型はみなくすんで地味に見えるが、それらは注意ぶかく選ばれた高価な品であり、洗練された渋い好みで統一されていた。

「いいよ、やっぱりこの方が君らしいよ」近田の右側からモッちゃんが云った、この店の支配人である彼、高楷功茂は、きちんと黒の礼服を着て、糊のきいた胸当てカラーをつけて、立ったまま紳二郎を横から覗きこむようにした、「しかしなにをしているの、やっぱりアミューズメントの方？」

「——盛んらしいね」

近田は天床へ眼をやった。二階のキャバレーから急速調のダンス曲が聞えてきた。金管の劈くような音、ドラム、そしてもっと重たく柔らかい乱打音がそれを包んだ。

「ティンパニィを入れてるな、なんていう楽団なんだ」

「サウザーンなんとかっていったよ、Aクラスだっていうんだが、本当に近田君なにしてるの、僕はもうここを出たいんだけれど、なにか近田君の方で仕事はないかねえ」

「——もう一杯、ダブルにして」

紳二郎はタムブラーを振った。バーテンダーは頷いて、棚からではなく、バーの下から酒壜を出し、ハイボールを作った。

「——あに嫁は二階か」

近田は受取ったタムブラーを持ったまま、こう云って天床を見あげた。

「僕はまじめなんだ、まじめに云ってるんだよ、近田君」功茂はなお続けた、「本当にいやなんだ、こんな仕事は、この恰好を見て呉れたまえ、われながら恥ずかしくって、土方あがりみたいな闇成金の客に頭を下げたり、ごきげんをとったりあいそ笑いをしたり、使用人からは給料や待遇で責められたり、しかも情けないような月給で、こんなことなら露天商人にでもなる方がいいと思うくらいだよ」

「もうそれも遅いさ」近田はなにかのハイボールをぐっと呷った、「没落貴族の看板も去年までだ、日本人てやつは飽きやすいからな、元伯爵の二男坊なんかチンドン屋でも買いやあしないよ」

「近田君、君までが僕を」

「ちょっと待て……あそこにパールと、そして中小路がいるじゃないか」

紳二郎は振返った。飾り棚の上の鏡に、男女二人の姿が写ったのである。振返るとはたして、暗くなった食堂の卓子の一つに、スタンドがついて、高階珠子と中小路宗季の姿が、ぼっと浮彫りになって見えた。

「ブラボー御両人」近田はタムブラーを挙げ、低い声で、歯と歯の間から云った、「狐と狸、いや狼のひとつがい、御相談が終ったら挨拶にゆくぜ」

そしてひきつるように、声のない笑いを笑った。

二

「へえ、ちっとも知らなかった」珠子は煙草(たばこ)を灰皿に置いて（それは吸口が紅と唾(つば)でぐしゃぐしゃに濡(ぬ)れていたが）足を組み、卓子の上へもたれかかった、「いったいそれいつのこと？」

「年末の二十五日だったかな、新潟で捕まったんだが、鞄の中に現金と証券類で二千万ばかり持ってたそうだ、新聞によるとね」

「ふうん、で……それは？」

「お定(きま)りのやつさ、五千万とか幾らとか、不良貸しと闇融資をやって、ばれそうになったので拐帯(かいたい)逃走だというんだ」

「――と、いう公称だわね」

「もちろん裏があるさ、康彦少年にそんな度胸がある道理がないし、そもそも友田浩二なる人間を拵(こしら)えたときから、なにかが計画されていたに違いないんだ」

　珠子は顔をしかめた。灰皿の煙草がくすぶっている、だがそれを消そうとはせず、灰皿を脇へ押しやり、新しい煙草に火をつけた。

「軽井沢へでかける手だわね」

「とんでもない、殿さまはそういう点、絶対に難攻不落だよ、市原を捉まえたいんだが、こいつ実に巧みに所在をくらましてる、しかしもちろん見てやしないさ」

「いけなければ共産党へ売んなさい、財産税のからくりを握ろうとして、だいぶ焦っているそうよ」

「甘いね、冗談じゃない」

宗季は肩を竦め、珠子のケースへ手を伸ばしたが、それがピースだということに気がついたからであろう、派手な赤い袋にはいった煙草を自分のポケットから出した。

「共産党なんか飼われているようなもんだよ、戦争前に大学を追われた左翼教授はたいてい財閥が食わせていたし、現在だってかれらの闘争資金がソ連から来るだけだなんて思ったら大間違いさ、かれらが財閥解体のいんちきや、財産税の不正などについて喚きたてているのは、寧ろその逆の反対証明をしているようなもんだよ」

「そこまでつき詰めて御想像なさらなくとも宜しいでしょう」

「甘い辛いはお好みしだい、単純だということはそれだけで一つの美徳さ、とにかく友田君に面会して差入れといこう、彼が出て来たらこっちへロックしなければなったんでしょ、中央局へ呼びだしの計略」

「日記を捜すより現実的だわ、といえばどうした、あの娘、ついにあの手もだめだ

ったんでしょ、中央局へ呼びだしの計略」

「パウダーが入るんだがね」宗季は煙草に火をつけた、「グラム当り今どれくらい？」

「あたしにゃわからないわね、もう横浜じゃなく、相場は神戸で立ててるらしいから、必要なら陶苑亭へ聞いてあげるけど、いそぐの？」

その問いには答えないで、宗季はじっと向うを注視した。珠子がその眼を追うと、酒場のほうからこっちへ、静かに近田紳二郎が歩いて来た。片手に酒の入ったタムブラーを持ち、唇に冷笑をうかべながら……宗季も珠子も、彼の服装がひどく変っていることにまず気づいた。

「商談は終ったかい」

近田は側へ来て宗季に云った。宗季は皮肉に微笑しながら、ゆっくりと相手の姿を見上げ見下ろして、それから肩を竦めてやり返した。

「貰い物にしては似合うじゃないか」

「こっちは似合わないが」近田はポケットからひと摑みの紙幣を出し、それを卓子

の上へ投げながら云った、「今夜は借りを返そうと思って来たんだがね、いろいろ借りがあるのを思い出してさ」

三

「――借りをね」

宗季は煙草の煙をふっと、まっすぐに強く吹いた。卓子の上の紙幣がそれにあおられて散り、二、三枚が下へ舞い落ちた。

「ふむ、残らず払うのかい」

「利息の高いのから先にさ」

近田はタムブラーの中のを底まで呷り、それを乱暴に脇のほうへ投げた。硝子(ガラス)の砕ける音が、暗い食堂いっぱいに高く反響した。

「じゃあ二階へゆきましょう」

珠子がすばやく立った。二人の会話の険悪さがわかったのだろう、巧みに近田の腕へ手を巻いて、陽気にはしゃいだ声をあげた。

「いまさら借りも貸しもないけれど、そういうことなら儲(もう)けさせて貰うから豪遊して頂戴（ちょうだい）、二階には珍しい人が来てるわよ」

「フォン・リヒトだろう」

近田はせせら笑った。

「あらどうして」

腕を抱えて歩きだしながら、珠子が吃驚（びっくり）してふり仰いだ。脂ぎったあらわな胸で真珠の頸飾（くびかざ）りが揺れた。近田はちょっと云いよどんだが、すぐ冷やかに笑って云った。

「二、三日まえに銀座で会ったら、ここの話をしていたからね、あのハンブルグの荷揚人足が生きていたには驚いたよ」

「憲兵隊の牢屋（ろうや）、あれなんてったかしら」

珠子はうしろ手で宗季に合図をした。来るな、という意味であろう。そして近田を二階へ伴（つ）れ去りながら話し続けた。

「えいじゅ……なんとかっていうの？　そこへ入れられて、傷の治療をして貰ってたんですって、拳銃（けんじゅう）の弾丸が二つ、一つは背中から脇腹へぬけ、一つは腰の骨で止ってたそうよ、その弾丸を切開して出すのがたいへんだったし、傷口からなんとか菌とかってのが入っちゃって、一年半も寝たっきりだったっていうわ、尤（もっと）もそのおかげで助かったのね、終戦前に傷が治ってたら、憲兵隊の秘密裁判にかけられて銃殺されるところだったんですって」

「自分のことは自分がよく知っているからな」近田は声を出さずに笑った、「しかしこれからだってチャンスはあるさ」

「なあに、チャンスって？」

「軍事裁判でも、銃殺でもさ」

抱えている近田の腕がぴくっと痙攣したので、珠子はまた思わずふり仰いだ。だがそのとき二人は階上のホールの前に来ていた。そして制服の給仕が扉をあけたので、いきなり金管と打楽器のきちがいじみた音響がおそいかかり、そのままかれらは中へ入った。

壁の隠し照明とそれぞれ卓上の小さな電球のほかはみな消してあり、中央のフロアーだけにスポット・ライトが当てられて、素裸の踊子が二人、まばゆいような美しい裸躰で、スペイン風の速い踊りをやっていた。

「なんにする？」

窓と反対の壁に沿った、二人用の卓子へ案内すると、珠子はついて来た給仕を見て、近田に聞いた。

「シャンパンがあるのよ」

「いいだろう、おれはブランデイか有ったらラムをくれ」

近田はひどくシニックな眼で周囲を眺めまわした。

入口と反対側にバンド・ステージがある、フロアーを囲んで、卓子が七十ばかり。壁には古典的なくすんだ色の仏画めいた絵が描いてあった。調度はみながっちりとおちついた物だった。床の絨氈（じゅうたん）も窓いっぱいの窓帷（カーテン）も、よく見るとすべて筋のとおった品ばかりで、さすがに旧貴族や富豪の協同経営ということがよくあらわれていた。

四

客は殆（ほと）んど満員で、幾つか空いているのも予約されたものとみえ、どの卓子もすっかり支度がととのっていた。

毎月相当に高額な維持会費を納める（きてもこなくとも）会員組織なので、客は同じ戦後成金にしても、さほど場違いな者はないようだ。ここでは女給は置かない。客は原則として同伴ということになっているが、適宜にショウ・ガールもお相手に出る。また窓際（まどぎわ）の一画には、経営者の旧貴族たちが必ず何人かは顔をみせていた。宗季は彼らを「エポレット」と称しているが、客にはなかなか魅力らしい。かつて新聞や雑誌で見たり読んだりするほか、側へ寄ることもできなかった人々を、自分と同じ席に眺め、もし希望なら一緒に飲んだり話したりできるし、やり方さえ巧みなら侮辱することさえもできた。

たとえば一緒に飲んでいて、わざとなにか落して拾わせるとか、煙草の火をつけさせるとか、給仕を呼ばせるとかする。彼らは決して拒みはしない、必ず軽快に用を達してくれる。

——昨日は何某氏に灰皿を替えさせてね。

客は脇へいってこう自慢することができる。

——誰某の平民的なのには驚いたよ君、うっかりすると靴の紐まで結んで呉れそうだぜ。

当時かなり流行した小説家の二、三も、会員としてしばしば現われ、好んでこれらの「エポレット」たちと歓談し、即席の貴族趣味に陶酔するさまが見られた。

もちろん「エポレット」たちが心になにを思っていたかは説明するまでもあるまい。彼らは闇成金にも流行小説家にも街の顔役にも、そのほかのどんな客にもいちようにあいそよくふるまい、にこやかにうちとけて話した。しかし彼ら同士ですばやく交わすめくばせやひそかな笑いや身振りには、客たちを軽侮し卑しめ、嘲弄するさまが明らかであった。

――やってたね、だいぶごきげんだったじゃないか、今夜のゴリラ。

彼らはあとでこんなふうに話しあう。

――賤民さ、なんとかっていう政党の幹部だそうだがね、金曜日の晩にはなにがしの宮が見えますと云ったら、おお　ハイネス・プリンスと云って手帳へ書いてやがった。

――おれのほうはどこかの大学の教授で文芸批評もやってるんだそうだがね、私は天皇の味方だ、天皇が大好きだって喚きたてて、しまいに臍を出して見せたよ。

――みんな下司さ。

近田はV・リヒトをみつけた。自分と同じ側の卓子で、若い娘が一緒だった。娘はむやみに襞の多いサテンの夜会服を着ていた。胸と背中のまるだしになった、日本ばなれのした大胆な仕立てで、胸にまっ赤な薔薇の花をつけていた。

「なるほど、珍しいのがいる」

近田は口を片方へ曲げた。その娘が佐田西美千子だということを認めたのだ。

「だあれ、ああ美千公か」

珠子はシャンパンに口をつけながらそっちを見た。

「兄貴と一緒じゃないのか」

「どう致しまして、もうすっかりしょうばい人よ、生れつきってのかしら、鴨をみつけるのも摑むのも、そして搾るだけ搾ってさようならする手際も、それあ吃驚するくらいうまいわ」

「そしていまはリヒトか」

「ところがリヒトだけは違うの、あれだけはふしぎなんだけれど美千公のほうで首ったけなのよ」

五

「あら、また珍客だ」珠子は言葉を切って、ちょっと近田の腕に触りながら立った、「鵠沼が松川屋を伴れて来たわ、ちょっと失礼」

「僕はごめんだよ」

近田は顔をそむけた。

珠子は馴れた身振りで卓子の客たちに会釈しながら、はいって来た幸田嘉寿子と中村菊之丞のほうへいった。幸田夫人はひどくやつれて、白粉の浮いた乾いた顔をしていた。菊之丞はすっかり肥え、両前の背広の胴が苦しそうである。

「どんな風の吹きまわしなの」珠子は幸田夫人の手を取りながら、こう云って菊之丞を上眼づかいに見た、そしてすぐにその眼を給仕長のほうへ向けて、「Ｏの八番はどう？」

「はあ、なんとか」

「あら、近紳がいるじゃないの」

歩きだしながら菊之丞が云った。珠子は頭を振り、窓側の空いた卓子へ二人を伴れていった。

「さきいビジネス片づけるわ」

菊之丞は椅子へ掛けるなり珠子に云った。狎れ狎れしさと冷淡さの巧みに混り合った、そして無邪気な甘えた調子であった。

「こんどあたしたち若手で新歌舞伎の運動を起こすの、来月二日っから丸の内で旗挙げ興行をやるんだけれど」

「若手って誰と誰よ」

「登美廼屋に菱村に鹿島君、そいから高村屋も、これは当分援助ってかたちだけれど」

「近田さん変ったわね」

幸田夫人がとぼんと云った。二人の話を聞いていなかったのはもちろん、近田を眺める眼もうつろで、消耗性の病気でも患っているように見えた。

近田はその眼を感じていた。嘉寿子の眼がじっとこちらを見ている、自分の右の頰に、それが刺さるようにさえ感じた。

——猿、牝豚、狼。

彼は眉をしかめ、カップに八分目ほどあるブランディを、あらあらしく呷って呟いた。

「みんな、けだものだ」

そして突然、発作的な怒りにおそわれ、震える手で酒を注ぐと、そのカップを持って、リヒトのほうへ歩きだした。そのときホールがぱっと明るくなった。ソロが一つ、アンサンブル三つの舞踊が終ったのである。

眩しいほど明るくなったホールに拍手の音がひろがり、バンドが甘いワルツに変り、客たちの幾組かがダンスにと立った。近田がそこへいったとき、リヒトも椅子を立って、美千子に手を貸そうとするところだった。

「手をひっこめろ」

リヒトの脇へ寄って近田が囁（ささや）いた。抑えたような低い声であった。リヒトはぎょっとしたらしい。躯（からだ）が縮んだようにみえた。それからひどくゆっくりと振返ったが、そのときすでに、近田は片手を伸ばして美千子の腕を摑み、乱暴に椅子から引起こしていた。

「汚らわしい牝豚め」

「あら、近田さん」

「ものを云うな、きさまの息は腐ったどぶ泥と硫黄（いおう）の匂いがする、この地獄の淫売（いんばい）め」

「痛い、放して」

美千子は悲鳴をあげた。彼女はまだ少しも美しさが崩れていない。みずみずしく匂やかで、寧ろ女の魅惑を加えただけ美しくなったともいえる。近田は摑んだ手に力をいれた。

六

「痛い、あっ、やめて、折れちゃうわ」

美千子は顔を痙攣させた。

「アナタ、チカダサン」

リヒトが手を出した。そのとき近田は美千子の顔へぺっと唾を吐きかけていた。

「きさまは康彦がどうなったか知っているか、きさまはあの男を殺したのも同様だぞ」

「助けて、リヒト、腕が折れちゃう」

「チカダサン」

「手を出すな」

近田は叫んで、ぐるっと向き直り、片手で美千子の腕を摑んだまま、右手に持った酒を飲み干した。リヒトは美千子を引離すために、なにか独逸語で云いながら、二人の間へ割ってはいろうとした。

ずんぐりと固肥りの、頭のはげた醜いリヒトのその動作が、近田に暴力の欲望を起こさせた。それは制止することのできない、凶暴な破壊衝動に似たもので、眼の前にある物の形や線が、一瞬ぐしゃりと歪み、あたりがふしぎな赤い閃光を発したようにみえた。紳二郎は美千子を放し、右手を振ってリヒトの顎を殴った。リヒトの軀は横さまにとんで床の上へ倒れ、ワルツを踊っていた客たちが左右へ散った。

ダンスが崩れたのと、美千子の高い悲鳴とで、珠子は初めてこの騒ぎに気づいた。

近田は再び美千子を捉えていた。両手で彼女の腕を掴み、まるでひと束の布切れのように軽がると吊し上げ、それを壁へ向って投げつけた。美千子の軀はぶきみな音を立てて壁に当り、卓子の上へ俯伏せに落ちて、酒壜やグラスをはねとばした。

「近田さんやめて」

珠子が走って来た。彼女は走りながらバンドのほうへ手を振ったので、楽団はそのまま演奏を続けていた。

「お願いよ、乱暴しないで」

珠子は近田の片腕にすがった。近田はそれを振払い、床へずり落ちたまま倒れている美千子を覗いた。服が裂けて、白い艶やかな背中がむき出しになり、まくれた裾から、片方の脚が太ももまで出ていた。気絶したのだろう、カールした豊かな髪に横顔を埋め、両手を投げて、ぐったりと身動きもしなかった。

近田はもういちど唾を吐きかけ、右足の靴で美千子の脇腹を蹴った。肋骨の鈍く鳴る音がし、呻き声がもれた。

「近田さん」

珠子がしがみついた。

これらはごく短い時間に起こったことであった。客たちはいちどダンスをやめたが、すかさず「エポレット」の幾組かが踊りだしたので、再び踊り続けながらこちらを見ていた。ワルツの曲にして約二十小節くらいの間だったろう、珠子はしがみついたまま、強引に近田を扉口のほうへ伴れ出した。

「どうしたの、なにが気に障ったのよ、貴方(あなた)にも似合わない可哀そうじゃないの」

「可哀そうなのはあいつじゃあない、あいつじゃあない」

近田はよろめいた。そして扉の外へ出ると、珠子の手を振放し、すぐ右側の壁へよろけかかった。右の腕を曲げて顔を掩(おお)い、右手で壁を撫(な)でるようなかたちで……それは恰(あたか)も、叱(しか)られた悪童が壁に凭(もた)れかかって泣いているようであった。

珠子は扉口の給仕に眼くばせして、すばやく階段を駆け下りていった。

「どういうわけだ」

近田は呻いた。

七

「善い人間が亡びて、悪い人間、狡猾(こうかつ)な、黒い魂が栄える……どうしてだ、なぜそうなんだ」片手を拳にして、近田は静かに壁を叩いた、「平凡なこった、ありふれたはなしだ、誰もふしぎに思いやしない、とすると、こいつは自然なのか……適者生存、もちろんさ、その適者が問題じゃないか、そうじゃないのか、狡猾な、黒い魂が適者なのか……殺してやればよかった」

　階段を珠子と中小路宗季が登ってきた。

「可哀そうなのは、あの牝豚じゃない、絶対にあいつじゃない」

「さ、いきましょう近田さん」珠子が近田を抱えた、「下へいって休むのよ、貴方ひどく酔ってるわ、さ、おとなしく」

　近田は壁を離れた。

　珠子は彼の胴に片手をまわし、抱えるような恰好で歩きだした。宗季は二人のうしろからついていった。

「気をつけて頂戴、階段よ」

　こう云いながら、珠子は右足を近田の前へ出した。近田はそれに躓いた、そして前のめりに、勾配の急な階段へ転げ落ちた。

　歩くところだけ絨氈は敷いてあるが、その両側は混凝土に大理石を張ったもので、転げ落ちる近田の軀は、その角々にぶつかってはいやな音を立てた。珠子は平然とそれを見ていた。寧ろその眼には快感を味わっているような色さえあった。そして近田が転げ落ちたまま動かないのを見ると、なにごともなかったかのように、静かに下へおりていった。

宗季は珠子のあとからおりた。

近田は仰向けにのびていた。右のこめかみから血が流れていた。頭のどこかを割ったのだろう、乱れた髪毛が血に濡れて、乱れたまま額に貼り付いていた。

「殿さまが来るとさ」

宗季はそう云いながら、近田の頭を力任せに蹴った。それは血の流れている反対側の、顴骨のところであった。ごつんと激しい音がし、近田の頭は大きく右へ曲った。宗季はもういちど、足に勢いをつけて蹴りつけた。

客のいなくなった酒場から、若い給仕とモッちゃんがこっちへ来た。

「ポケットに金があるから取っておいてくれ、モッちゃん、こいつだいぶ物を毀しやがった、それから外へ抛り出してくれ」

宗季はこう云って、珠子のあとから事務室へ入っていった。

「殿さまが来るんですって？」

「いましがた電話があった」

「本当なら奇蹟だわね」

珠子は自分の事務机に向って、煙草に火をつけた。宗季は自分の煙草をそのライターへ持ってゆきながら、「僕と二人だけで会いたいって云うんだ、誰にも見られないようにね、正に奇蹟以上さ、てんで見当がつかない」

「宗ちゃんと、秘密でね」

珠子はふうんと鼻を鳴らした。

「彼のほうから僕に会いに来るなんて、なにか戦闘準備をして置かなくちゃならないんだが、ぜんぜん推測ができないんだ」

「でしょうね、あたしにも」

宗季がぱっと身を翻し、扉をあけて外へ出た。フロントの扉から、黒い外套の衿を立て帽子を眉深にかぶった男が、足早に入ってくるところだった。

——御池康光。

宗季はすばやく、近田紳二郎が片づけられているのを見てから、その男のほうへ近づいていった。

埃立つ街

一

「やあ、どうぞ、構わないよ」夏子がはいってゆくと、山木周平はペンを持ったまま、ひどくむずかしい顔でこう云った、「もうすぐ済むからね、五分、あと五行、すばらしいところを捻り出すから、ええと、お茶はそこに」

「お茶は戴きましたわ、あちらでどうぞお仕事をなすって下さいまし、勝手に待たせて戴きますから」

「兄さんから手紙かなにか来た」

山木は書き物をしながら、夏子のほうは見ずに聞いた。仕事をしながら聞くのは、夏子の顔を見るのが気詰りだからのようである。雄一郎が不明な理由で消息を絶ってから六十日以上になる。あのときが十二月中旬、今はもう三月にはいっていた。

夏子は月に一、二度は欠かさず来るが、この期間ずっと、彼女にも山木にも雄一郎からはまったく音沙汰がなかった。

「ええ、なんにも」

夏子は窓際に坐ってぼんやりと小さな庭を眺めやった。

庭といってもほんのひと跨ぎしかない。古くて半ば朽ちたような板塀、その内側にひねこびた梅と柘榴、柿、海棠、すずかけ等の木があり、窓の庇にかけてあけびの棚が作ってある。霜に崩れた庭土の一部に、畳一帖ほどの、素掘りの穴があるのは、戦争中に山木が掘って呉れた「防空壕」で、実際には役に立たないふざけたような代物であった。いざというときは山木も夏子も、向う隣りの加村兄妹の（これは本格的な構造であったが）壕へ退避したものであった。

——お母さん。

夏子はふと、心のなかでそう呼びかけた。

母子はこの家で二年暮した。母が死に、夏子が箱根へ去ってから、山木がずっと仕事場に使っているが、家のありさまは少しも変っていない。寧ろ壁が崩れたり、障子の桟が壊れたり、畳が擦切れたりしているうえに、つまらない本だの雑誌だのが、むやみに散らかってちょっと手のつかない景観であり、その意味では部屋の中には昔の面影はなかった。

しかし夏子はいま、危篤状態で寝ている母を、そこに感じることができる。

——あたしの鞄(かばん)を、夏ちゃん母さんの鞄を。

空襲になると母はそう叫んだ。庭にある素掘りの壕は、そんなときよく母の鞄を投込んだものであった。

「さあ済んだ、すばらしいなどとは義理にも云えないがね」

山木はペンをおいて、書きあげた原稿を揃(そろ)え、にわかに顔を崩しながら煙草(たばこ)に火をつけた。つい今しがたのむずかしい顔とは別人のようである。

「ところでなに、なにか相談があるとか云ったね」

「ええあの」夏子は坐り直した、「いつかお話しした友田という人、明日、保釈になるんです」

「——友田？……」

「ええ、証券部長の秘書で、十二月にお金を拐帯(かいたい)して捕まったこと申上げたでしょう」

「ああそう、そうだったかね」山木はよく記憶していないようである、「いや聞いた覚えはあるね、君と机を並べていたとかっていう男だろう、そうそう、公金を何千万円とか持逃げして、新潟で捕まったというんだろう、それがつまり」

「保釈で出るんです」

「――それで？」

山木は不審そうな眼をした。

二

「あたしその人を迎えにゆきたいと思うんです」

夏子はちょっと眼を伏せた。

「というと、つまり……」

「その人には親も兄弟もないし、社のほうがくびになったことも知らないし、出て来ても相談するお友だちもないらしいし、本当に可哀そうな人なんです」

山木は黙って頷きながら、それとなく夏子の表情を見ていた。

彼女の話は極めて漠然としたものであった。友田浩二という青年のことは、山木は新聞でも読んだ記憶があった。証券部長秘書という地位を利用して、闇ブローカー的な幾つかの商事会社へ多額な不良貸しをし、それが回収不能になったので、信託の金を持って逃走した。そして新潟の旅館で捕まったというのである。

要するに、その数字が「ばかげて多額」だというほかには、戦後経済の不健全さと、青年たちの虚無的な大胆さに驚くだけで、決して珍しい出来事ではなかった。

「でも本当は違うんです」夏子は抗議するように云った、「あたくしも詳しい事情は判らないんですけれど、友田さんは決してそんな人ではないし、社の幹部に利用されたらしい、ということは間違いないと思うんです」

「――例えば？」

「例えば友田さんが新潟で捕まったのは十二月三十日ですけれど、二十二日に休暇を取ったあと、部長がどこかと連絡をはじめて、いいえ、あたくしずっと部長室に勤めていましたから、取引関係のことはわりによく知っているんです、部長が連絡しはじめたのは、それまでの取引関係ではなく、まったく別の新しい相手でしたわ」

「そういうことになると僕などには全然なにも判らないが、ともかく金額が桁はずれだし、ほかの例をみても単独でやったことじゃないとは云えるかも知れないね」

山木はこう云いながら、またさりげなく夏子の顔を見やった、「しかしそれはそれとして、というのは、その青年が社の幹部に利用されたのであって、彼だけの罪ではないとして、だが彼もそのことにまったく責任がない、というわけにはいかないんじゃないか」

「先生はご存知ないんですけれど」

夏子は膝の上で両手の指を激しく揉み合せた。自分の考えていることをはっきり云い現わせない、どう云ったらいいか、というもどかしさがその指の動きに現われていた。

「いま金融事業というものは、たいていが闇資金と闇融資でやっているんです、正確な会計検査をやられるとしたら、どこの社だって安全じゃありません」

「それはねえ、なにしろ日本の国そのものが裸なんだから」

「ですからそういう意味で責任がないとは云えないでしょうけれど、こんどの場合はもっと複雑な、なんて云ったらいいでしょうか……つまりほかのとはまるで性質の違う、友田さんなんかとはまったく無関係で、なにかしらもっと大きな……これはあたくしの感じなんですけれど、そう感じたには理由があるんですけれど、非常に複雑で大きなからくりといったふうなものが、あるらしいんです」

「それで？……つまり、夏子君はその青年をどうしようというの」

「力になってあげたいんです」

夏子は思いつめたような眼で山木を見た。

三

「さっきも云いましたけれど、友田さんは本当にひとりぼっちで、相談になってあげる人もないし」

「しかしもしも信託の幹部が彼を利用したんだとすれば、そのまま放り出すということはないんじゃないか、くびになったというが、それは表むきの辞令で、実際はもっと良いポストがほかに用意されてある、といったふうなことじゃないのかね」

「そうかもしれません、けれど友田さんはそんなこと受けやしませんわ、あたし面会にずいぶんいって、一度だけ会ったんですけど、そのときのようすでは」

そこまで云いかけて、夏子は眼を伏せて黙ってしまった。

山木の持っている煙草からぽたりと灰が落ちた。だいたい灰皿を中心として、机の上の左半分は灰だらけである、彼は眉をしかめてその灰を眺めながら、夏子が言葉を継ぐのを待っていた。

夏子が来て友田の話をするようになったそもそもから、山木は夏子が友田を愛していることに気づいていた。それは彼の職業的な観察ばかりでなく、夏子の表情や言葉の調子に、かなりはっきり表われるものだった。そして、山木はそのことでひそかに危険を感じていた。

　夏子は勝ち気な性質である。彼女からやや詳しく身の上話を聞いたのは、「康彦の日記」にからむ御池の男と、雄一郎の問題の起こったときのことだったが、そのときの口ぶりで、彼女の御池一族に対する深い敵意や、日記の主である康彦という人間への同情ぶりや、また他のこまごました点をひっくるめて、負け嫌いな性分が明らさまに感じられた。こういう性格に共通するものだろうが、彼女は庇護されるよりも、保護したいという衝動のほうが強いようである。友田浩二について話すときも、青年が孤独であり、いつも沈んだ顔つきで、哀しそうな、諦めたような態度である、という点に、強く惹きつけられているさまが明らかだった。もちろん友田の人間的な好さ（山木は知らないが）ということもあるに違いない、しかし彼女の関心のもっとも重要なところは、友田に対する保護欲だと云えるようだ。

　女性に限ったことではないけれども、「保護したい」という心理は、「庇護されたい」という心理の裏返しであるばあいが多い。

　友田に対する夏子の感情にも、山木はそれが感じられた。純粋に献身的な愛であっても、なにかの意味で酬われるものがなければ、その愛は傷つかずにはいない。

夏子のようにひたむきで強い性質の者は、そういうばあい傷つきかたも深く大きいのが常だ。

――危険だ、どうも危険だ。

山木はひそかにそう思い、しかしさすがに口には出せずにいたのであった。

「面会のとき、どうだったの」

暫く(しばら)して、山木が促すように云った。夏子はなお躊躇(ちゅうちょ)するふうだったが、小さな咳(せき)をして、眼を伏せたまま低く答えた。

「口ではっきり云えないんですけれど、僕は大丈夫、僕のことは心配しないでって、そう云って笑った顔つきが……とても怖いような、これまでいちども見たことのない、本当に怖いような感じで、あたくし今でも忘れられません」

「――それだけ？」

「それから、こんな処(ところ)で会うのはいやだから面会に来ないように、此処(ここ)を出たら……そう云いかけて急に泣くような顔になって向うへいってしまいましたの」

四

山木はさぐるように云った。

「僕は友田という人を知らないし、全体として夏子君の感じかたで判断するわけなんだが、それで、その人を迎えにいって、それからどうしようというの」

「そこまでは考えていません、ただ信託へゆかないように云ってあげて、それからのことはあたくしに出来るだけ力になってあげたいと思っているんです」

「その気持はわかるけれどね、問題は友田という人物にあるし、実際の事情はべつとして、ともかく罪に問われている人間であり、保釈といえばまだ裁判なども続いているわけだろうし、僕にはどうも賛成とは云えないなあ、これが夏子君でなければまた違うけれどね」

「あたくしではどうしていけませんの」

「失敬かもしれないが」山木は眼をそらしながら云った、「いろいろな意味で、ずいぶんと君は、これまでにも傷ついていると思う、そのうえ君が傷つくのを見たくないんだ」

「――わかりました、先生」夏子はちょっと黙っていたのちに、こう云って山木を見あげた、きらきらと、なにかが燃えているような眼であった、「――あたくし決心がつきました、夏子は明日あの人を迎えにまいります」

山木は黙っていた。夏子はさらに言葉を続けようとした。貧乏の苦しさは貧乏な者でなければわからない。自分が傷ついているからこそ、友田のいたましく傷ついた心がわかる。自分のほかに友田へ手を差しのべることのできる者はいないだろう、ということを。しかしそのとき門のあく音がし、すぐに玄関に客のおとずれる声がした。

「あたくし失礼いたしますわ」

「まあ待ちたまえ」山木は客に答えながら、「原稿を渡せばいいんだから、とにかくもう少し、一人で考えてみようじゃないの」

「いいえもうおいとまします」夏子は膝を辷らせた、「決心したんですからそうしてみたいと思いますし、それに加村さんへも寄る約束ですから、では二、三日うちにまたお邪魔いたします」

「とにかくよく考えてね」

山木はまだ心もとなげにそう云った。

加村節子にもいちおう相談するつもりだったが、もうその必要はないと思い、一時間ほどいて、節子の暢気な話を聞いて外へ出た。

友田が保釈になって出るということは、昨日の土曜日に聞いた。和泉部長が電話でそう云っていたのである。電話の相手はわからなかったが、いつも友田のことについて連絡し合っている人間だということは、その会話のようすで察しがついた。その相手と部長との交渉は、友田が休暇を取った翌日から始まっていた。それが友田についてのうちあわせだということは、友田が新潟で捉(つか)まって初めて思い当ったのであるが、両者はしばしば外でも会っているらしく、友田が捉まってからも絶えず連絡が続いていた。部長の和泉祐司は、夏子には殆(ほと)んど警戒しなかった。夏子が友田の同情者だということは知らなかったろうし、また警戒の必要も認めなかったであろう。不注意に聞けば単に取引上の、少しばかり秘密な（それは決して珍しくはないのである）うちあわせとしか思えない程度のものであった。

だが夏子は敏感に気づいた。

友田浩二が部長となに者かの手で罠(わな)におちたこと。不良貸しの処理（方法は不明だが）のこと。そして昨日は、友田が保釈で月曜日に出ることまで。

——迎えにゆこう。

夏子はすぐにそう思い、だが迷って、山木を訪ねたのであった。

五

同じ日曜日の午後五時。

日本橋の某百貨店では「新猿若座」の旗挙げ興行が催されていた。歌舞伎の若手俳優たちの一部が合同し、伝統的な型をやぶって、新しい歌舞伎劇を演出しようというのである。上演種目は一般性のある古典に新作を一つ加え、広い観客層を対象に組まれていた。

在来の興行師や劇評家たちは、この企画を殆んど一笑に付した。

——もう歌舞伎なんかの時代じゃあない。

——客を呼ぶならブギウギかストリップだ。

相当に頭のよい人たちまで、敗戦によって伝統的なものは亡び、社会相のすべてが新しく変化するだろうと云っていた。

だがこれは戦後の現象と限ったことではない。この国では昔から（それもよほど昔から）文明評論、社会批判などが絶えず繰り返して来たことだ。一般知識人も同様であるが、現実を正しく理解するための努力は嫌って、つねに新たなものを求める傾向が強い。次から次へ……移り気な子供がいつも他の玩具を欲しがるように、しかもいちど手にすると忽ち飽きて投げやるように。

——歌舞伎は亡びた。

こういう評も周期的に繰り返されたが、決して亡びはしなかった。他の社会観や文明観がそうであるように、新たなものを求めるのは必要からではなく、単に自分が「流行おくれ」になるまいとする方便であって、この国の実際生活は固く伝統に根をおろしているし、必ずそこへ還るのである。波立つ海が風の去ると共に平穏な凪になるように。

支持者が少なかったために「新猿若座」の初興行は一と月延びた。

しかし蓋をあけると思いがけない成績で、七日の予定が十日になり、更に五日間続演ということになった。思いがけなかったのはそれだけではない、初めは中年から老人層を覗ったのに、観客の多くが若い男女で、特に学生の数がめだっていた。

「へえー、たいしたもんね」

最前列の席で、高階珠子がそう囁いた、彼女は珍しく和服で、髪も古風な夜会巻だった、隣りには菊之丞が、薄色の格子縞の角袖に、派手なハイ・ブリッジの色眼鏡をかけて、むぞうさではあるが得意そうに微笑していた、「話半分としても結構だと思っていたのに、これが連日の入りだなんてちょっと信じられないわ」

「おまけにごらんなさい、お客はみんな若い人たちよ、楽屋へ来るのも歌舞伎は初めて観たって人が多いの、今日も七時っから学生さんたちと座談会、あたしが司会者でね」

「いったいこの人気続くのかしら」

「いつもこうとは思えないけれど今ここにいる客の五割は把んでみせるわ、昨日は中谷さんが観に来て、帰るとすぐ幹事会をやったんですって、もちろん情報網が張ってあるんだけれど、ふふ、ことによると買いに来るかもしれないって話よ」

「すぐ乗るんじゃないでしょうね」

菊之丞は返辞をしなかった。じらすような含み笑いのまま珠子を見まもった。

「あの人たちはすぐ古い枷を使って来るから用心しなきゃだめよ、これだけの客の五割がもしつくとしたら、手興行でもやってゆけるし、ほかにだって方法は幾らもあるわ」

「例えばどんなの？」

珠子はそっと菊之丞の手を握りながら、上気したような眼で相手をみつめた。

「まず貴方たちの劇場を建てるのよ、新猿若座って……」

六

「劇場を建てるって」

菊之丞は握られた自分の手を、そのまま珠子の袖口から巧みに腕へと辷らせ、媚びた、はぐらかすような眼つきで相手を見た。

「歌舞伎の小劇場ってわけ？」

「演舞場くらいじゃいや？」

「からかうんなら黙るわ」

「もちろんあたしにゃ出来ないわよ、闇ブローカーやQのあがりなんて高が知れてるもの、あたしにはそんな力はないけれど」

「なにか当てがあるの？」

「しかも相当確実なね」

珠子は腕時計を見て、その動作と共にすばやく、袖の中にある菊之丞の手を、もっと奥のほうへと誘い入れた。

「ヒントだけでも聞きたいわね」

菊之丞の上半身が不自然に曲り、珠子のほうへ柔らかに頬が近づいた。

「お望みなら見せてあげるわ」

珠子の呼吸は深くなった。菊之丞の姿勢が傾き、手の動きが露骨になったので、珠子は顔を赤らめて横眼に睨んだ。菊之丞は平然とそれを見返しながら、「ごらんなさいよ、みんなやってますから、おねえさまの横でも、うしろでも、アプレなんとかっての？……この頃の流行よ、ペッティング」

「あんたのは昔からじゃないの、悪い癖だわ」

「木挽町のうずらはよかったわね、あの頃からみると今の人たちのはあけすけで、情というものがないからいやさ」

「もうたくさん」珠子は菊之丞の手をむりにひき放した、「中谷さんから話があったらうまく保留しといてよ」

「でも乗り気な者が多いから」

「だから手形を見せてあげるわよ、五時半になったら」

「もう五時半でしょ？」

「そうかしら」

もういちど腕時計を見て、訝しそうに珠子はうしろへ振返った。通路にまで、補助椅子を出して、観客はぎっしり詰っている。舞台は新作の世話物で、二枚目の市川郊若が町娘に扮し、女形の中村しのぶが二枚目の職人という、変った配役で人気を取っていた。

「おかしいわね」珠子は首を捻ったが、「ちょっと出てみない？」と云って席を立った。

この百貨店の四階にある小劇場（元は小さな催し物に使っていた）は、両脇に扉がなく、出入りは一方口であった。廊下へ出るとすぐ向き合って食堂がある。珠子はそこへ入っていった。客はもう疎らで、はなればなれに五組ばかり、どの組も女をまじえて酒を飲んでいた。菊之丞は角袖の衿を立てて顔を隠しながら、珠子のうしろから覗きこんだ。

「誰を捜してるの」

「宗ちゃんよ……へんだわね」

「此処でおちあう約束？」

「うん、ある人物と会うんで、あたしが立会人になることになってたんだけれど」

「それが手形ってわけ？」

「シャイロックでも疑いはもつまいという人……どうしたのかしら、黙って出る筈はないし、あたし電話をかけてみる」

「そんなら楽屋のがいいわ」

二人はひき返した。

七

珠子と菊之丞が食堂へ来る二十分ほどまえ、宗季はそこの卓子(テーブル)の一つに掛けていた。

彼は五時半にそこで人と会う約束があった、用件はほぼわかっていたし、それには珠子をぜひ（だがひそかに）証人にしたかった。それで彼女とはこまかいうちあわせをしてあったのだが、卓子に向って珈琲(コーヒー)を注文するとまもなく、女給仕の一人が来て、どうぞこちらへと云い、食堂の片側にある一室へ案内した。

そこは元「特別食堂」として知られていたが、戦争中に某官庁が分室に使い、現在ではこの百貨店の重役会議室になっていた。

宗季が入ってゆくと、元の御池合資の市原常務がいて、あいそよく彼に笑いかけた。宗季は室中を眺めまわし、立ったままで相手をふきげんに見た。

「殿さまはどうしたんです」

「まあ掛けたまえ」

「代役じゃあないでしょうね」

「殿さまは無関係だよ」

市原は事も無げに微笑した。宗季は片手を上衣のポケットへ入れたまま、片方の手で投げた身振りをし、唇を曲げた。

「それじゃあ御免を蒙(こうむ)ります」

「僕では信用できないというわけかね」

「貴方を代役によこす殿さまが信用できないというわけです、約束は約束ですからね」

市原はじっと宗季の顔をみつめた。それから溜息(ためいき)をつき、掛けている椅子をずらしながら云った。

「そういうわけなら、この話はこれで打切ることにしよう、僕は初めから君に依頼することは反対だったんだ」

「有難う、僕も気が楽になる」

宗季は向き直って扉のほうへ歩きだした。市原も椅子から立ち、卓子の上の鞄(かばん)を取って、反対側の扉から出てゆこうとした。それで宗季は振返り、市原さんと呼び止めた。明らかに負けである、しかし彼にはこの話を打切れない理由があった。眼の前にある代償は、代償として単に巨額なばかりでなく、あとにも相当長い期間の利用価値があった。宗季には今その代償が必要であるし、将来のためにも必要だったのである。

「――なんですか」

市原は冷やかに振向いた。

「あっさり譲歩しましょう」宗季は戻りながら云った、「殿さまのやり方は気にいらないけれど、引受けた事は引受けたんだから」

「そんな遠慮はいらないよ」

「まあ話して下さい」

市原の冷やかな言葉を遮って、こんどは宗季があいそよく椅子に掛けた。市原はちょっと渋った、しかしすぐ思い返したふうで、宗季の向うへ掛け、鞄の中から一通の封書と、地図ようのものを書いた紙片を取出した。

「要点はわかっているね」

「支度もしてありますよ」

「明日の午後三時に保釈で出る、迎えには相互信託の和泉だけがゆく、これを見てくれたまえ」

市原は図面を拡げ、その上を指で撫(な)でながら説明した。

「これが検察庁、これが公園、検察庁のここから出て、これをこう公園へ向って来る、そしてこの道の角で和泉がやるから、君の車はこの辺から徐行していって」

「ちょっと待って下さい」

宗季は珠子との約束を思いだし、こう云って椅子から立った。

八

宗季が立つのを見て、市原は柔和に笑いながら云った。

「まあ掛けたまえ、高楷夫人はいないほうがいいよ」

「夫人がどうしたんですって」

「不必要だと云うんだ、絶対に秘密を守るという約束じゃあなかったのか」

宗季は言葉に詰った。珠子を証人にしようというひそかな計画が、まさか相手に知れていようとは思わなかったのである。

　――どこからどうわかったのだろう。

　まるで見当がつかなかった。宗季は恐怖に近い圧迫感に襲われ、こんどこそ兜（かぶと）を脱いだという顔で腰を下ろした。

「僕はただちょっと立会人が欲しかっただけですよ、パールなら殿さまも知っているし、口の堅いことではスフィンクスも同様ですからね」

「君の支度したというのは」

　市原は冷淡に遮った。

「夫人の車です、もちろんナムバーは変えますがね」

「だめだよ、あれはいけない」

「四十五年のキャデラックですぜ、常務」

「車はここにある」図面の一部を指で示しながら、「紺青色（こんじょういろ）のクウペだ、フォードだけれどスポーツ用だから速力は出る、これが鍵（かぎ）だ」

　こう云って市原は、ニッケル色の平たい鍵を二つ、卓子の上へ出した。

「これが扉、これがエンジン」

「外人のですね」

「済んだら公園をまわって、勧銀の前へ置いときたまえ……これからテストしてみるか」

「何度もやりましたよ、ただ車の調子は知っておきたいが」

「結構だ、一緒に出よう」

立ちあがる市原を、宗季は不決断に見た。

「例のやつはどうなるんです」

「これだよ」市原は持っている封書を振ってみせた、「だが君に自信があれば済んだあとで受取るはずじゃないか」

「しかし釣っちまった魚に餌はやらないということもありますからね」

「餌を取って逃げる魚もあるさ」

冷笑するように云って、市原は図面を宗季に渡し、封書は鞄に入れてしまった。

――この古狐め。

宗季は拳(こぶし)を握った。桁井正顕の後継者として、市原利助は特異な存在だった、桁井は御池財閥の修整と確立に功労があり、御池に半ば公的な性格を与えたが、市原の手腕は集約的であって、御池一族の保全強化という面に主力がそそがれた。ひと口に云うと古い番頭手代型で、その実行力の辛辣(しんらつ)さ、仮借のなさは周囲に対して一種の脅威でさえあった。

——支払いを延ばして日歩（ひぶ）を稼（かせ）ぐやつだ、しみったれめ。

宗季は市原について外へ出ながら、こう呟（つぶや）いて唾（つば）を吐いた。しかし彼の頭のなかでは、与えられた明日の仕事を思い、報酬とはべつの、ぞくぞくするような昂奮（こうふん）を感じていた。

——すぱっとやってやるぞ、すぱっと。

彼の眼には康彦の姿がありありとみえた。なんにも知らずに歩いて来る姿、そして横から襲いかかる青いクウペ。舗道の上に潰（つぶ）される康彦のみじめな恰好（かっこう）。

——いつかはあのとり澄ました面をこの世から消したいと思っていたんだ。

宗季は心のなかで昂然（こうぜん）と呟くのであった。

——これでさっぱりする……

九

月曜日の午前中、夏子は和泉部長のすることに、全神経を集めて注意していた。

戸外は朝から強い南風で、スチール枠（わく）の窓硝子（ガラス）は頻（しき）りに音をたて、窓外の眺めは土色の埃（ほこり）にかすんでいた。

部長は九時半に社へ出て、そのまま珍しく机に向っていた。書類を拡げたり、ペンを動かしたり、むやみに煙草をふかしたりしながら、五分おきぐらいに時計を見る。ひどくおちつかない苛々したようすだった。

十時二十分に電話があった。いつもの連絡相手らしかった。部長の机へつなぐと、彼は受話器を取って眉をしかめた。

「はあ、三時ですか」

夏子は耳を痛いほど緊張させた。

「いやべつに……いいえ決してはあ……すると二時にまいれば宜しいのですね、いいえもっと早くても結構です、はあ……では中へ入る必要はないですね、いや知っていますが、出口から、はあ……公園のほうへ、あの角ですね、では」

電話はそこで切れた。夏子は緊張し過ぎていたので、その短い会話がひどくごたごたしたものに聞え、ただ「三時に出る」ということ以外には、殆んどなんの意味も推察することができなかった。

――三時に出る。

夏子はそれを頭に刻みつけた。友田が保釈になって、検察庁から出て来る時刻だということは、疑う余地がない。それさえわかれば、さしあたりほかの事はどうでもよかった。

十二時ちょっと前、夏子は午後から早退けしたいと部長に申し出た。和泉はすぐ承知した。そんなことはまるで頭にないといったふうで、理由も聞かずに頷いた。

部長が食事にでかけ、夏子が弁当をあけたとき、彼女に電話がかかって来た。

「どなた、加村さん？」

女の声だったので、節子かと思ったが、相手はすぐ代って、市野三郎が出た。

「おれだよ、三郎だよ」例の乱暴な調子でどなるように云った、「ふられの三公さ、夏ちゃん、わかるかい」

「ええ、暫くでした」

「やさしい声だなあ今日は、変りないかい、おっと切らねえで呉れよ、もう君にはうるさくはしねえから、さっぱり諦めたんだ、だから御無沙汰してたってわけさ」

「あのう、私用の電話はやかましいので」

「わかった、用件を云うよ、おれねえ、映画にはいったこと知ってるだろう？」

「いいえ存じませんでしたわ」

「山木さんとこで聞かなかった？　ふうん、新聞にも映画雑誌にも出たんだがなあ、そいじゃ都会航路って映画、ああそうかあ、君は日本ものは観ねえんだっけなあ」

夏子は思わず笑った。ぶっきらぼうな、正直に自分をさらけだす彼の顔が、鮮やかに眼にうかんだのである。

彼は東邦映画にはいったこと、東大出のニューフェイスという宣伝で「都会航路」という映画に主役で出ていること、評判がいいからぜひいちど観て貰いたいことなど、口ばやに云った。

「初め企画部へ入ったやつが、気まぐれな監督がいやがってさ、どうでも役者になれってやがるんだ、面倒くせえから勝手にしろと思ったんだけどね、なにしろ自分じゃあわけがわからねえんだ、とにかく観て呉れよ、夏ちゃん」

饒舌りたいだけ饒舌って、彼は電話を切った。

「あの人が映画俳優に……」

夏子は弁当の箸を取りながらそう呟き、少しばかり可笑しく、同時に祝福したいような気持で、そっと微笑した。

十

庶務課へ早退の届けを出して、社を出たのが午後一時だった。

二時間も余裕があるので、映画でも覗(のぞ)こうかと思った。少し歩けば東邦映画の封切り館がある。市野三郎の主演したというのが上映されているかも知れない。こんなふうに考えながら、銀座へ出て、京橋のほうへ歩いてゆくうち、夏の頭にふと不審なことが思いうかんだ。

——二時までにまいります。

電話で和泉部長はそう云った。

——もっと早くでもいい。

連想作用というのだろうか、それが友田を迎えにゆくうちあわせのように考えられ、さらに続いて、

——中へ入る必要はないのか、出口で。

などという言葉や、

——公園のほうへ。

といったことも思いだされた。

これまでの連絡では、信託からは誰も迎えにゆかないということであった。友田浩二は解雇になり、それははっきり公表されていた。彼のことはすべて内野という弁護士に任され、信託とはまったく関係が絶たれた筈(はず)であった。

それゆえにこそ夏子は、せめて自分だけでも迎えにゆこう、と思ったのである。

「あの電話は慥かに迎えにゆくうちあわせだった」

四丁目の交叉点を越したところで、夏子はこう呟きながら立停った。

P・Xから進駐軍の洒落れた将校や兵が、大きな紙包を抱えて、快活に話したり笑ったりしながら出て来た。靴磨きが呼びかけ、花を売る少女たちが付きまとい、地下鉄の出入口や街路樹にもたれている毒どくしい身装の女たちが、ウィンクを投げたり、誘いの叫びや、口笛を吹いたりしていた。

「――出口で――公園のほうへ」

独り言を云いながら、夏子はしぜんと数寄屋橋に向って歩きだした。

部長のおちつかない苛々したようす、電話のときの言葉の調子まで、しだいにはっきりと、しかも裏になにか意味を持つように思いだされた。

――ただ迎えにゆくというだけではない。

それだけではない、慥かになにか意味がある、連絡者と和泉祐司のあいだで、出て来る友田になにごとかをしようとしている。

夏子は足を早めた。

にわかに不安になった。暗い悲劇的な出来事がいろいろ頭にうかんだ、友田が検挙されてから、取調べがどんなぐあいに進んだか知らない。拐帯（かいたい）した金は僅（わず）かしか遣ってなかったし、不良貸しの分の処理も（連絡者と部長とのあいだで）相談ができているらしい。ありふれた事件として、簡単に解決するものと思っていた。

――だがそうではないらしい。

夏子が「簡単に済む」と思っていたあいだに友田か部長かに、なにか情勢の変化が起こった、なにかしら事情が違ってきて、友田をそのまま解放できなくなったのかもしれない。

うしろから強い風が吹きつけ、夏子の顔を乱れた髪が叩（たた）いた。橋を渡るとき、堀の水が波立って、濁った茶色の波がしらが見えた。

「ああそうだった」

橋の袂（たもと）にある新聞社の前で、夏子はハンド・バッグの中からネッカチーフを取り出し、それで頭を包んだ。風を防ぐために、そして和泉部長の眼を避けるために――

十一

日比谷公園の北に沿って、濠端の道を桜田門までゆき、そこから左へ曲って検察庁の前へ出た。風はますます強く、舞いあがる埃が空を黄色く染め、突風が来ると、眼も口も鼻も砂塵で塞がれるようだった。

夏子はネッカチーフで顔を隠し、肩を踞めて、周囲の人に眼をくばりながら、霞ヶ関の通りを公園まで歩いていった。

検察庁の建物の付近は、かなり多数の人でざわめいていた。弁護士とか法官らしい人たちが忙しげに出入りし、下級吏員らしい者が鞄を抱えて走っていったりした。

これらのほかに門の内外や道傍に、立ったり蹲んだり、うろうろと往き来している男女があった。おそらく犯罪者の親きょうだいとか、身寄りの人たちであろう。なかにはけばけばしい恰好の者もいたが、たいていは貧しく汚れた身装で、いちように栄養の悪い、疲れた、うちひしがれ放心したような顔つきをしていた。

夏子は戻って来て、かれらのあいだにはいり、建物の蔭で風を除けながら、それとなくこの人たちを眺めやった。門に倚ってぼんやりとどこかを見まもっている男、怯えたような眼つきの田舎者らしい女、蹲みこんで、地面につくかと思うほど頭を垂れている男。……そのなかに孫らしい幼児を伴れた老婆がいて、古新聞に包んだふかし薯を、小さく千切っては幼児に喰べさせながら、絶えず独り言を云い溜息をついていた。

「生れて来ねえばよかったによ、ほんに、おめえもこれからどんなに苦労するだか、この世は苦の娑婆だっさ、ばあもこの年になるまで、今日は楽だと思ったことは一日もなかった、苦労で苦労で、働いても働いてもひもじいばっかしでよ……それこぼれたあ、もってえねえぞ」幼児の落した薯のかけらを、老婆はもの憂そうに拾って、ふっと泥を吹いて、また幼児の手に渡した、「おめえも苦労するだあ、この世がひっくら返っても、おらたちにゃあいい事あねえだから、ほんに生れて来ねえばよかったによ、ばあも早く死んじめえてえだ、ほれほれまたこぼれたあ、食い物を粗末にすると眼が潰れるだぞ」

夏子は暗い気持になって、また公園のほうへ歩いていった。

――おまえも生れて来なければよかった。

それは老婆の経験から出た偽りのない言葉であろう、可愛い孫に自分の経験したような生活をさせたくない。という愛情であり、また自分たちには決して幸福は得られない。という、諦めの表白でもあるらしい。

「あのお婆さんはそんなふうに生きたのだ」夏子は歩きながら呟いた、「そんなふうに生きるよりしかたがなかったのかもしれない、でもしようと思えば、べつの生き方もできたかもしれない、少なくともそうしようと思い、そのことに努力すれば」

「お母さんも境遇に負けた人だ」夏子は襲いかかる風から顔をそむけた、「でもあたしは負けなかった、あたしは自分の好むように生きて来た、これからも負けずに生きてゆく、膝を折った者の負けなんだ、頭を垂れる者が負けるんだ、あたしは……」

呟きかけて夏子は立停った。自分の直前に立っている者があったから……部長、と思って、ぎょっとして眼をあげた。鼠色の合外套を着た男が、こっちを見て、口髭を歪めながらにっと笑った。

「暫くだね、松原君」

だが眼は鋭く光っていた。

十二

「珍しい処で会うじゃないか」

それは「康彦の日記」のことでうるさく付きまとった、あの御池の者という男だった。夏子はすぐには声が出なかった、しかしつい今「あたしは負けない」と呟いた気持が、強く自分を支えるのを感じた。

「ずいぶん君を捜したよ」相手はこう云いかけて、急に調子を変え、わざとらしい丁寧な口ぶりで云った、「兄さんはどうしたい、なにか便りでもあるかい」

夏子はぞっとした。しかし黙って相手の顔をみつめた。男は飛ばされそうになる帽子を片手で押え、また口髭を歪めて冷笑した。

「消息なし、そうだろう、便りもなければ来もしないだろう」

「もしそうだとしたらどうなんですか」

「君が知りたいだろうと思うのさ、雄一郎君がどこにいるか、どこにどんなふうにしているかということをね」

夏子は憎悪の眼で刺すように相手を睨んだ。

「それを貴方が知っていらっしゃるんですか」

「知らなければこんなことを云う筈がないじゃないか」

「代りになにがお望みですか」

「それは君が知っている筈さ」男は肩で気取ったゼスチュアをし、右手を夏子にさしだした、「このへんで握手をしよう、住所をくらました、失敬、ということで、例の物を君が持っていることは証明されたようなものだ、そうじゃないか」

「兄は生きているんですか？」

「僕の手を受けて呉れないのか」

「兄は生きているんですか？」

夏子の凝視に耐えられないのか、相手はまた肩で気取ったゼスチュアをし、外人めいた渋い表情をした。

――この人は知らない。

夏子はそう直感した。すると言葉が口を衝いて出た。

「貴方がもし兄のことを御存じなら、そしてそれを利用なさることができるなら、どうして一度だけで呼出しをおやめになりましたの、一度だけで」

「呼出しですって」

「山木先生に宛ててお出しになった手紙のことです、お忘れになったんですか」

「わけがわからない、君はなにかひどく誤解しているらしいが」

「もし貴方におできになるなら、兄をわたくしの処へよこして下さい、お話はそれからうかがいます」

そして夏子は彼に背を向けて歩きだした。相手は呼び止めなかった。（彼にはそうする時間が無かったのであるが）夏子はうしろから砂塵に押しやられながら、相手が呼び止めもせず、追っても来ないことに、却(かえ)って一種の不安を感じた。

――あの男は決して兄さんのことを知ってはいない。

だが、兄が消息不明だということだけは知っているに違いない。なぜなら、彼はいちど兄の名を使って自分を呼出そうとしたし、今また同じような手で誘いかけた。これは兄の身になにか決定的な事が起こったことを、彼が知っている証拠ではないか。

――そうだ、あの男はその事だけは知っているはずだ。

夏子はわれ知らず立停り、急にそれを慥かめたい衝動に駆られて、小走りに男のほうへと戻った。

十三

公園に沿った通りまで戻ると、こちらへ背を向けた男の姿が見えた。

彼は巻きあがる埃に向って、虎ノ門のほうへゆっくりと歩いていた。夏子はちょっと躊(ため)らい、すぐ思いきって追おうとしたが、そのとき男は、そこに停っている紺青色の自動車に近寄り、扉の鍵(かぎ)をあけて中へ入るのが見えた。

——危ない。

夏子は本能的に身を翻(ひるがえ)した。そこはあまり人通りもないし、もしかすると男が暴力で、自分をむりにその車に乗せ、どこかへ伴れていってしまうかも知れない。そういう危険を感じたのである。

——でも今日はどうして、あの男は追ってこないのだろう、これまであんなにしつこく追いまわしていたのに。

霞ヶ関の通りを検察庁のほうへ戻りながら、夏子にはそれが不審であり、兄の身の上と関係があるように思えてならなかった。

和泉部長がきたのは三時十分ほど前だった。夏子はそのとき門の内側にいたが、部長が来ると入れ替りに外へ出た……さっきの孫を伴れた老婆は、まだ元の処にいて、やはりぶつぶつなにか云っていた。

——公園のほうへゆく。

電話で部長はそう連絡した。夏子はおちつかない気持でそっちへゆき、公園前の道へ出て左に曲った。そこで立停り、なにげなく振返ると、あの御池の男の乗った自動車が、同じ場所にあるのをみつけた。

夏子はぞっとし、半ば夢中ですぐ側にある電柱の蔭（かげ）へ隠れた。

二百米（メートル）ほど離れているし、舞い立つ埃（ほこり）ではっきりとわからないが、そのクウペ型の車の中に、男が乗っていることだけはおぼろげに見えた。

——あの男だろうか。

もちろんそうに違いない。

——なにを待っているのだろう。

夏子はそっと車を眺めているうちに、ふと、わけのわからない不安な予感におそわれた。

——あの男は御池の者だと云っていた、御池とどんな関係があるかはわからないが、康彦の日記のことを知っている以上は嘘（うそ）ではないだろう……その男が今、自分と同じ場所で、同じ時になにかをしようとしている。

おそらく偶然であろう。

——だがそうではないかもしれない、仮に偶然でないとしたら、

——もしかして、あの男も友田の出て来るのを待っているとしたら……

片方ではうち消しながら、夏子にはだんだんとそれが事実であるように思えだした。

――なに事かが起こる。

電話の企み（たくら）ありげな会話が、改めてこの事に結びつきそうだった。部長は友田を伴れてこっちへ来る。そこにあの男が自動車を用意して待っている。

――そうだ、なにかが起こる。

あの男が自分を呼び止めなかったのは、その位置を離れることができなかったからではないか。追いかけて来なかったのは、そうする暇がなかったのではないか。

――慥かにそうだ、あの男は自動車の側を離れることができなかった、そして友田さんの来るのを待っているのだ。

――けれどなにをしようというのだろう。

夏子は息苦しくなった。まるで想像はつかないが、なにか異常な事が起こりそうである。異常な事が……いったいどんな事だろう、なにが「起こり得る」ことだろう。

「――ああ」

群青色（ぐんじょういろ）のクウペが動きだすのを見て夏子は無意識に声をあげた。

十四

車は動きだした。

初めは少し後退し、それからごく緩い速度で、こっちへ徐行して来るようだ。

夏子は激しい動悸のために、胸が苦しくなって喘いだ。じっとしていられなくなり、男にみつかるのを承知で、電柱の蔭から出た。

烈風が埃を吹きあげた。

建物の角へ身を寄せて、夏子は自動車を見、通りの右を見た。風のためにスカートが捲れた、頭を包んだネッカチーフがはためき、唸るような音が耳を掩った。

夏子は反射的に身をひいた。

部長と友田浩二がこっちへ来る。部長は片手で帽子を押えていた。友田の無帽の頭で髪毛がそよいでいた。

車は？　車は百米ほど向うから徐行して来る。それは友田たちより少しおくれて、道の角へ着くように思えた。

——どうしよう。

夏子は唾をのもうとした。激しい渇きで喉が詰りそうになったから、しかし唾は出なかった。しいて出そうとすると吐きそうになった。

――あのときと同じだ。

夏子は猛爆に曝された夜のことを思いだした。日普精機の川崎の分工場で、大型爆弾で徹底的に叩かれた時のことを……あの時も同じように喉が渇き、唾が出なくて吐きそうになった。

こういう連想がうかんだのは、ほんの瞬間のことであった。

部長と友田がそこへ来た。

二人は公園のほうへと、道を横切ろうとした。そして歩道から下りたとき、部長がなにか云って引き返した。それはすばやい動作であった。夏子はどきっとし、われ知らず前へ出ながら自動車のほうを見た。

車は急速力でこっちへ来る。巻きあがる埃の中で、エンジンの唸りと、群青色の車躰の殺到して来るのが見えた。

夏子は夢中でとびだした。

「友田さん、危ない」

彼にとびつき、そのまま一緒に倒れるようなかたちで、力任せにうしろへ引戻した。

絡み合って、よろめく二人の眼の前、殆んどすれすれのところを、さっとクウペが走り過ぎた。非常な速度で、風のように眼の前をかすめ、キキと軋ったが、歩道へ乗り上げ、大きくバウンドしたと思うと右へ曲り、狂ったように車道を横切って、公園の柵へと突込んだ。

夏子と友田は抱き合ったまままこれを見ていた。

硝子と金属の壊れる音がし、車躰は前部を石垣に乗りあげ、鉄柵の中へ三分の一も突込んで停った。

「逃げましょう」夏子は震えながら云った、「早く、危ないわ」

「ちょっと待って」

友田はとつぜん夏子の手をふり払い、道を横切って車のほうへ駆けつけた。

「友田さん」

夏子も追っていった。

友田は車の中を覗いた。ガソリンの焼ける匂いが溢れ、まだ排気管の喘ぎが聞えた。運転席の男はハンドル越しに前へのめり、壊れたフロント・グラスへ頭を俯伏せにしたまま動かなくなっていた。

割れた額から溢れ出る血が、鼻のまわりから洒落れた口髭を染め、そこから下へ垂れ落ちていた。

「——中小路、……君だったのか」

友田はそっと呟いた。

「お願いよ友田さん、逃げて」夏子はむりやり彼をひき離した、「人が来ますから、早く」

友田は夏子と共に、烈風と埃のなかを走りだした。

抵抗

一

　夏子と一緒に走りだしたとき、友田は烈しい脅(おび)えに襲われた。彼は自分が安全であるとは思っていなかった。外へ出ればなにかの意味で圧迫がある、ことによると相当険悪なものかもしれない。そういう予想はもっていた。なぜなら、彼は拘置所にいるあいだに、弁護人を介してある意思表示をした。もちろん暗示的にではあるが、こんどの問題にこれ以上がまんができないこと、然(しか)るべきばあいがきたら検事にすべてを陳述するだろう、ということを……その効果は彼にも思いがけないほど大きかった。まるで打って返すように「保釈」の手続きがとられたのである。

　だがこの事はかれらの「譲歩」を意味するとは思えなかった。それは友田の投げた石に対する「応答」であって、彼らは次の手段を用意しているに相違ない。その用意なしに、このようにすばやい「保釈」はあるはずがない、といっていい理由があった。

彼はその覚悟はしていた。彼らに向って抵抗の意思表示をしたとき、すでにその覚悟はつけていたのである。

けれども、検察庁を出て、夏子に呼びかけられ、いきなり引戻された瞬間にも、青いクウペが通り魔のように、眼の前すれすれを掠過し、暴走して公園の鉄柵へ突込むのを見ても、それが自分に関係のある出来事とは少しも思えなかった。さらに車の中を覗いて、血まみれになった中小路の横顔を見てさえ、一種の漠然とした驚き、……寧ろからかわれているような不安定な軽い動揺しか感じなかった。

夏子に腕を摑まれ、逆上した声で早く逃げようと叫ばれたとき、そして一緒に走りだしたとたん、彼は全神経が激しく収斂するような、脅えのショックに襲われた。初めそれはまったく意識外のもので、殆んど肉躰の病的発作に近く、走りながら幾たびも足がもつれた。そしてすぐに（おぼろげではあったが）今の出来事の意味を直覚した。

——そうだ、それに違いない。

彼は走りながら、背筋へ拳銃を射ちこまれるように感じた。

うしろで鈍い銃声が聞えた。強い追風をとおして、反響のないぶきみな銃声が……彼は眩暈と嘔き気に襲われ、衝動的に振返った。だが夏子が走りながら叫んだ。

「大丈夫です、追っては来ません、早く公園へ入りましょう」

二人は濠端の電車道へ出た。そこを右へ折れてさらに走り続け、日比谷口から公園へ入った。それまで固く絡み合っていた腕を放し互いに激しく喘ぎながら、身をすり寄せるようにして樹立の多い小径を選んで、暫くなにも云わずに歩いた。

「――汗をお拭きになって」

夏子は手帛を出して渡した。

「有難う」

友田はそれで額や頸筋を拭いた。肉がおちて痩せのめだつ顔が、石膏の仮面のように硬ばっていた。それは恐怖のために硬化したというより、いたましく傷つき、途方にくれた人の表情であった。

夏子はとつぜん泣き出し、泣きながら彼の胸へ縋りついた。

「友田さん」

友田も反射するように夏子の背を抱いた。夏子の泣き声は、喉を絞るように高くなった。友田の腕は、夏子を抱えたまま、強くぶるぶる震えていた。

二

「ごめんなさい、泣いたりして」夏子はすぐ身を離した、「御無事だったのが嬉(うれ)しかったものですから」

「君のおかげだよ」

友田は手帛を返した。夏子はそれで眼を拭きながら歩きだした。

「松原君が来て呉(く)れなかったらあのままだった、でもどうしてわかったの」

「あたくしも知りませんでしたの、友田さんが出ていらっしゃることを聞きましたので、ただお迎えにまいっただけなんです」

「僕の出ることを誰から？」

「部長さんが電話していらっしゃるのを聞きました」

夏子はこう云って、友田が検挙されてからの事を語った。言葉は泣きじゃくりに途切れ、声はおろおろと震えた。友田もまた異常な脅えが去らず、生気のない硬ばった頰のあたりが、時をおいて神経的に痙攣(けいれん)した。

夏子の話は、電話連絡から聞きとったものを、自分の推測できる範囲に纏(まと)めたもので、問題の真の意味はもちろんわかっていない、しかし友田にはわかる、和泉と連絡していたのが市原利助であり、その背後には兄の康光がいる。そして旧御池財閥の中枢勢力（大部分が追放のまま）が、さらに大きくそれをカバーしているのだ。

ただ一つだけ意外だったのは、こんどの問題の中心である「不良貸し」が、事もなく処理される、という点であった。額面は正確には発表されなかった。新聞などにも八千万とか五千万とか、一億幾らなどというぐあいに、まちまちであった。仮にそれを五千万としても、貸付けた相手がみな闇ブローカーで、問題が起ると同時に解散したり、或いは実体のない社であったりして、回収の見込みなど全然ないのである。……また相互信託は合併体であるが、公称資本はさしたるものではないし、闇金融がそろそろ不円滑になりつつある現在では、自力でそれだけの損失を埋めることはできない。しかも政府では相当に厳しく緊縮方針をとり始めているから、その方面の融資ということも不可能であろう。

——ではいったい誰が肩替りをするか。

——もちろん兄、そして旧御池財閥だ。

彼には眼に見えるようだ。

技術的なからくりは、詳細にはわからないけれども「不良貸し」の肩替りは兄の手で行われるに違いない。単にそれだけでなく、こんどの「不良貸し」そのものが、すでに、実はもっと大きな（極めて巨額な）財産隠匿の「操作」の一つに過ぎないのだ。

「そうして今日お迎えに来たんです」夏子は続けた、「初めは誰もお迎えには来ないというので、あたくしだけでもと思ったんです、御存じかも知れませんが、社のほうには席が無くなっていますし、差当りお力になれることがあったらと思いまして」

「じゃあ自動車のことは知らなかったのですね」

「ええ存じませんでした」夏子はそこで「あの男」に会ったことを話そうかと思ったが、友田が男を知っているらしいのでやめた、「あの角に立っていますと、向うから急に走って来るのが見えたものですから、自分でも夢中でとびだしてしまったんです、それでも今朝の電話で、なにか企んでいるようなことを聞かなかったら、あたくしも気がつかなかったかもしれませんわ」

三

「ねえ、いったいこれはどういうわけですの友田さん」旧音楽堂の裏へ出たとき、夏子は立停って彼を見た、「貴方があんな悪いことをなさる筈がないということは、あたくしよく知っていますわ、新聞に出ていた不良貸しだとか拐帯だとかいうことは貴方の責任ではなくて、本当はほかの誰かの——例えば相互信託のために犠牲になったとかいうのが」

「今日はその話はよしましょう」友田は顔をそむけた、「いろいろ複雑で簡単には云えないし、ちょっと説明もできない、そのことはどうか聞かないで下さい」

「でもそれで済むのでしょうか、あの人たちは今日あんなひどいことをしましたし、失敗したからといって黙って放っておくとは思えませんわ、そうじゃないでしょうか」

「たぶん、そうでしょう」友田はネクタイに指をかけて、息苦しそうに首を捻りながらそれを緩めた、「それも君の考えるよりずっと確実にね」

「それならそれを除けるために、本当のことをはっきりさせなければならないんじゃないでしょうか」

「——松原君」

こんどは友田が立停った。夏子は彼を見あげた、友田の顔は歪んで、眼が高熱でも病むようにぎらぎらしていた。

「――いや、できない」

夏子の視線から眼をそらしながら、彼の口のなかで呟（つぶや）いた。夏子はその眼を追うように、前へまわって強い口調で云った。

「なにができないと仰（おっ）しゃいますの、友田さん、あたくしそう思っていたんですけれど、もし友田さんが御迷惑でなかったら」

「どこかで休みましょう」友田はぶきように遮（さえぎ）った、「喉（のど）も渇いているし、疲れた、とにかくお茶でも飲めるところを捜しましょう」

夏子はなにか云いかけたが、やはりぶきように黙り、頷（うなず）いて一緒に歩きだした。

内幸町（うちさいわいちょう）の大きなビルディングの地下室にある喫茶室で、二人は珈琲（コーヒー）と菓子を取った。照明の薄暗い店内はかなり混んでいた。すぐ側の卓子（テーブル）に中年の男が三人、麦酒（ビール）を飲みながら声高に話しているのが、やかましく耳についておちつけなかった。

「ばかな話じゃないか」

「ばかな話さ、それも戦後派の若いあんちゃんならべつだが、もう年も三十五、六になる、口髭（くちひげ）なぞん生やした紳士ふうなんだからな」

「本当に自動車泥棒なのかい」

「持主がすぐ現われたからね」

「運転もできないのに車を盗んでその場で衝突して死ぬなんて、頭がどうかしているか、自殺が目的じゃないのかい」

友田は夏子を見た。夏子も話を聞いていたのだろう、友田を劬るように見返して、そっと頷いた。

——中小路は死んだ。

友田は強く頭を振った。車の中の血にまみれた宗季の顔が、ガソリンの焼ける匂いと共に、なまなましく思いだされたからである。

「——出ましょう」

夏子がそっと囁いた。

二人は菓子には手をつけず、珈琲だけ啜って立ちあがった。外へ出るとやはり風が強く、空には雨雲が、低く早く、北へ北へとはしっていた。

四

「アパートへはお帰りになれませんわね」

「必要もありません、特に大事なものがあるわけではないんですから」

二人は愛宕下のほうへ歩いていった。どちらも云いたいことがあるのに、云いだすきっかけがみつからない。友田とすれば、早く夏子と別れなければならぬと思った。夏子を自分の忌わしい紛擾の中へ巻込んではならない、自分と一緒にいることは危険に身を曝しているのと同じである。

——あの四つ角で別れよう。

そう思うのだが、どうしても別れの言葉が口に出なかった。

自動車の出来事だけが原因ではない、その出来事が示す力の強大さと、冷酷な仮借のなさとが、眼に見えない拡がりと圧力をもって、四方から彼を追詰めようとしている。それは〇〇〇〇〇〇逭れようもない。今この瞬間にも、どこから襲いかかるかわからないのである。拘置所にいて意思表示をしたときは、出てからの抵抗を覚悟していた。けれども、かれらがこのように思いきった手段をとろうとは、予想しなかった。

敵の陣地へたった一人で残された兵士のように、彼はまったく一人で、防ぎようのない攻撃に対立している。周囲には無数の銃口が二重にも三重にも取巻いて、彼を覘い引金に指をかけている。それが極めて現実的に、しかも切迫して感じられるのであった。

「あたくしの家へと思ったんですけれど」夏子がやがて云った、「あのとき部長さんに見られたからだめですわね」

「そう、むろんね」友田は溜息をつくように云った、「そして君は、もう帰らないと」

「いいえあたくしだって同じですわ、あたくし邪魔をしたんですから、やっぱり無事には済まないと思います」

「まさか、いくらなんでも君にまでそんな」

「そんなことはないと仰しゃいますの、あんなひどい事をする人たちが、眼の前で邪魔をしたあたくしを、黙って捨てて置くでしょうか、いいえ、あたくしそんなことは信じられません、もうあたくしも友田さんと同じです、友田さんが危険ならあたくしも危険ですわ」

「それは思い過しなんだ、君はなにも知らないからそう思うだろうけれど、これはほかの犯罪事件のようなものじゃない、問題は僕一人のことなんだから」

「では友田さんはこれからどうなさいますの」

友田は首を振った。

「いざとなれば、かれらの好きなようにさせるだけです」

「いけません、いけませんわそんなこと」

「もちろんいざとなればの話です、僕もできることなら……」

「友田さん」夏子は急に彼の腕を取った、「お願いしますわ、あの家へはいりましょう、あたくし聞いて頂きたいことがあるんです、貴方からも伺いたいことがあります」

友田は眼をあげた。細い横丁の入口に、温泉マークを付けたホテルの看板が出ていた。いま市中どこにでもある、いわゆる伴れ込み宿の類であろう。友田はそんな家へ入った経験がないし、まして夏子などを伴れては、と躊躇した。夏子はそれを察したのだろう、彼の腕を抱えたまま、

「お願いしますわ、ちょっと休むだけでもようございますから」

そして、悪びれない足どりでその横丁へ曲った。

五

二人のぎごちない会話は、ぎごちないままに、うまく発展しなかった。悶えたり、足踏みをしたり、ふと途切れて動かなくなったり、要点のまわりを徒らに空転する

ばかりだった。

その家はホテルというより料亭か待合といった感じで、建て方も案外がっちりしているし、通された二階の部屋も、お定りどおりではあるがかなり品のよい、おちついた造りであった。風が強いので縁側のほうは雨戸が閉めてあり、北向きの切窓にも外の明りはさしていず、電燈の光りが障子の紙を白く浮き立たせていた。

春慶塗の卓の上に麦酒が二本、摘み物の皿や鉢が幾つか並べてある。女中はいちど風呂を知らせにきたが、断わると「では用があったらベルを押して呉れるように」と云い、さらにそれとなく、隣りの部屋に支度がしてあるから、と巧みに囁いて去った。

時間は経っていった。ほかには客がないとみえ、家の中はひっそりとして、風の唸りや、揺れたつ雨戸のやかましい音などが、潮騒のように、絶えまなくその部屋を押包んでいた。

「もうお麦酒がなくなりましたわ、持ってくるように云いましょうか」

「君が構わなければ」

「いいえ少しも、友田さんお強いんですの？」

友田は黙って苦笑した、夏子は呼鈴を押した。

命じた麦酒と肴が来ると、夏子はしいて陽気にふるまおうとし、口をつけたばかりの自分のタムブラーを取って、ひと息に半分ほど飲んだりした。しかしそれは哀しいほどちぐはぐで、努力すればするほど、却って暗い、息苦しい気分が強くなるばかりだった。

そして突然、夏子は蒼くなり、ぽろぽろ涙のこぼれる眼で友田を見あげた。すると友田は、話しかけられることを怖れるかのように、先手を打って吃りながら云った。

「お兄さんどうしました、あれから会いましたか」

「いいえ、あれっきりですの」

「というと……」

「訪ねても来ませんし手紙もまいりません、生きているか死んでしまったかもわからないんです」夏子はこう云ったが、それがきっかけのように、震える手を揉みしだきながら、思い詰めた調子で云い継いだ、「父も母も死んでしまいましたし、兄も行方がわかりません、あたくし独りぼっちなんです、貴方と同じように、友田さん……あたくしお金少し、持ってますわ」

「松原君……」

「ほかに売る物もあります」夏子は片手で、子供のように眼を拭き、おろおろ吃りながら続けた、「友田さんも東京にいては危ないし、あたくしも東京にはいたくなくなりました、ですから二人でどこかへいって」

「ばかなことを云うものじゃありません、僕のことなんぞで君が」

「いいえわかっていらっしゃる筈ですわ、あたくし本気なんです、貴方が検挙されたあとずっと、あたくしこのことを考えていたんです、面会にいったとき、そっと申上げようと思いましたができませんでした、それからは、出ていらしったら御相談して、新しい生活の方法を建てようと」

そこまで云って、がまんできなくなったように、夏子は両手で顔を掩いながら、卓の上へ泣き伏した。

六

夏子は七時ちょっと過ぎに、一人でホテルを出ていった。

荏原町の借間へ帰って、荷物の始末をし、必要なものだけ纏めて、明日の夕方までに戻る約束だった。風はその前から弱くなり、雨が降りだしていた。夏子は女中に買って来てもらった傘をさして、雨のなかへいそぎ足に出ていった。友田はそれから風呂へはいり、出ると麦酒(ビール)を持って来させた。食欲は少しもなく、麦酒も水のようで、いくら飲んでも酔わなかった。頭も軀(からだ)も疲れていた。思考は混乱して、同じことを五分と考え続けることができない、そのうえ絶えずうしろから追われるような、ひどく不安な気持でおちつけなかった。

「可哀そうに……宗季のやつ、轢(ひ)きそこなったときどんな気持だったか、ハンドルを誤って鉄の柵(さく)へ突込んだとき……あの気取った顔がどんなふうに歪(ゆが)んだか」

呟(つぶや)きながら、彼自身の顔がきゅんと歪み、痛みを感じたように眼をつむった。

彼は宗季が哀れに思えた。宗季は昔から康彦につきまとい、康彦からかすめ、康彦を利用しながら、そのために康彦を憎んでいた。彼が友田浩二になってからはいちども会わない、康彦が友田浩二になったことは、もちろん知っていたに違いない。それは宗季にとって長い屈辱の返礼をするいい機会だった筈だ。しかも相互信託と宗季の経営する共和興業とは、若干の取引関係もあったのである。

……いつか現われるだろう。

友田はそう思っていた。

宗季はそのために最も条件の揃(そろ)った機会をねらうだろう、そしてその時が来れば、彼は些(いささ)かの躊躇も仮借もなく、平然と復讐心(ふくしゅうしん)を満足させるに違いない。その時の宗季の言葉つきや表情、そしてあの気取ったゼスチュアまで、友田には眼に見る如く想像することができたが結果はまるで予想を外れていた。あの車のハンドルを握ったとき、おそらく宗季は一種の快感を楽しんだであろう。友田の姿を車道の上に見て始動をかけたときは口髭を歪めて冷笑したかもしれない。だが……やはり宗季は失敗した。僅かな、ほんの数糎ほどの差で失敗し、自分が死んでしまった。

「君は君の方法でやればよかったんだ、それなら失敗しても悔いはなかったろうからね」

宗季は周囲を呪って生きて来た。そしてこんどは逆に呪われた。宗季は結局のところ（友田轢殺が成功しても）犠牲者の一人に過ぎないのである。

「しかしこの事は桁井正顕は知ってはいないだろう、まさかあの人がこんな事を承認するわけはない」

友田はこう呟いて、呟きながら滅入るような気分になった。

……あの人も御池至上だった。正しく、人格識見ともに第一流ではあったが、事、御池に関する限り、ずいぶん非情冷酷な手段を厭わない面がある。こんどの問題でも、軽井沢へわざわざ来て、拐帯金の鞄を友田に渡し、新潟の宿まで指定したのは（彼自身の計画ではなかったとしても）桁井正顕であった。そのとき彼は、

——すぐ保釈の手配をします。

と云った。それは計画の全体を知っていたからであり、それを承認したからであろう。すると、宗季を使って友田を抹殺する案も、承知していると思わなければならない。

「いやそうは思いたくない、あの人だけはそんな人であって貰いたくない」

友田は呻くように呟いた。

七

友田は酔わない麦酒を飲み続けていた。

十二時ちかくになってから客が三組ばかりあって、その一と組の男女は酒を飲みだし、いつまでも無遠慮に騒いでいた。

「およしったらさあ、よう、ほかの客にやかましいじゃないかよう、ユウ」

「いいじゃねえかよう、ほかの客が客ならミイたちも客じゃねえか、やかましきゃ自分たちもやりゃあいいじゃねえかよう」

「そりゃそうだけどさあ、あっはははは、いやだってば、いやだってばさあ」

そんなやりとりが筒抜けに聞えて来た。

友田は耳でそれを聞きながら、頭は休みなしにべつの方向へ動いていた。それは依然として断片的であり、印象や記憶の連続にすぎなかったが、しかしそれはそれなりに、しぜんと指向性をもち始めていた。

彼の半生はすべて受け身であった。御池の子に生れたことが、これまでの彼の全存在を決定し、彼もまたそれに従って来た。意識的に異端者であろうと努めたこともあるが、それはみじめに裏切られ、人間ぜんたい（自分をも含めて）に対する不信と厭悪を知ったばかりである。この世界では善き意志は飾り物にすぎない。「善」は病める者の歌だ。他からみれば安易な諦観に類するであろう。しかし彼は自分の経験でそれを識ったのである。

友田浩二という未知の人間になることも、作られた拐帯逃亡者になることも、もちろん自ら希望したものではないが、それが拒むことを許されないということは、彼には明瞭であった。しかし検挙され、訊問を受け、拘置所へ入れられてから、彼は初めて、自分を中心としてものを考えるようになった。

——君がそうしたいと望めば、新しい自由な生活ができるじゃないか。

佐田西はそう云った。

――蝸牛にさえ角がある。

近田紳二郎もそう云った。

拘置所などという、思いもかけない処へ入れられ、法律上の犯罪者という席に坐らされてから、彼はようやく自分を主張することにめざめたのである。「善」が病める者の歌である。ということだけで、その忌わしい現実の条件にひきまわされることが耐えられなくなった。

そして自分を操る「力」に対して挑戦した。彼はたたかおうと思った。いずれにしても亡びるものなら、自分の意志で亡びるほうがいい。拘置所から出たら、刺違えるつもりで兄にぶっつかってやろう。こういう決意は、彼にとっては相当に激しく強固なものであった。

彼らの計画した凶悪な手段はその友田の決意を粉砕するに充分だった。

彼は恐怖にうちのめされた。あの瞬間の脅えは、まだがっちりと彼の全身を抑えつけている。しかし、その恐怖のなかで、ごく少しずつ、新しい抵抗が動きだしてくるようだった。

「そう望めば……自分がそうしたいと望めば」

彼は明日、夏子と一緒に東京を去る約束である。その支度のために夏子は家へ帰った。どこへゆくかも、いってからどうするかも定めてはない。まず東京から逃げだすことだ、それから先のことは、おちついたときの相談にしよう。夏子のひたむきな提案で、そうすることになった。

「だが逃げきれるだろうか」

彼はまた呻いた。御池の「力」がどのようなものか、彼はよく知っている。夏子にはまだなにも話していないから、東京を脱出しさえすれば生きる途があるように思っているらしい。もし実際の事情を知ったとしたら……ああと彼は片方の手で顔を掩った。

雨の音が激しくなっていた。

八

夏子が愛宕下のホテルへ戻って来たとき、友田は部屋に備え付けの卓上電話で、誰かと話しているところだった。夏子は手提鞄とボストンバッグを置き、雨外套を衣桁に掛けて、濡れたところを拭いてから、少し離れて坐った。

「いやそうじゃない、そんなことは僕の知ったことじゃない、そして君も知る必要はないんだ」友田の調子は突放すように冷やかだった、「君はただ市原にそう伝えればいい……それは市原にわかっている筈なんだ……そう、いやそれも今はなんとも云えないね、市原が聞いたらこう云いたまえ、僕はできることなら静かに暮したい、そっちで僕の条件を拒まないなら、二度と東京へは出て来ないだろう……わかったね、いやそれだけだ」

電話を切ると、友田は振り返って微笑した。疲れと眠りの足りないためだろう、蒼ざめた頬がめだってこけ、眼が充血していた。

「おそくなって済みません」

「家のほうなんでもなかった？」

「ええ誰も来ませんでしたって、いまの電話どこへおかけになりましたの」

「和泉へね、ちょっと……」

「大丈夫ですか」

「いちおう云っておきたいことがあったんでね、君の支度はもういいの？」

「要る物だけ纏めて、あとのこまかい事は頼んで来ました、気持がおちつかなくてだめなんです」夏子は手提鞄をあけて、茶色の封筒に入った物を卓の上へ出した、

「これお金です、売る物は売って貰うように頼みましたから、居どころが定ったら

送って貰います」

「お金の心配なんてよしたまえ、そのくらいのことは僕がなんとかするよ、それは君が持っているほうがいい」友田は封筒を押しやった、「どうしよう、此処で夕飯を喰べてゆこうか、それとも外へ出て喰べようか、東京ともこれで当分お別れだからね」

「ええ外で頂きましょう、もうすぐ日が昏れるでしょうから」

女中が茶を持って来たので、友田は夕方まで休むこと、食事は要らないことを断わり、勘定を命じた。

「どこへゆくかお定めになりまして?」

「軽井沢にしようと思う、古い友達がいるんで、病気で寝ているんだけれど、会って話したいことがあるし、頼みもあるから」

「切符はすぐ買えるでしょうか」

友田は卓の上にある新聞をどけて、そこにある二枚の切符を見せた。

「女中に買って貰ってあるよ」

夏子は頷いて、ふとその新聞をみようとした。友田は手を振ってそれを脇へやった。

「読むのはよしたまえ、あの喫茶店で話していたとおりだよ」

「死にましたの？」

「即死らしい」

「どういう人でしたの」

「身許(みもと)不明だそうだ」

友田は眉(まゆ)をしかめた。夏子は眼をそらした。彼はあの男を知っている筈である、車の中を覗(のぞ)いたとき、慥(たし)かに名を呼んでいたから。……しかしそれには触れたくなかった。自分があの男を知っていることも、友田に知られたくなかったからである。

「やみそうもない雨だな」

友田は呟(つぶや)くように云った。

九

銀座裏の「Q」は表に休日の札を出し、すべての窓を閉めてひっそりしていた。休むのは珍しくはないが、その日のようすはいつもと違って、どことなく暗く、喪中の家のような感じがあった。

事務室には沼野原や幸田夫人やモッちゃんや女流歌手の和泉佐登枝、それに佐田西の美千子などが集まって、常に似ず沈んだ調子でなにか話していた。

珠子は酒場で客の相手をしていた。客は下関の織田と呼ばれる男で、珠子とは闇物資の取引関係もある。三カ月ばかり姿をみせなかったのが、前触れなしに突然現われたのであった。これまでは必ず二人か三人の部下を伴れて来たのに、そのときは一人だったし、身装も悪く、季節はずれの皮ジャムパーに古びた長靴を穿き、顔にも無精髭を伸ばしていた。

「そんな処でやられたとすると、日本のパトロールじゃないわね」

バーテンダーがいないので、珠子が酒や摘み物の給仕をした。卓上ランプの橙色の光りが、男の野性に満ちた相貌を、彫刻的にくっきりと浮き出してみせた。

「中共さんだからどうしようもねえのさ、停船信号を鳴らすか鳴らさねえうちに、いきなりどかんどかんときやがった、いやどうして覘いのたしかなのなんのって、忽ち横っ腹へ穴があく、マストはふっ飛ぶって始末でね」

「だってこちらの船は速いんじゃないの」

「まっ先に舵をやるからね、口惜しいから船をもってってぶっつけてやろうと思ったが、ぐるぐるひとつとこを廻るばかりさ、勝手にしやあがれと思って海へとび込んじゃったよ」

「三人ばかりとび込んだろう、あとは観念して捉まったらしいが、やつらは探照燈で捜しながら機関銃を射ってくる、満足に浮いてもいられねえ、びゅんびゅん弾丸が来て、まわりじゅう水しぶきをあげるんだ、救命帯を巻いているから潜ることができねえ、こいつはいかれたかなと思ったよ」

「じゃあ助かったのは織田さんだけなの」

「どうもそうらしい」

「敗軍の将ってわけね」珠子は空いたタムブラーを取って、巧みにハイボールを作ってやりながら、「いいじゃないの、たまにはそのくらいの税金も納めるもんだわ」

「税金ぐらいで済めばいいがね、こんどの船にゃ有金をはたいてるんで、裸に剝かれたも同然なんだ、あんただからすっかりぶちまけるが、下関の本部まで留守のうちにやられてよ」

「あらあら、どうしてまた？」

「どうもこうもねえさ、いつかはやられるに定ってるんだが、悪い時に悪い事が重なるにゃあ降参しちまったよ」

「まあ暫(しばら)く遊ぶんだわね」

珠子は自分でもハイボールを作って、それを織田の持っているタムブラーと打合せた。硝子(ガラス)の澄んだ音の中で、氷の破片が涼しく鳴った。

「よかったら此処で好きなだけ骨休めをするといいわ」

「それを頼みに来たわけなんだ、あんたならいやな顔はしねえと思ったんでね」

「お鑑識(めがね)にかなったってわけ？」

「そのほうの勘は慥かなんだ」

珠子は低く喉(のど)で笑いながら、嬌(なま)めかしく、そして幾らか皮肉な眼つきで相手を見た。織田は眩(まぶ)しそうに眼を細くし、衒(て)れたように煙草(たばこ)を取出した。

「はいお火」

珠子がライターをさし出した。

十

「ああちょっと、いま思い出したんだけど」珠子は自分の煙草にも火をつけてから、こう云ってさりげなく織田を見た、「去年の秋ごろかしら、織田さんが此処へ来たとき、一緒に若い子を伴れていたでしょう」

「去年の秋……？」

織田が首を傾（かし）げたとき、モッちゃんが小走りに来て、珠子の耳へ囁（ささや）いた。

「近田君が来たんだけれど……」

「ふうん、酔ってるの？」

「酔ってる、どうしよう」

「そうね……いまいくから待たしといて、お酒は飲ませないでね」

モッちゃんは頷いて去った。

「そうよ、寒くなるころだったかしら、若い、ちょっとハンサムな、お酒を飲まない静かな子を伴れてたじゃないの」

「すると松原かな」

「名前は知らないけど、あの子どうして？」

「どうしてって、なぜ」

織田の顔に警戒の色が出た。珠子ははぐらかすような眼で、微笑しながら、彼を見返し、暗示的な、なにか仄（ほの）めかすような口ぶりで云った。

「べつにどうってこともないけれど、あんな温和（おとな）しそうな子をどうしてあんなふうにしなければならなかったのかって、ちょっと気になってたからよ」

「あんなふうっていうと」

「なにか仲間を売るようなことでもやったの？」珠子は相手の先を打つように続けた、「渋谷の道玄坂の、横丁の暗がりだったそうね、四、五人がかりだって聞いたけれど……もしやり損って生きてたとすると、下関の本部はあの子が密告したんじゃないの」

「冗談じゃねえ、あの晩のうちに海へ持っていって片づけたさ」織田は煙草を揉み消した、「あいつは仲間を売るような男じゃなかったが、妙に里心がつきやあがって、自分だけみぬけを企んでるのがわかったんだ、おれは惜しかったんだが、仲間の定法でどうにもならねえ、しょせん生きていたところでこんどは鱶の餌食だったろうがね……だがあんたは誰から聞いたんだ」

「やぼな質問をするわね、あたしは骨牌だって切り札を持たなくちゃ勝負はしないの」

「つまりおれの尻尾を握ってるってわけか」

「こうしないと自分が信用できないのよ、あたしはとても惚れっぽいから」

珠子はふっとうしろを見た。うす暗い食堂を横切って、近田紳二郎がこっちへ来ようとしていた。

珠子は舌打ちをし、「ちょっと待ってね、独りで飲んで頂戴、すぐ来るから」こう云って酒場を離れた。

近田の蒼黒くむくんだ不健康な顔に、ちょうど右の眼の下から頬へかけて、かなり大きな傷痕がある。あの夜、中小路の靴で蹴やぶられたものだろう。そのために彼の相貌はひどく暗い陰惨なものにみえた。

「迎えに来たんだがね」

彼は白い歯を剝き出した。

「困るじゃないの、そんなに酔って来て、あっちへいきましょう」

「迎えに来たんだ」近田は珠子の腕を振放した、「宗季の死躰を引取ってやるんだろう、身許不明の自動車泥棒、可哀そうに、このまま無縁墓地へ埋めちまうのは、いくらなんでも人情がなさ過ぎるぜ」

「なに云ってんのよ、宗ちゃんは宗ちゃん、あたしたちの知ったことじゃないじゃないの」

「雌狼の本音だね、しかしそうはいかないんだ」

十一

「そうはいかないんだ、これが」近田は低く刺すように笑った、「芝居というやつには必ず幕がある、序幕があって最後の幕がないなんてこたあない、起承転結、ずいぶんなドタバタ喜劇だったが、もうこのへんで幕にしなくちゃあいけない、誰よりのこの近田先生が飽きてきたよ」

「つまらないこと云ってないでいきましょう、あっちにみんな来ていたでしょう」

珠子は再び彼の腕を取った、「宗ちゃんに同情するなら、みんなと一緒に気持よく飲んで、それからもし貴方(あなた)にその気があるなら、まじめに貴方自身のこと相談しましょう、近田さんともある人がいつまでこんなことしていてもしようがないじゃないの、ねえ、もうそろそろ考えなきゃいけないわ」

「中小路が死んだんで僕を代役に使おうというわけかい、そこまで僕が甘く出来てると思うんだね」

「あたしまじめなのよ近田さん」

「君はいつもまじめだったよ、まじめに良人(おっと)を裏切り、まじめに闇ブローカーをやり、手当りしだいの男とまじめに寝る、Qの闇営業もまじめだし、まじめに宗季を殺しもする、その点で慥かに君の個性はユニイクだ」

「よして頂戴、あたし宗ちゃんのことなんか知りゃあしないわ」

「それは検事が判定するさ」

「検事……近田さん」珠子は腕を放し、うしろへさがって近田の顔を見あげた、「それどういうこと」

「迎えに来たと云ったろう」近田はまた歯をみせた、「中小路の死躰を引取ったら、君はそこで警視庁へ自首するんだ、死躰のほうはいま事務室にいる連中に任せればいい、君には僕が付添っていってやるよ、長い友情のはなむけにね」

「貴方それ本気なの？」

「見ていればわかるさ」

珠子はじっと近田の表情を見ていた。それからくくと笑いだし、だんだん高く、あけっ放しに笑いだした。

「まじめな笑いというやつかい」

「貴方っていい人なのね」

珠子は事務室の扉をあけ、近田の手を引いて中へはいりながら、そこにいる人たちにも聞かせるように、寧ろうきうきした調子で云った。

「ずいぶん苦労もしているし、世間からひどいめにあって、相当すれて悪くなってると思ったのに、近田紳二郎ってやっぱり芸術家だわ、やっぱり貴方は音楽にかえるのが本当よ」

「セリフは支度をしながらにして呉れないか、表に車が待たせてあるんだ」

「待たせ賃ぐらいあたしが払うわよ、モッちゃんシャンパン持って来てよ、みんなで宗ちゃんの冥福のために乾杯するんだから」そして近田のほうへ向き直り、まるで姉が弟をあやすような眼でじっと見た、「そんな顔しないで、近田さん、お望みなら一緒にどこへでもいくわ、宗ちゃんの死躰も引取るし、警視庁へだっていってよ、でもそれは人騒がせに終るだけなのよ、近田さんがもの笑いになるだけだということを断わっておくわよ」

「君の意見としてはね？」

「動かすべからざる現実よ、なぜって、例えば友田浩二という人を知ってるでしょ、あの人を御池康彦だって証明することが貴方にできて？　近田さん」

「必要があればね」

「やってみる気持ある？」

十二

「いいわ、仮にやってみるとしましょう、ではどうして証明するの、友田浩二が御池康彦だという証拠があって？」

「――――」

「康彦さんは立川で爆死しちゃって、死亡通知もゆきわたっているし、お葬式もしたし、戸籍も消えてるし」

「お墓も建ってるわ」

佐田西美千子が（酔っているのだろう）舌のもつれるような声で口を挿んだ。珠子はウィと頷いて、「康彦さんを知ってる人は少なくないわね、けれどいま友田浩二という人と道で会っても、知っている顔をするような者は一人もなくってよ、そういう点になると、あたしたち階級の者はぜんぜん統制がとれてるんだ」

「お手柔らかに頼むぜ」

沼野原が云った。みんなが笑いだした。

「宗ちゃんの身許が不明だというのも同じ手よ、誰かが身許のわかるような物をすっかり始末しちゃった、どこをどう掻きまわしたって、その死躰が中小路宗季だという証拠は出て来やしないわ」

「死躰は物質さ、白馬は馬に非ずとね」

また沼野原が云い、こんどはみんなもっと大声に笑った。モッちゃんがふうふう云いながらシャンパンとグラスを運んで来た。

「氷いらないだろう」

「唯の客だからね、あっと、酒場の人どうしてた」

「温和しく飲んでますよ」

「邦介、あけるの手伝って」

珠子が沼野原に呼びかけ、みんながやがやと椅子から立った。近田は頭を垂れ、まるで虚脱したように、眼を据えてじっと床のひとところを眺めていた。

――ばかなことだ。

彼は心のなかで呟いた。

――なんのために来たんだ。

宗季のためにか、否、宗季などは問題じゃない、たとえ犬に嚙み殺されたとしても、同情する気持などは起こらないだろう。では珠子に悲鳴をあげさせるためにか、珠子をひざまずかせ、哀願する顔を見るためにか……そうだ、そう考えていたことは慥かだ、見ることができれば悪くはない。しかし彼女が決してそんなまねをする女でないことは近田もよく知っている。どんなことがあっても、珠子は決して頭を下げたり哀願するようなことはしないだろう。ではいったいなんのために来たのか。

「はいどうぞ、取って頂戴、近田さん」

珠子が云った。近田はまわりを眺めまわし、椅子の上にある自分の帽子を取った。

「あらどうするの、宗ちゃんのために乾杯してあげないの」出てゆく近田のうしろから、珠子の艶のあるきれいな声が追って来た、「じゃあさよなら、友田さんに会ったら宜しく、昨日あの人保釈で出たのを知ってるでしょ、こんどは此処へも来るように云って頂戴、慰労会を……」

閉めた扉で声は切られた。雨外套の衿を立て、帽子の前庇をおろして外へ出た。待っていた車に料金を払い、黄昏れる雨の街を惘然と彼は歩いていった。

「――なんという道化だ」ぶつぶつと独り言を云った、「――いやそうじゃない、おれはなにかが欲しかった、なにかが、胸のさっぱりするような……なにか強烈なものが」

彼は首を振った。すると帽子の庇から雨水が垂れて、衿へ流れ込んだ。

十三

昏くなってゆく街に、ネオン・ライトが多彩な光りの文字を描きだした。雨に濡れたペーブメントはその色とりどりの光りや、往来する自動車の燈火を映して、いちめんにきらきらと輝いていた。

——宗季は卑しむべきやつだ。しかしかれらには仲間だった。それが死んだのだ、理由はわからないが、自動車を盗んで、その運転を誤って、そして身許不明のまま、死躰はどこかの無縁墓地へ埋められようとしている。

近田は銀座通りを横切って、築地のほうへ歩いていった。

——これがあの連中にはなんでもない、一時間まえまで一緒に飲み、一緒に喰べ、話したり笑ったりしていた仲間が、あんな無惨な死に方をしたというのに……かれらは笑いながら乾杯することができる。

いまさら気づいたことではない、彼は長いあいだに自分の眼でよく見てきた。あの小快楽家たちには物欲と自己愛のほかなにものもない、かれらを現実的に満足させるもの以外には、いささかの関心も持たないのである。

——おそらく、中小路があの部屋の景色を見ても、怒ったり嘆いたりはしないだろう、自分が乾杯できない恨みはべつとして。

——かれらにとって、生は快楽を与えて呉れるためにだけ存在する、死は快楽の喪失という意味でだけ恐れるに過ぎない。

近田はいま自分とかれらの差を知った。かれらのなかで生活していたときには気がつかなかった。彼自身が絶望し、あらゆるものに否定的だったから……だが敗戦と自殺に失敗した経験とが、近田とかれらとを引き離した。かれらのなかに紛れ込んでいたときより、生活は遥かに絶望的で窮迫していたが、この期間ほど真剣に生きることを考えたこともなかった。たとえ痼疾のようになった泥酔の習慣からぬけることができず、実際にはもはやまともに生きる能力がない、という自覚が避けられなかったにしても。しかも彼は渇く者が一滴の水を求めるように、生きたいと切望し、生きることに執着した。

「康彦が保釈で出たって?」近田はそう呟き、その声ではっと眼をあげた、いつか友田の部屋で、別れるときに意見めいたことを云った記憶が、苦い味で思い出された。彼の顔はくしゃっと歪んだ、「——堪らない、やりきれない道化だ」

自分から逃げだしたいとでもいうように、彼は前跼みになって歩き続けた。堀を渡り、灯の乏しい暗い街にはいり、当てもなく道を曲った。無意識に手を振ったり、ぶつぶつなにか呟いたり、呻いたりした。そして築地河岸へ出ると、そこに立停って長いこと川波を眺めていた。

上げ潮とみえて、すっかり昏れた川から潮の香が匂ってきた。対岸の月島は暗く、なんの工場か、ひとところぎらぎらと電燈がついて、金属を叩く刺すような連打音が聞えてきた。よく見ると上流のほうに繋留した船があり、舷燈がぽつんとところ細そうに光っていた。

「いまどうしてる康彦」近田は波に向ってそう呼びかけた、すると思いもかけず、ふきだすように涙がこぼれおちた、「君もとうとうゆくところまでゆかされたわけだ、しかし君は少なくとも事実を体験したんだぜ、そう望めば君はここから始めることもできるんだ、始めてみても同じことだがね、なにをしてみたって……結局」

ふいに風が来て、横から雨を吹きつけた。近田はふらふらと河岸の石垣のところまでいって、放心したような眼で、憑かれたように暗い水を覗きこんだ。

春浅く

一

友田と夏子とは、東京を出て四日めに沓掛（くつかけ）へ着いて、古い旅籠（はたご）宿といったふうの、小さな宿屋へ入った。

信越線は避けて、東海道線を豊橋まで行き、伊那（いな）線で辰野へ出て、さらに松本から篠ノ井（しののい）と逆にまわったのである。途中、天竜峡と辰野とで一と晩ずつ泊った。辰野では戦争中に勤めていた戊申信託のまわりや、下宿していた家の付近などを歩いたりした。

だがこのあいだにも、二人の感情はどこかしらちぐはぐで、ぴったりと寄りきることができなかった。夏子にも友田にも、お互いに触れたくないものがある、そこに触れることは傷口をさぐるに等しい。例えば夏子は自動車で死んだ「あの男」のことを聞きたかった。

――あの人は御池に関係がある筈だが、その男をどうして貴方が知っているのか。

だがそう聞くには、自分とあの男との関係をかくしてはおけないし、ひいては自分の生いたちや、父母のことまで触れなければならないかもしれない。夏子にはそれは耐えられなかった。自分が御池の使用人の子であった、という点はまだしも、それが母の厭わしい過去につながっていることで、口にするどころではなく、考えるだけでも嫌悪と恥ずかしさで身ぶるいが出た。

――それだけは知られたくない、どんなことがあってもそれだけは決して。

長い将来のことはわからない、やがてすべてを告白しなければならぬような時が来るかもしれない、しかしその時までは黙っていたい、夏子はこう思っていた。

友田には違った意味で感情の不安定が続いていた。夏子と新しい生活を始める決心をし、その方法について計画をたてているのに、自分の置かれている異常な（それは夏子にはとうてい話すことはできない）立場と、今後それがどう動くかに確信が持てないのとで、ともすると気持がくじけそうになった。

夏子は愛を告白した。しかし友田にはそれを単純な愛として受取ることができない。自分が夏子を愛していることはもう否定する余地がないけれども、夏子の愛は同情と憐れみから生れたように思える。それは日が経つにしたがって重たく動かし難い事実のように思えるばかりだった。

四日の旅をして来て、途切れがちの会話や、夏子の示す感情の絶えざる変化……ふと燃えるような眼でこちらを見たり、沈んだ顔でうつ向いたり、夜半の寝床で溜(ため)息(いき)をついたり、とつぜん陽気にはしゃぎだしたりする様子など、すべてが彼女の隠れた心理を現わしているようにみえた。

――もし夏子の愛が同情と憐れみから生れたものだとするなら、自分がそれを受けることは卑怯(ひきょう)だ。

そういう反省が絶えず頭から去らないのである。やっぱり別れるのが本当だ、夏子を不幸にしてはいけない。

沓掛で宿を取ったのは午後四時頃であった。うす暗いすすけたような、柱の歪(ゆが)んだ、壁にも雨もりの汚点(しみ)のある、いかにも侘(わび)しい宿の様子を夏子は頻(しき)りに面白がった。

「古い芝居に出て来るような感じね、こういうのを宿場の旅籠宿って云うのでしょう？」

「少しひど過ぎたね」

「いいえちっとも、なんだかずっと昔いたことのあるような、懐かしいような気持がしますわ」

夏子は浮き浮きと云った。友田もふしぎにそんな感じがしていたが、口には出さずに苦笑いした。

「あれが浅間山だよ」

一

浅間山と聞いて夏子はどきっとした。

母が昔よく話した。亡くなった康高に付いて、母はしばしば軽井沢の別邸へ来たそうである。その土地の涼しいことや、白樺（しらかば）、落葉松（からまつ）などの美しい林相や、なだらかな高原のひろびろとした眺めや、夜中に見た浅間山の噴火の、天を焦がすような恐ろしい火の反映や、ぞっとするほど凄（すさ）まじい地鳴りのことなど。断片的ではあるがまだ覚えていた。

「そのうちに登ってみようかね」

友田は山を眺めながら独り言のように云った。

「あたくしいやですわ、噴火すると怖いんですもの」

「そうむやみに噴火しやしない」

「でもいつ噴火するかはわからないでしょ、絶対に噴火しないと定ればいいけれど、いきなりがあんと噴火が始まって、まっ赤に焼けた熔岩があたり一面に落ちて来るかと思うと、思うだけでも息が止りそうですわ」

「それはまた臆病だね」

「ですから温泉もいやなんです」夏子はちょっと甘えるような調子で云った、「温泉ていえば水が地熱で沸いて出て来るんでしょ、つまりその地面の下にはどろどろの熔岩があって、いつぱあんと噴火するかもしれませんわね」

「どうして？」

「だって水か熱湯になるくらいですから、ほかの場所よりずっと地熱が近くまで来ているわけですもの」

　友田は笑った。現在の自分たちにはまったく縁のない、しかも極めてナンセンスな話題である。だがそれが却って気を楽にして呉れた、固く閉じこめられた壁に穴があいて、爽やかな風が吹き入るような、胸のひろがるくつろぎが感じられたのである。

「すると温泉へいったことはないんだね」

「いいえ、熱海と修善寺へゆきました、修学旅行でしたけれど、一と晩泊りの一と晩が怖くて怖くて、先生やお友達には話せないし、今にも下からどかんと噴きあげそうだし、独りで震えながらお祈りをしていましたわ」

「なんて祈ったの？」

「これからはよく勉強して良い子になりますから、どうかあたくしが帰るまで噴火さんに待って貰って下さいましって、本気でそう祈ったんです」

「噴火さんにね……」友田は笑いながら、夏子の側へ来て坐った、「君はクリスチャン？」

「いいえ、小さいとき教会へ少し通いましたけれど、信者にはなりませんでしたの、信者になろうと思ったときには、もう非常時でだめだったんです」こう云って、夏子は慌てて話を戻した、「ですからあたくし、これからも温泉へゆきませんの、それに温泉場ってごたごた騒がしくって嫌いですわ」

慌てて話を戻したのは、信仰にはいろうとした動機に触れそうだったからである。友田も敏感に察したらしく、「僕も好きじゃないな」と答えて眼をそらした。

日中はかなり暖かだったが、昏れかかると俄かに気温が下り、隙間から吹き込む風が、骨にしみるほど冷たかった。風呂もすすめられたけれど、湯が汚れたままなのでやめ、夕食を早めに喰べた。

「これから友達を訪ねたいんだけれど、よかったら一緒にゆかないか」

食事のあとで友田が云った。

三

夏子はちょっと躊った。

軽井沢の友人を訪ねるということは、東京を発つときから決っていたが、その人のことについてはなにも聞いていなかった。彼が「古い友人」と云い、こういう場合にわざわざ来たくらいだから、よほど親しい人なのだろうが、初対面の自分がいきなり友田と伴れだってゆくということは、恥ずかしいのはともかく、厚かましく思えていやだった。

「どっちにしても一度は会わなくちゃならないんだ、少し寒いけれど、がまんしてどう？」

「あたくしこの次にしますわ」

「遠慮するような人間じゃないんだよ」

「ええ、でも今日は……」

「独りで待っていて大丈夫かな、浅間山が噴火するかもしれないぜ」

夏子は笑って首を振り、たぶん泊ることになるだろうと云う彼を玄関まで送って来た。

友田は沓掛から軽井沢まで汽車で行き、折よくタクシーがあったので乗った。ことによると兄が見張りを出しているかと思い、途中かなり緊張した。それらしい者はみあたらなかったが、念のため、いつも曲る角よりずっと先で車から下り、すっかり暗くなった裏道づたいに、遠まわりをしていった。

佐田西の門の前まで来たとき、友田はふと立停ってうしろをみた。

「ああ、そうだったのか」

彼はそっと微笑した。あの日、中小路の死躰を見て、夏子と逃げ出したとき、うしろで拳銃の音がしたように思った。鈍い、反響のない音をはっきり聞いたが、いま考えると幻聴だったのである。終戦の年の三月、別邸でパーティのあった夜、彼はぬけだして美千子を訪ねた。そのときちょうどいま立っている位置より少し戻ったところで、ぶきみな銃声を聞いた。リヒトが憲兵に射たれたのだが、その銃声の記憶が、追われているという激しい脅えのなかで、現実のもののように聴覚によみがえったのであろう。

「街の中で射ったとすれば反響がある筈だ、あれは慥かに此処で聞いた音だった」

友田はこう呟き、検察庁を出て以来のしかかっていた、不安の一部が軽くなるように思った。

佐田西を訪ねると、梅田執事が出て来た。

「康彦さま、どうなさいました」

梅田は狼狽したように叫んだ。

「どうしたとは？　ああ、本家からなにか云って来たんだね」

「一昨日からずっと人が詰めておりましたし、今日は御前さまがいらっしゃいまして」

「本家が自分で？」

「まあどうぞおあがり下さいまし、佐田西さまもお待ちになっていらっしゃいます」

梅田は外套を脱がせ、そわそわと先に立って案内した。正之は寝台で半身を起こし、クッションを積んだのへ背をもたせて、本を読んでいた。十二月に会ったときと変りがなく、スタンドのカバーのせいばかりでなく、顔色もいいようにみえた。

「梅田さん戸閉りをして下さい」正之はそう云ってから、友田を見て微笑し、片方の手をさし出した、「ちょっとした冒険らしかったじゃないか」

「それも始まったばかりなんだ」友田は正之の手を握って、寝台の側の椅子に掛けた。「あっちで来たって？」

「いろいろ伝言を頼まれたよ」

「なにか持って来なかったか」

「ああ預かってある」

正之はサイド・テーブルの抽出（ひきだし）をあけ、御池の家紋のある大型封筒を出した。

四

友田はすぐに封筒の中の物を出して調べた。

それは彼が愛宕のホテルから電話で、和泉祐司を通じて市原に要求したものであった。銀行の預金通帳と現金、いかにも康光らしく、こっちで要求した額にきっちりだった。

「どうして僕の処などを中継ぎにしたのかね」

「こうしないと捉まる危険があるんだ、此処だって安全とは云えないけれど、ほかに適当な方法がなかったし、寧ろ燈台もと暗しとも考えたんでね」

「殿さまもそう云ってはいたよ、たいてい来るようなことはあるまいがって」

「僕はこう伝えさせたんだ、兄貴自身で佐田西へ届けるように、こちらはひと月以内に佐田西へ連絡をつけて、必要な処へ取寄せるからってね」

「あっぱれだよ」正之は笑いながら頷いた、「その勇気が出てくれれば有難い、しかしあの殿さまがよく折れたものだな」

「条件が揃っていたのさ」

　梅田が茶を入れて来た。正之はそれで気がついたように、いつかの老婆が暇をとったので、二月からずっと梅田の厄介になっている、君からも礼を云って呉れるようにと云った。梅田は沈んだ表情で苦笑し、別邸には自分の席が無く、追いまわしのような仕事しか与えられないので、こうしているほうが気楽なのだと、謙遜でもなさそうに云って去った。

「保釈のことは新聞でみたけれど、保釈というと逃げているわけにはいかないんじゃないか」

「どうなるかわからない」友田は茶碗を取った、「出るまでは例の問題のほうは片がつくことになっていた、不良貸しというやつね、どんな方法か知らないけれど解決の手筈がつく筈なんだ、ところが大事なところでかれらの計画にミスが出た、しかも非常なミスなんだ、それが」

「君に関係があるのか」

「話すのは不愉快なんだが」

友田は茶を啜って、日比谷の路上の出来事を語った。正之はすぐには信じ兼ねるという顔つきで人息をつきながら首を振った。

「まさかと思うな、そいつは」

「だがこう云えばわかるだろう、その自動車の運転手席で死んでいたのは宗季なんだ」

「——中小路？……」

正之は打たれでもしたような眼をした。

「兄貴はこれまで決して宗季を近寄せなかった、仕事や金は与えるが個人的にはきちんとけじめをつけていた、しかしこんどばかりは宗季のほかに適任者がなかったんだろう、宗季も二重の意味でよろこんで引受けたに違いない」友田は煙草に火をつけた、「一つは大きな金蔓を握るために、一つは僕をやっつける楽しみでね、彼は昔から僕を憎んでいた、こんどは絶好の機会だったんだ」

　正之はまた太息をついた。

「とても現実の事のようには思えない、新聞でずいぶん血なまぐさい事件を読むけれど、君や中小路の上にそんなことが起ころうとはね」

「いまに始まったことじゃないさ、昔はもみ消されて一般にはわからなかった、こんども宗季は身許不明者として片づけられてしまうらしいが、権力や富の裏にはいつでもこんな事が行われて来たんだと思うね」

「しかしつきつめたところ、問題の根本はなんなんだ」

「ひと口に云えば財産隠匿さ、財閥解体から始まった一連の工作で、要するに僕が友田浩二になったとき、すでにその下書は出来ていたんだ」

五

「そう云われても僕にはなにがなにやらわからない」

「僕も同様さ、僕は直接の被害者だが、自分がどんな役割をはたしたのか、どうして自分が拘置所へ入らなければならなかったのか、まるでわかっちゃいないんだ」

「しかし君は取調べを受けたんだろう」

正之は用心ぶかく茶を啜った。

「警察と検察庁でね」友田は喉で笑った。「だが僕の答える言葉は定っていたんだ、脚本を渡されていて、そのダイアローグを暗記したとおりに云うわけさ、それ以外のことはなにも云ってはいけないし、実際になんにも知らないから云うこともできやしない」

「そんなことでとおるのか」

「民主的というやつだろう、調べられる側にもいろいろ権利があるんだ、脚本にはその点まで指定してあったが、そういうところは検事などもどうにもならないらしい」

「結局のところ、財産隠匿は成功したということか」

「むろんそうさ、だが隠匿が成功した、という表現は当らないんだ、これには完了はないんだ、つまり隠匿するといっても、或る数量を固定するのじゃなく、公表会計から外すというだけで、そのもの自体は動いているんだ、たとえば」友田は煙草を消して続けた、「例えばこんな事件があった、或る男がAという銀行から、額面五百円の小切手二枚で千円ひきだした、その翌日、小切手の一枚が五百万円に書替えられて、B銀行のCという人間の口座へ振込まれた、そして次の日、C名義の小切手を持って、B銀行から三百万円ひきだしたんだ……五百円の小切手一枚が、どうして五百万に化けたか、どこで、誰がやったかわからない、去年の十一月の出来事なんだがね」

「そのばあい被害者は誰なんだ」

「誰も……というのは、一週間後にそれだけの金額がB銀行へ戻ったわけさ、Dという銀行のEなる口座から振込まれてね」

「まさかふざけてるんじゃないだろうな」

「知らない者にはそうみえるね、しかしそのとき相互信託の和泉部長が云っていたよ、その三百万円が実際は三千万か五千万の働きをしたろうってさ」

正之は肩を竦めた。友田も同じ身振りをし、いかにも可笑しいことのように、また喉で低く笑った。

「このAからEまでのからくりは君の云うようにふざけてもみえるし、ひどく複雑にもみえる、だが事実は極めて現実的であり、方法も簡単なものらしい」

「君のばあいはそれのもっとも大掛りなものだったわけだな」

「僕は被害者でもあったが」正之の言葉を聞きながして、友田はふと窓のほうを見ながら云った、「拘置所の独房にいるあいだに考えた、あの独房というやつは、自分とじかに対決するように出来てるらしい、実に自分というものをはっきり感じることができる、僕は自分の過去の環境と、置かれている位置とを、繰り返し考えた、何十遍となく繰り返し考えたよ、そして君に云われたこと、近田に云われたことが、だんだんに……なんと云ったらいいか、こう、自意識をよびさます契機、といったふうに動き始めたんだ」

「近田もなにか云ったのか」

「しかも小っぴどくね」

六

「僕は云ったんだ、僕は火の杯は取らない、火の喰べ物にも手は出さない、その熱さと、火傷（やけど）の痛さを知っているからってさ」

「――――」

「すると近田はこう云った、それは三角の定理だけ知って、数学ぜんたいの難問を暗算するようなものだってさ、それから、……自分の意志で現実にぶっつかれ、自分の意志で傷つき、火傷をしてみろと云うんだ、うちあげられたくらげのように、無抵抗のまま溶けて亡びるな……」

そこで友田は黙った。正之も暫く黙っていたがやがて呟くように云った。

「――近田がねえ」

「独房で考えていると、彼の云ったことが当っているのに気がついた、僕は環境の条件にひきずられ、他人に利用されて生きて来た、だがそのために誰も得をした者はない、積極的に悪をはたらかないことは善ではない……僕には少しずつわかってきた、御池という財閥があり、財閥そのものは膨張し拡大する、そのためには多くの犠牲がはらわれるが、ではいったい誰が得をするかというと、誰も得をしやしない」

「それはまたどうして?」

「事実をよく観ればわかる、例えば財閥の当主である康光さ、彼はその椅子からどれだけの利得を得ているか……一般サラリーマンや労働者とどれだけ違う得があるか、僕は本家で育って内容を知っている、利得どころか、われわれは御池家憲というばかばかしいほどこまかい規矩に縛られそこから一歩も外へ出ることも許されない、町の酒場で借りを作ったことがわかっても懲罰をくう……これは君も知っているとおり少しも誇張じゃない、兄の康光だってそれと同様さ、彼の性格にもよるだろうが、彼はわれわれ以上に自ら縛っている、御池財閥の総支配者であることが、人間としての彼に、個人的な利得をなにも与えてはいないんだ」

「抽象的に云えばね」

「いや極めて現実的にだ」友田は椅子からそっと立ち、煙草に火をつけて、昂奮を抑えるような調子で続けた、「それは康光の私生活が証明しているし、僕も含めて一族の者ぜんたいの生活がそうだ、かれらは中程度のサラリーマンより恵まれてはいないし、遥かに窮屈な条件で縛られている、だから……終戦の年の五月に同族会があったとき、それはポツダム宣言による財閥解体が必至だというので、事前工作をするためだった、ひと口に云うと各分家を総本家から分離して独立経済にもっていったんだが……そのとき集まった分家の当主たちは、みんな喜びの色を隠すことができなかった、なぜなら、ともかく総本家の統一による窮屈な束縛から逃れることができるからだ」煙草の灰が落ちるのも気づかずに、友田はゆるく右手を振った、「実際にはそれほどの自由は得られないが、精神的には厳重な規矩の枠からぬけだせる、それだけでもかれらには非常なことだったんだ」

「――――」

「僕はこのことを考えた、われわれがなにも得をしない財閥の温存のために、犠牲となり利用されるのはばかげている、御池の祖先である御池なにがしには意志があった、資本を蓄積し一族を繁栄させようとする意志が……しかしその資本が発達して財閥の形体を成してからは違う、もはや人間は従属者にすぎない、財閥という実体のない抽象的な存在のために、支配されふみにじられるだけだ」

七

「こんどの問題で僕は罪人になり、拘置所へ入れられた、そのために誰かが得をするならまだいい、実際には誰をも幸福にせず利得も与えない、われわれを縛り、われわれを支配する、抽象的な、実体のない財閥などというもののためだとすれば……独房の中で、僕は初めて君の忠告に頷いた、近田の言葉を実感として受入れたよ、僕は抵抗する気になった、亡びるなら自分の意志で亡びよう、無抵抗で火傷するよりは自分の意志で火傷をしよう……僕は火の杯を取る、火の喰べ物を喰べようとね」

正之は黙って聞いていた。友田は昂奮をしずめるためだろう、部屋の中を静かに歩きまわり、やがて煙草を消して、椅子に掛けた。

「かれらが中小路を使って、僕を抹殺(まっさつ)しようとしたのは、弁護士を通じて提出した僕の挑戦を、必要以上に重大に解釈したからだろう、僕は自分が御池康彦であることと、財閥解体に関した一切の脱法工作を発表すると云った、そこまで云わなければ効果がないと思ったし、事実また効果はなかったに違いないんだ」

「——そうだとすると、うん」正之は低い声で云った、「危険は終ってはいないと、さっき云ったのは本当だな」

「だがやってゆけそうな気持になった」こう云って、サイド・テーブルの上の封筒を見た、「兄貴が要求を容れたことは、かれらが一歩譲歩したことだ、むろんかれらはこのまま手を引きはしないだろう、次の手段を講じているだろうが、しかしかれらと僕とでは、たたかう力において今や根本的な差ができてる、というのはかれらは財閥温存が目的だし、僕は自分の命と生活を守ろうというんだから」

「——そうあって欲しいと思う、その差が実際に君のたたかう力を強めて呉れるように」正之はこう云って友田を見た、「君はずいぶん変った、それも僕がこうなって貰(もら)いたいと考えたより、遥かに大きな変り方だ、独房の幾十日かは、寧ろ君の生れ変る母胎になったわけだね」

「そして、ほかにもう一つ、あるんだ」

「へえ……もう一つね」正之は友田の眼を見て、すぐ感づいたのだろう、微笑しながら頷いた、「ああ、松原夏子君、そうだったね、慥か」

「話さなかったが、中小路の自動車をまぬがれたのは、実は彼女のおかげなんだ」

友田はそのときの事から、愛宕下のホテルまでの話をすべてうちあけた。正之はここでも驚いた。話の内容よりも、そういう事情をすらすら話す友田の態度にである。

「そうか、それゃあよかった」

「君のテレパシーが当ったわけさ」

「ばかなことを云っちゃいけない」

正之はわざと苦い顔をした。

「正直に云ってしまうと」友田はさらに続けた、「此処(ここ)へ来るまでは僕の気持はまだ不安定だった、独房では相当な決心をしたけれど、かれらがそんな極端な手段に出ようとは思わなかったからね、僕は脅えあがったよ、とうていかなわないと思った……だがもうよさそうだ、やってゆけそうな気持になったよ」

「夏子君のためにもね」正之は呼鈴を押して云った、「それから殿さまがね、君にこう伝えて呉れと云ったよ……あまり悪あがきをしないように、ぜひ一度会いに来るようにってね」

そして入って来た梅田に、葡萄酒(ぶどうしゅ)を持って来るように命じた。

「このあいだカツンテスがメドックを送って来たんだ、珍しいことにね」

八

二人は十二時近くまで話した。

正之は独りでいる夏子を気遣い、友田は正之の病気に障ることを心配しながら。

十時すぎに梅田がトウモロコシの焼麵麭(パン)を作って来た。戦争前には彼が自慢でよく焼いたものである。シロップの材料がないので、少しばかりの蜂蜜(はちみつ)を塗っただけだったが、友田には懐かしい味で、その味からいろいろと回想がひろがった。

「それで、さし当りどうしようというんだ」

「まだ具体的なことはなにも考えていないんだ、どこか田舎へひっこんで静かに暮したいと思うんだがね」

「その年でか」

「さきのことはわからない、今の気持はそうなんだ、軀も心も疲れきってる、とにかく当分のあいだ誰にも邪魔されずに悠くり休みたいよ」

正之は眼を伏せながらそっと頷いた。

それから友田は、胸部の成形手術をするように、正之にすすめたが、正之は苦笑して、自分のオルガノンはこの病気と抱き合せているのが自然らしい、などと答えるだけだった。

「明日は早く失敬するよ、暗いうちに、歩いてゆこうと思う」

一時が鳴ったので友田は立った。

「そのほうがいいね、汽車へ乗るのは危険だ」

「じゃあこれで……明日は挨拶せずにゆくから」

正之は手をさし出した。

「いちど夏子さんに会いたいが、情勢が変ったら来て呉れ」

「昼間、玄関からね」

友田は固く正之の手を握った。そしてサイド・テーブルの上の封筒を取ったとき、肱が触ったのだろう、メドックの罎が倒れ、床へ落ちて破れた。まだ半分以上も残っていた葡萄酒が飛び散り、絨氈を濡らした。

「いいじゃないか、あっちにそんなような習慣があるだろう」正之はどきっとしたらしい、それで慌ててうち消すように、快活な調子で云った、「進水式のときにシャンパンの壜を叩きつけて破るやつさ、敗戦だから葡萄酒で代用したと思うんだね」

「やれやれ、これはどうも」

「有難う、じゃあおやすみ」

友田は正之の眼をじっと見て、その部屋を出た。

梅田が支度した別室で寝たが、神経が昂っていて眠ることができず、玄関の時計が二時を打ち、三時を打つのを聞いた。兄がこちらの要求をすなおに容れ、打って返すように実行したことが（当然ではあるけれども）しだいに重苦しい不安な気分を誘いだした。

——本当に譲歩したのか、それとも、もっと手きびしい罠が隠されているのか。

おそらく後者のほうが事実だろう、用心ぶかい康光がこのまま彼を解放するとは思えない。二三日まえから佐田西へ人を詰めさせていたというが、今日もこの家の周囲に、見張りの者がようすを窺っていたのではなかろうか。そういう疑いが頻りに頭を悩ました。

——そうだ、見張っていないほうがおかしい。

友田は三時を聞いて少しするとどうにも寝ていることができなくなり、そっと起きて服を着替えた。この家を見張っていたとして夜のうちになにもしなかったとすれば、早朝を警戒する必要がある。寧ろ今のうちにでかけるべきだと思い、俄(にわ)かに追われるような気持で、梅田を起こしにいった。

九

梅田に台所をあけさせ、出ようとしたときふと思いついて、封筒の中から現金だけぬきだし、銀行通帳と印鑑の残った封筒を、梅田に渡した。

「必要なとき知らせるから、それまで預かって貰うように云って呉れ」

「かしこまりました」こう云って受取った梅田は、急になにか気になりだしたとみえ、「しかしちょっとお待ち下さい、途中まで私お送り申しますから」

「いや大丈夫、そんな心配はいらないよ」

「でも御本家さまはあの御気性ですし、念のためということもございます」

「有難いけれど二人だと却って眼につく、一人のほうがいいよ」

むりにも付いて来そうな梅田を断わって、彼は裏の通用口から外へ出た。

曇っているのか、空には星もみえず、あたりは闇に閉ざされていた。ひどい寒さで、熔岩砂の道は固く凍っており、靴の下でぱりぱり音をたてた。友田はときどき立停り、あたりの物音を聞きすましては、また歩いた。

幾つか林をぬけて、なだらかな傾斜の草原へ出た。少年時代からよく歩いた道で、どんなに暗くても迷うようなことはない。幸い人の追って来るようすもなく、彼は大股になっていそぎだした。そうしておよそ三十分、長野原から沓掛へぬける、広い県道へ出ようとしたときであるが、右側の灌木の茂みからとつぜん二人の男が出て来て、黙って友田の前に立塞がった。

——やっぱりそうだった。

友田はこう思ったが、しかし慌てるなと自分を抑えた。

かれらが兄に命令された者だとすると、こんな処に待っているのは少しおかしい。ことによると浮浪者かもしれない、そうだとすれば金をやればいいだろう、どっちにしろ弱味をみせてはいけない、と思い直し、立停って、外套のポケットから煙草と燐寸を取出した。

二人は道のまん中に立って、友田が煙草に火をつけるのを、黙って眺めていた。

友田は燐寸の光りで、さりげなく相手のようすを見た。二人ともごく若かった、どちらも二十歳前後らしい。うす汚ない服装で、一人は太い三尺ばかりの棒を持っていた。

「済まないが通して呉れないか」

悠くり煙草を吸いながら、友田はできるだけ平静に云った。

「――なぜだい」

一人がそう云うと、もう一人がくすっと笑った。

「通ったらいいじゃねえかよ」まえの若者が云った、「僕たち通っちゃいけねえって云いやしねえじゃねえか、通んなよ」

「僕たち食いつきゃしねえよ」

もう一人がそう云い、また猾そうにくすっと笑った。

――戻ろうか。

友田はちょっと迷った。が、すぐに思い返し、わざと悠くり歩きだした。

二人は道をあけた。友田の心臓は激しく高鳴り、駆けだしたい欲望で足が浮いた。二人は彼の通り過ぎるのを待って、すぐうしろから付いて来た。友田は黙っていることに耐えられなくなり、「君たちどうしたの、今ごろ、浅間へでも登るのかい」

と聞いた。すると一人がまた妙な声で笑い、無神経な、卑しい調子で云った。

「黙って歩きなよ、そんなことおめえにゃ関係ねえじゃよう」


―


県道へ出て左へ曲ろうとすると、うしろの二人が急に足を早め、友田の両脇へぴったりと付いた。異常なほど敏捷な動作だった。

「そっちじゃねえよあんちゃん」

右側の若者が云った。

「どうして」

友田は立停った。すると左側の若者がくすっと笑い、「どうしてだって？　なにがどうしてだい、僕たちゃこっちへゆきてえんだ、こっちへよ」

「君たちはいったい」

「いいから歩きなよ、黙って」

一人が友田の腕を摑んだ。

友田は振放して逃げようと思ったが、逆に全身の力がぬけ、腕を摑まれたまま北へ向って歩きだした。彼は二人がなに者であるか考えた。その若者たちの言葉つきには、留置所や拘置所でしばしば聞いた、一種特別な匂いがある。理性や道徳性のまるでない、ただ本能だけで生きている人間。どんな犯罪をやっても、明朗に笑ったり熟睡できる人間。そういう者に共通する獣的な、不逞な感じが強烈に匂った。

――兄がこんな人間を使うだろうか。

殆んど有り得ない。だが兄が直接に命ずるとは定っていない、市原利助がさらに他の者を使ってやるかもしれない。

――おそらくそういう法をとるだろう、しかしそうだとしても問題は報酬ということになる。

二人が御池の息のかかった人間なら、報酬などには眼をくれないだろう。だが金で頼まれたとすれば、こちらも金で買収できるかもしれない。そして、もし単なる浮浪者だとすればなおさらではないか。

友田がこんなふうに思っているとき、二人は隠語だらけの卑しい口調で、このばあいとはなんの脈絡もないことを饒舌っていた。

「君たちどうしようというんだ」友田が思いきって云った、「金が欲しいんなら持っているだけやるよ、もうこのへんで別れようじゃないか」

「金か、金は悪かねえ」

右側の棒を持ったのが云った。片方がまたしても笑った。

「だけんどあんちゃん、どうしておめえ僕たちと別れてえんだ、どうして」

「こんなふうに歩いている意味がないじゃないか、僕は家へ帰りたいんだ」

「家へ帰りてえってよ」左の若者がさも可笑（おか）しそうに、こう云ってどしんと足踏みをした、「家へ帰りてえってよ兄哥（あにい）、ずいぶんふざけたことを云うじゃねえか、笑わしやがるぜ」

「僕たちを軽蔑（けいべつ）してやがるんだ」

棒を持ったほうが云った。そしてぺっと唾（つば）を吐いた。空はほんの少し明るみかけ、山のほうから噴煙の匂いのする風が吹きおろして来た。

「わかるように話そう」友田は立停った、「君たちは僕をどうしようというんだ、誰かに頼まれたのか」

「そんな高慢な口をきくな、僕たちを軽蔑しやがると承知しねえぞ野郎」

「軽蔑するわけがないじゃないか、ただ君たちが僕をどうするのか、なにが欲しいのかということを聞いているだけだよ」

「お節介はよしやがれ」棒を持ったのが喚（わめ）いた、「僕たちがてめえをどうしてえか、なにが欲しいかってことは、僕たちの自由の権利だ、てめえの指図は受けねえんだ」

十一

若者の喚きは凶暴だった。

幾らか明るみだした光りのなかで、逞しく張りきった頬や、厚い唇や、無精髭の伸びた顎などがおぼろげに見えた。野獣のような眼がぎらぎらし、鼻から出る荒あらしい息が、忽ち寒さのために白く凍った。

「この野郎ふるえてるぜ、兄哥」左の若者が面白そうに云った、「僕たちのことをおっかなくなりやがったんだぜ」

「さんざ悪い事をしやがったからよ、僕たちのことを戦争に駆りたてやがってよ、てめえたちは英米主義で儲けてやがったんだろう、新聞にだって書いてあらあ、戦争の犠牲者じゃねえか、僕たちはブランクなんだぜ」

「兄哥にそれを云われると僕あなんともいえねえ心持になるんだ、癪に障るんだ、ブランクってえことがよ」

「うるせえッ、黙らねえか」棒を持ったのが叫んだ、「なにもわけもわかりもしねえくせにして洒落たことをぬかすな、野郎、感じ悪くしちゃうじゃねえか」

「怒らねえで呉れよ兄哥、気に障ったらあやまるよ、兄貴に怒られると僕あ潰されるような心持になっちまう、じっさい兄貴ときたら短気で手が早えんだから」

友田は逃げることを考えていた。かれらの対話は、友田にはただばかげた、無意味なものにしか受取れない。しかもその無意味な言葉のために、かれらはたやすく昂奮し、苛立ち、怒る、どうして怒るのか、なぜそんなにどなりだすのか、友田にはまったく理由がわからない。そして、かれらの急激に変化する感情を理解できないことが、友田を違った恐怖に追いやった。

――かれらが兄の手先でないにしても、このままでは非常に悪いことが起こる。戦後の犯罪で最も目立つのは、二十歳前後の者の凶悪なことだと云われる。かれらの殆んどは罪の意識なしに、その場の気分だけで、またしばしば面白半分にでも、平気で何人もの人間を殺すという。

――この二人もちょうどそのくらいの年だ。

逃げるほかに手はない、友田はそう決心すると、上衣の両ポケットにあった紙幣の束を出し、帯封を切って、「さあ金だ、取りたまえ」こう云って二人の前へさし出した。

かれらが取ろうとしたら手を放す、帯封の切れた紙幣束はばらばらになって落ちる、その機会に逃げだそう。友田はこう考えたのであった。だが彼の予期したようにはならなかった。

「この野郎ふざけるな」

右にいたのがそう喚くと、べつの若者がいきなり友田を突きとばした。まったく思いがけなかったし、躰当りの力で、友田は前へのめり、凍った地面の上へ転んだ。

——逃げるんだ。

はね起きようとすると、後頭部を非常な力で打たれた。土器を踏み砕くような、きみの悪い大きな音が頭の中ではじけ、眼の前がぱっと赤い灼熱する光りに掩われた。

——ああ落ちる。

友田は吐きたくなるような眩暈に襲われながらこう思った。

——また古井戸の中へ落ちる。

誰かの笑う声が聞え、見覚えのある顔が（誰かはわからないが）幾つも並んだり重なったりして現われた。そしてすべてが遠く、まっ暗な彼方へ遠くぼんやりと消えていった。

十二

友田が帰って三日めの午後、松原夏子が佐田西を訪ねて来た。

「友田さまが来ていらっしゃるかと云っておられますが」

梅田は夏子のことを知らないので、直接には返辞をせず、正之にそう取次いだ。

「――松原夏子？」

正之はそう聞き返しながら、ふといやな予感に襲われた。

案内されて入って来た夏子は、病人のように蒼ざめ、充血した腫れぼったい眼や、乾いた唇など、ぜんたいにひどく憔悴していることが明らかだった。

「僕が佐田西です、こんな恰好で失礼ですが、躯を悪くしているものですから」

こう云って椅子をすすめると、夏子は挨拶さえもどかしげに、友田が来ているかどうかと聞いた。激しい神経緊張のためだろう、唇がふるえ、両手の指を休みなしに絡み合せたりほぐしたりした。

「友田は来ましたが、一昨日の朝早く、三時ちょっと過ぎに帰りました、それからまた来たんですか」

「いいえ、こちらへ伺うと云って出ましてから戻らないんです」

「一昨日帰らなかったんですか」

「ええそのままなんですの」

夏子は宿を一歩も出ずに待っていたという、だが友田は今日になっても帰らないので、堪りかねて佐田西という姓だけを頼りに、捜して来たのだと云った。

正之は梅田を呼んだ。梅田は裏口から送りだしたときのことを語り、友田の足音が聞えなくなるまで立っていたが、べつに変ったようすはなかったと答えた。

「どうしましょう」

夏子は絞りだすような声で低く叫び、両手を握り合せて自分の胸を叩いた。それは非常な肉躰的な苦痛に襲われたものの身悶えに似ていた。

「あの方は捉まったんです、きっと捉まったに違いありません」

「まあおちついて下さい」正之は梅田に葡萄酒を持って来させ、自分も飲み夏子にも飲ませた、「貴女のことは友田から聞いたし、こんどの出来事もあらまし聞いて知っています」正之は、できるだけ静かに云った、「それに、友田が来るまえから、実はここへも見張りの者が来ていたので、十分注意して帰った筈なんですが……もしかするとまっすぐに沓掛へ帰れないようなことでも起こって、ほかに隠れているというような」

「その見張りの人というのは今日もまいりまして？」

「いや、友田の来た日からずっと来ません、しかしそれには理由があるんです」

そこで正之は簡単に、康光が友田の要求を容れたこと、ということは、友田に対する警戒をいちおう解いたかたちにもなる、という事情を話した。

夏子は友田に兄があると聞いて吃驚した。彼は親も兄弟もないと云い、彼女はそのとおり信じていたからである。

「兄さまというのはどういう方なんですか」

「御池康光氏ですよ、知らなかったんですか」

「――御池ですって？」夏子は大きく眼をみはった、「――では、あの方は……」

「御池康彦、それも知らなかったんですか」

夏子の全身を戦慄がはしった。

十三

夏子の驚きがあまりに大きかったので、正之はちょっと狼狽した。

そういえば友田は、自分の過去のことは彼女には話さない、と云ったようである。御池康彦という存在はまったく無いものにして、友田浩二として新しくやってゆく。そう云ったように思うが、しかし事がこのように変化してみれば、正之として事実を云うより仕方がなかった。

「或る事情で、終戦の年に友田浩二と変名したんです、変名したというよりさせられたんですが、その理由がこんどの出来事の原因につながっているらしいんです」

「あたくし少しも知りませんでした」夏子は茫然とした声で云った、「康彦さまは立川で爆死なすったとばかり信じておりましたわ」

「そういうことにされたんです、戸籍も消されたし、墓まで建っているそうですよ」こう云いかけて、正之はふと不審げに夏子を見た、「しかしどうして、貴女がそれを知っているんです、彼が立川で爆死したということを……」

夏子ははっと息を止めた。それを云うことは、誰にも知られたくない自分の素性に触れなければならない、そう気づいたのである。けれどそれも一瞬のことであった。

——わかったらわかってもいい。

夏子は立って玄関へゆき、手提鞄の中から康彦の日記を出して来た。

「あたくしこれを持っておりましたの」

正之は受取ってみて、いよいよ不審を増したようだった。

「彼の日記ですね」

「それをなぜあたくしが持っていたかということは、今は申上げたくございませんけれど、それをあの方にお返ししようと思って、御池のほうへ問い合せて、亡くなったということを聞いたんです」

正之は日記の頁をぱらぱらと披いてみた。すると中から緑色の封筒が落ちた。

「ちょっと待って下さい」

彼はその封筒を取りながら、ずっとまえに康彦から聞いた話を思いだした。

それは康彦と康光との複雑な関係のなかで、最も現実的にくすぶっている問題であった。康彦は亡父から「マカロニとスパゲティ」という代名詞で呼ばれる遺産を貰っていたが、戦争末期になって、康光がその返還を求めた。康彦は初めから執着をもっていなかったのでみれんなく返そうとしたが、その書類をどこかへしまい失くして、いくら捜しても発見することができなかった。

――中小路までが、隙を覗っては僕の持物を掻きまわしていた。

康彦がそう云ったのを覚えている、正之はいまそれを思いだし、もしやという疑念をもったのである。

「貴女はこれ読みましたか」

正之はこう云いながら、持っている封筒で日記を打った。夏子はすなおに頷いた。

「はい、どうしても知りたいことがございまして……」

「わけは伝えないんですね」

「必要なら申しますけれど」

正之はちょっと考えたが、「そのときこの中になにか書類のような物はなかったですか」

「さあ……」夏子は首を傾げたが、正之が持っている封筒に気づいて云った、「今お持ちになっているそれではないでしょうか」

十四

「これがですか」

「あたくしちょっと見ただけなんですけれど、その中に入っているのがそうじゃないでしょうか、はかにはなんにもなかったと思います」

正之は封筒の中を見た。そして取出した紙をひろげ、そこに書いてある文字をたしかめると、なにか奇蹟にでも触れたように、激しく胸がおどるのを感じた。

「これですこれです、貴女は非常にいい物を、それもいちばん必要なときに持って来られました」

正之はこう云って呼鈴を押した。

「それが今お役に立つのですか」

「役に立たせます、きっと役に立つと思います」

梅田が入って来た。

「御池さんへ電話を頼みます」正之は昂奮した声で云った、「非常に重大な用件があってこれからお伺いしたい、済まないが車をよこして下さるようにと、そう云って下さい」

「御自分でいらっしゃるのですか」

「そう、できるだけ早くです」

梅田は頭を下げて去った。

「お動きになってはいけないのじゃございませんの」

「しかし敵をこちらへ迎えては、戦争は不利ですからね、そんなこともないと思うけれど、もしかすると友田の生死に関するばあいだし……病気の危険ぐらい恐れてはいられないでしょう」

「あたくしもお供してまいってよろしいでしょうか」

「そうして下さい、不愉快なことが起るかもしれないが、貴女がいて下さるほうがいいと思うから」

　梅田が戻って来た。康光は承知し、すぐ車をまわすと云ったそうである。正之は着替えをするというので、夏子は部屋を出た。

　百日余りも絶対安静が続いたし、病勢はおちついているが、まだ躰力の消耗がひどいので、玄関まで出るのにも、梅田と夏子が左右から支えなければならなかった。

「揺れないように、気をつけて、悠くりやるようにね」

　車に乗ると梅田が運転手に諄く云った。正之は貧血でも起したように、蒼ざめた顔でうしろにもたれ、じっと眼をつむっていた。

　夏子もひどく胸が騒いだ。

　幼い頃から絶えず屈辱を感じ憎悪していた御池。どんなことがあっても二度と近寄るまい、そう誓って母と共に去った御池。その当主と会うのである。ことによると自分の素性も云わなければならないかもしれない、そうすれば母の哀しく恥ずかしい過去にも触れるだろう。

――耐えられるだろうか。

夏子はぞっと総毛立つように感じた。だがすぐに胸を張って、耐えられるだろうと思った。

――それがあの方を助ける役に立つなら。

西日に赤く染まっている石の高い塀をまわり、開いてある鉄の門から入ってゆくと、警笛を聞いて玄関の前へ人が出て来た。召使であろう、制服を着た若者で、運転手と一緒に正之を援け降ろした。

がっしりとした石造の翼屋を持ったその建物は、外観も冷やかにいかめしく思えたし、玄関から入った広間の太い大理石の柱や、うす暗く延びている廊下や、また黒ずんで光る樫材の重たげな幾つもの扉口など、夏子にはすべてが抵抗できないほど威圧的にみえた。

二人は広間の右側にある、二つめの扉をあけて中へ通された。召使は正之を椅子に掛けさせると、「唯今おみえになります」と云って出ていった。

十五

正之は苦しそうに早い呼吸をし、額にこまかい汗が滲み出ていた。夏子は手帛を出して、それをそっと拭いてやった。

「珍しい夕焼けですね」正之は窓のほうを見やった、「空気まで赤く染まっている、秋でもこんなことは珍しい」

夏子は答えなかった。彼が夕焼けを珍しがっているのではなく、気力をひきたてようとしているのだと察したから。それで暫くようすをみてから云った。

「お水かなにか戴きましょうか」

「いや大丈夫、もうすぐおちつきますよ、貴女もそこへお掛けなさい」

夏子はすぐ脇の椅子に掛けた。

五分ほど経って康光が来た。庭いじりでもしていたような、粗末なズボンに厚ぼったいジャケットを着、パイプをくわえていた。入って来るとすぐ夏子を見て、

「この方は？」と咎めるように云った。夏子はすぐに、彼の眼を見あげながら答えた。

「あたくし友田さまの婚約者です、名は夏子と申します」

康光は五秒ばかり黙って夏子をみつめた。冷やかな刺すような視線であった。夏子も挑戦するようにその眼を見返した。

「用件を聞きましょう」康光は卓子(テーブル)の向うへ歩いてゆき、立ったままで正之にこう云った、「しかし友田君のプライベートな問題、つまりこの御婦人に関するような事だったら」

「もちろんそうではありません」正之は穏やかに遮(さえぎ)った、「この方は僕の付添いとして来られただけです、尤(もっと)も、用件の本当の提出者はこの方なんですが」

「どうか簡単に云って下さい」

「友田君をこの方に返して頂きたいんです」

康光はパイプを口から放した。逞(たくま)しく張った、血色のいい頬がぴくっと動いたようである、しかし表情は少しも変らなかった。

「そのための代償はありますか」正之は相手を見あげながら、おちついた穏やかな調子で云った、「マカロニとスパゲティです」

まったく予期しない言葉だったとみえ、康光は眼を細めて、疑わしげに正之の顔を見つめた。

「それは、どういう意味です」

「僕には駆引はできません、貴方も僕には率直にして下さると思います、友田君たちは結婚して静かな山村で暮すと云っているんです」

「ちょっと待って下さい、今マカロニとスパゲティと云われたが、君はそれを知っているのですか」

「知っています、友田君が遺産として貰ったことも、それが紛失してみつからなくなったことも」

「それが有ると云うんですか」

「みつかったんです、友田君はまだ知りませんが、偶然の機会で僕がみつけました」

康光は気ぜわしくパイプをふかし、眼は少しも正之から放さず云った。

「どうもすぐには信じかねる」

「僕が無根拠なことを云う人間でないことは御承知でしょう」正之の調子はやはりごく静かだった、「友田君は遺産には少しも執着をもっていません、僕が貴方にお渡ししても、おそらくただ苦笑するだけだと思います、それに彼はいちおう黙って役目をはたしたのですから、これを代償に解放して下すってもいいと思います」

十六

遺産のことが事実だと認めたからだろう、康光は初めてしんけんな態度になった。

「それで友田の問題だが、いったい彼がどうかしたんですか」

「三日まえから行方がわからないんです」

「君の家へ来たんですね」

「さきおとついの晩に来て、一昨日の朝三時過ぎに帰ったんですが、そのままどこかへ誘拐されたと思えるんです」

康光はちょっと考えるふうだったが、黙って部屋を出ていった。

「大丈夫でしょうか」

沈黙に耐えないように、夏子はこう云って正之を見た。正之は手を伸ばして、椅子の腕木に置いた夏子の手をそっと押えた。

「彼が無事でさえいれば必ず返します、この条件ならまちがいなしですよ」

夏子は眼をつむって俯向いた。そしてたぶん無事であることを祈るのだろう、口のなかでなにごとか短く呟いた。

戻って来た康光は少し慌てた顔つきで、自分のほうでは友田のことは知らないと云った。見張りを命じた者はあるが、友田を見た者もない、というのであった。

「それは事実でしょうか」

「彼は私が君に預けた物を持ってゆきましたか」

「現金だけは持ってゆきました」

「いま警察のほうへ問合せをさせていますが、私のほうで知らないことには間違いありません、彼が自分の意志でどこかへいったということではないのですか」

「僕のところへ戻るか、この人のところへ帰るか、どちらか一つ以外にはないんです」

康光は夏子にそう云った。夏子は黙って頷いた。

「慥かにそうですか」

「ちょっと待って下さい」

こう云って康光はまたいそぎ足に出ていった。

夏子は胸を波うたせながら、不安と疑惧におののくような眼で正之を見た。正之も動揺していた。康光の態度には偽りはみえない、友田が彼の手で誘拐されたのでないことは事実のようである。

「どうしたのでしょう」夏子はおろおろと囁いた、「あの方の云うことが本当だとしたら、なにかほかにまちがいでも起こったのでしょうか」

「そんなことはないと思うが」

「あたくし捜しにゆきますわ」夏子は衝動的に立ちあがった、「沓掛へゆく道筋を教えて頂いて捜してみます、こうしていると気が狂いそうですから」

それが誇張でないことは、夏子のひきつるような表情があらわに示していた。

「まあお待ちなさい、いま警察へ聞いているというし、捜すなら御池の力を借りるほうが早いから」

正之がそう云いかけたとき、若い召使に案内されて、梅田と医師がせかせかと入って来た。

「なんという乱暴なことを」医師は正之の側へ大股に寄って来ながら云った、「折角おちつきかけたところなのに、こんなばかなことをなすってどうするんです」

「いやどうか構わないで下さい、非常に重大なことが」

「いけません」医師は容赦なく正之の手を取り、脈をみる姿勢で低く、すばやくこう囁いた、「いどころがわかったそうです、お帰り下さい」

十七

「いけません」医師はすぐ高い声で云った、「どんな事情があるにしろ、私は医者としてすぐ寝台へ戻ることを命じます、貴方がもし私の云うことをお聞きにならないなら」

そこへ康光が戻って来た。医師はそっちへ振返って、「この病人に御用らしいですが、とうてい動ける状態ではないので、すぐ連れ戻さなければなりませんから、どうぞ悪しからず」

「こちらは構いません、そうして下さい、佐田西君」康光は正之に云った、「いま聞いたところではなにもないが、必要な手配は云いつけましたからね、なにかあったらすぐ電話で知らせます、だが、君の話の物はどうしますか」

「彼が帰ったら確実にお渡し致します」

「私はそれを信じますよ」

康光はじっと正之の眼を見つめた。正之はその視線を受止めながら静かに頷いた。医師と梅田とが正之を抱えるようにして、四人はまた借りた車に乗った。走りだすまえに、医師は正之に注射を二本打ち、シートへ横にならせ、夏子の膝へ頭をもたれさせた。自分たちは補助席に掛けたが、運転手を警戒して、車の中ではなにも話さなかった。

家へ着いて車を返すとすぐ、梅田が玄関で云い出した。

「三十分ばかりまえに中根の者だという男がまいりまして、怪我をした人を預かっているから来て呉れと申しております」

「それが友田なのか」

「自分の名は云わずに、こちらへ行けばわかるとだけ云うそうで」

梅田はまちがいなしと思い、康光に気づかれてはいけないので、医師に頼んで一緒に迎えにいったのだと語った。

「その男はどうしました」

「あちらに待たせてあります」

夏子は靴も脱がずに云った。

「中根というのはどこでしょうか」

「その男が御案内するでしょう」正之はこう云ってから、「どうでしょう栗本さん、怪我をしているというんですが、内科の貴方では無理でしょうか」

「程度によりますがねえ」医師はちょっと考えたが、「とにかく貴方は寝て下さい」

こう云って、梅田と二人で部屋へ連れていった。

まもなく戻って来た梅田は、待たせておいた男を呼びだした。四十五、六になる百姓ふうの、いかにも愚直らしい男で、なにか悪い事でもしたかのように、ひと言答えるたびにおじぎをし、ひどくおどおどしていた。

医師は彼の話がもどかしくなり、ともかく行ってみようと、往診鞄（かばん）を持って、夏子と一緒に男を促して出かけた。梅田がすぐに追って来て、帰りの用心にと懐中電燈を渡した。

歩きながら男の話したところによると、一昨日の夕方、長野原から牛を買って戻る途中、水車場道から登山道へかかる処で、人の呻（うめ）く声を聞きつけた。牛を繋（つな）いでいってみると、藪（やぶ）の中へ七、八間もはいった窪地（くぼち）に、血まみれになった若者が倒れている。

――助けて下さい、お礼は充分にします。だがどうか誰にも知られないように。

その若者はもつれる舌でそう云った。

――この近くに自分を覘っている者がいる、かれらに知れると殺されるから。

中風病みのようなはっきりしない口ぶりで、頻（しき）りにそう云い続けたそうであった。

十八

若者を起こしてみると、頭のうしろにひどい傷があった。そこで傷口へ手拭を当て、腹巻を解いてぐるぐる巻きつけ、自分で背負って家へ帰った。

買って来たばかりで、まだ道に馴れない牛を曳いているし、怪我人は重くてずり落ちそうになるし、その農夫は「もう泣きたいほど」困ったそうである。栗本医師は話を聞きながら、「血は止まっているか」とか、痛がるか、眠れるか、なにを喰べさせたか、などと問いかけていた。

黄昏が濃くなるにつれて空が曇り、なま暖かい風が吹きはじめた。県道を越して西南へ、林や畑地や草原の間を、その細い径は登ったり下ったりしながら、少しずつ低くなっていた。

夏子は初めから、それが友田に違いないと思い、いちおうの安堵と、傷がどんなかという心配と、早く会いたいのとで、叫びだしたいほど気があせり、もっと早く歩くようにとうるさく二人をせきたてた。

佐田西を出てから一時間ちかくもかかったように思う。

ゆるい斜面を下って、すぐ向うにまた丘のある、谷間のような処へ出ると、左の遥か下のほうに町の灯らしい光りが見え、汽笛の音が遠く聞えた。医師が「小諸だよ」と云った。そのゆるい谷間はすっかり暗くなり、林に隠れた農家が五、六軒、炊ぎの煙をあげていた。男は藪に囲まれた小川を渡ると、すぐ右側にある家の庭へ急に駆けるような足どりで入っていった。

勝手口と思える所で火を焚いている女が見え、その脇に小さな子供が二人、地面へじかに坐って、燃える火をじっと眺めていた。こっちの足音を聞きつけたのだろう、女はのろのろと立って来たが、子供たちはちょっと振返っただけで動かなかった。

「変ったこたあねえよ、あのまんまだよ」妻とみえる女は、男の問いに答えて（男よりも愚直らしく）口いっぱいに唾でも溜まっているような調子で云った、「しょっちゅうなにかうわ言ばかり云ってるけどねえ、なんにも喰べねえしよ」

「あかりつけろや」

じれったくなるような問答であった。夏子はもどかしくなって、独りで家の縁側のほうへゆき、靴をぬいで上へあがった。

暗い部屋の中は足の踏み場もないほどちらかっていた。勝手からながれ込む煙と煤の匂いと、赤児がいるのだろう、おむつの甘酸っぱい臭みなどとで、空気はむせっぽく濁っている。云いようもなくみじめな、気のめいるような部屋の隅に、夜具を敷いて寝ている者の姿がおぼろげに見えた。

夏子は側へいってそっと坐り、胸をわくわくさせながら覗きこんだ。

熱のある寝息。小刻みで浅い、苦しそうな、喘ぐような寝息が聞えた。ぼろのような布切れを巻いた頭が、闇の中にそれとわかるだけで、顔かたちは見えなかった。

しかし友田浩二だということは紛れもなかった。

「――友田さん」

夏子は小さくそっと囁いた。

涙が溢れるようにこぼれ出た。憐れさといたましさと、心のやわらぎで胸がいっぱいになり、くいしばった歯の間から、抑えることのできない嗚咽がもれた。

――もう大丈夫です、これですっかり済みます、もうなにも心配なしに暮せます、苦労なさいましたわね、康彦さま。

次の間からランプを持ったこの家の主人と、栗本医師とが入って来た。

遠いこだま

一

友田は四月いっぱい軽井沢の病院で治療し、五月に東京へ移って、東大の付属病院で三回にわたる手術を受けた。

外傷や出血も相当ひどかったが、それよりも棍棒の打撃で後頭骨の下方にひびが入り、脳の一部に内出血しているのが面倒だった。そのためであろう、発語障害がなかなか除れず、またショックによる心臓の機能障害などもあって、衰弱もひどく、ながいこと虚脱したような不感状態が続いた。

夏子はずっと側を離れずに世話をした。

彼は舌がもつれるのを恥じて、初めは夏子にさえ口をきくことを避けた。しぜん夏子は彼の表情とか身振りなどで、彼がなにを求めているかを、判断しなければならなかった。これはずいぶん気疲れのすることだったが、馴れるにつれて、二人の感情を密接に結びつけていった。

彼が三回目の手術をしたとき、佐田西美千子が訪ねて来た。彼が面会を拒んだので、夏子だけ会った。

美千子は吃驚するほど派手な化粧と、思いきって豪華な服装とで夏子の眼をみはらせた。軀はいっそう逞しく肥えたが、緊りなくだぶだぶして、腰や胸は歩くたびに波をうった。赤く染めた髪や、隈を入れた眼や、休みなしに煙草をふかす動作など、外人めいているばかりでなく、荒んだ淫蕩な生活がなまなましく匂うようであった。

彼女は兄から聞いて来たと云った。夏子のことも知っているらしかったが、友田が会わないのを恨んで、かつて康彦がどんなに自分を愛したか、ということを遠慮もなく、訴えるようにくどくどと語った。

すぐ近くに面会客や他の患者などがいた。美千子のけばけばしさだけでも眼を惹くのに、声を低めようともしない話しぶりで、夏子はいたたまれないくらい恥ずかしかった。

「貴女、あの方と結婚なさるんでしょ、口惜しいわあたし、あの方だけは誰にも渡したくなかったのよあたし、貴女のこと一生怨むかもしれなくってよ」鼻にかかる甘い声で（まるで娼婦が客に媚びるように）なまめかしくしなをつくりながら美千子は云った、だが、その言葉には少しも実感がなく、まるで天気の挨拶でもしているようにそらぞらしかった、「よく気をつけなくちゃだめよ貴女、あの方とても嫉妬ぶかいの、とってもなのよ、それであたしちょいと油断したもんだから、すっかり怒らしちゃったのよ、ほんのちょっとした油断なのよ、それが、口惜しくってしようがないわあたし」

友田の病気のことにはなにも触れなかった。どんなぐあいでもなく、大事にしろでもなく、自分の云いたいことだけ云うと、煙草をうまそうにふかしながら帰っていった。

「なにか話したのか」

病室へ戻ると、友田が気づかわしげに夏子の表情を見た。

「あの方、佐田西さまのお妹さんですのね」

夏子は彼の眼を避け、質問をも避けた。友田はそのようすで、どんな話があったかおよそ察したらしい、だがそれ以上しいて聞こうとはしなかった。

美千子の話をそのまま信じたわけではないが、人を愛する者が受ける打撃と同じものを、夏子も受けずにいることができなかった。それが自分の知らない以前のことであり、二人の関係がどこまで進んでいたかわからないにしても。

夏子は初めて嫉妬の苦しさを知った。

二

友田が御池康彦だということを知ってからも、夏子は自分の身の上は話さなかった。

まだ軽井沢の病院にいたとき、そのことで佐田西と相談した。日記をどうして持っていたかについて、夏子はなにも聞かないで貰いたいと云い、佐田西も承知した。

——遺産の封書は彼の持物の中から出たことにして、日記は焼いてしまう。

そういうことになった。

その相談のとき、佐田西は、友田がこれまで幾たびか人に裏切られて、精神的に深く傷ついていること。したがってもしも彼に知らせたくない事があるなら、固く秘密を守るほうがよい、ということなどを、さりげない口ぶりで注意した。

友田の心が傷ついていることは、日記を読んで知っていた。それが夏子を強く彼にひきつける動機でもあったので、本当なら自分の身の上もすっかり話したかった。

しかしその人と知らずに愛し合うようになり、やがて結婚することを思うと、自分が母の子だということは、どうしても云えなくなった。それは自分をも彼をも傷つけるように思える、このばあい消えてしまった過去を、そっと消えたままにして置くことは決して不道義ではあるまい。彼を偽るのではなく、自分もできるだけ早く忘れたいことなのだから。

夏子は強くそう決心したのであった。

美千子の訪問によって与えられた苦痛は、初めて知った嫉妬のにがい味をべつにして、思ったほど深刻でもなく、また長く続きもしなかった。

——あのひとは康彦さんに愛されたとは云ったけれど、自分が康彦さんを愛したとは云わなかった。

彼女の言葉をよく考えてみると、彼女も彼を裏切った者の一人らしい。しかも「ちょっとした油断」などという表現から推察すれば、おそらく卑しい無恥な裏切り方だったに違いない。

夏子は御池の生活を知っている。そして、そこに集まる人間の一人として美千子を考えた。康彦はそういう環境のなかで育ち、美千子のような女性を周囲に持った。しかも彼はこれらに順応することができず、逃げだすことも許されなかった。

方の気持を、理解してあげるのが本当だ。

——嫉妬するのはまちがいだ、あんな女の人をさえ愛さずにいられなかったあの方の気持を、理解してあげるのが本当だ。

こうして、まもなく夏子の感情はしずまった。

康光との約束で、七月までに茅ヶ崎へ家が建つ筈（はず）であった。御池関係の知人のいない処という条件で、そのほかに二人が望むなら好きな場所へ住むがよいというのである。

三回目の手術のあと、友田の経過はたいへん順調であった。七月中旬には退院してもよいことになり、この夏だけは山の涼しい場所で、という医師の意見で、康光の許しを受けたうえ、佐田西の家で暮すことに決った。

七月の第一日曜日に、夏子は大森の山木周平を訪ねた。久方ぶりに加村の節子にも会い、近く結婚することを話した。節子は例の頓狂（とんきょう）な声をあげて、「ああらひどい時に結婚すんのね、それじゃあまた京都がぽしゃりだわ」

「あたしが結婚するとどうして京都がぽしゃるの」

「だって夏ちゃん、インフレじゃないの」

「それだからどうしたの」

「注釈がなきゃわからないわね」

側から姉の山木夫人が笑いながら、節子は京都へ旅行するつもりだったのだ、と云った。

三

山木はむくんだような顔で、「肝臓が悪いらしいんで酒をやめることにしたよ」と云いながら酒を飲んでいた。

節子姉妹と山木の子供たちとで賑やかな昼食を喰べたが、そのとき市野三郎の話が出た。三郎はもう三本の映画に出演し、性格的な二枚目として定評がついたという。初めのうちはだいぶてれ臭がって、山木たちにも決して映画を観て呉れるなと頼んでいたが、この頃は本気でやるつもりになり、まじめに演劇の勉強を始めたということであった。

「夏ちゃんが振ったんで名優が一人できたって、みんなで話してるのよ」

山木夫人がそう云った。節子はまだ戦争中の彼の記憶があるので、「あんなに軍需工場の不正を怒って、クーデターをやるんだなんて力んでた三ちゃんが、二枚目の役者になるなんて、あたしにはどうしてもとんちんかんな気がして、しようがないわ」

夏子は黙って微笑しながら、どうか三郎がこれで幸せになって呉れるようにと心のなかで祈った。

山木の帰りに、荏原町へまわった。杉山には預けてある荷物から季節の物を二度ばかり送って貰ったことがある。その礼と、居どころが定まるまで、残った物をなお暫く預かって貰うように頼むためだった。

七月二十日に友田は退院した。

その日は朝早く、自動車で東京を発ち、午後四時過ぎに軽井沢の佐田西へ着いた。新しい麻の夏服を着ているためか、友田の蒼白く痩せた顔がひどくやつれてみえ、正之はちょっと驚いたようである。しかし握手をした手はしっかりしているし、表情もおちついて静かだった。

「すっかりいいんだね」

「ああ、大丈夫だ」

正之は頷いて、「夏子さんのお手柄だよ」と云った。友田も頷き、振返って、夏子の顔を温めるように見つめた。それから握ったままの手に力を入れ、低い、しんとした声で云った。

「そう、夏子と、君の……」

初めて敬称をつけずに自分の名を呼ばれて、夏子はさっと赤くなるように思い、胸がふるえた。

「日本間のほうを使って貰うことにしたが、いいだろうか」

「結構だとも」

「片づけさせて置いたが、まあいちど見て、とにかくひと休みしたまえ、そのあいだに晩餐の支度をする」

「晩餐とは豪華だな」

「勘定は君が持つからね」

友田と夏子は病室を出た。

八帖二た間と六帖が、二人のために用意されてあった。芝生の広庭から見えないように、槙の生垣があり、囲い内は石を配した石州風の庭で、ちょうど白い石楠花が咲いていた。

友田を広縁の椅子に休ませると、夏子は着替えをして、梅田に家の中を見せて貰い、それから食卓の支度を手伝った。梅田が夏子を奥さまと呼ぶので、まだ結婚してはいないのだと云うと、彼は内証ばなしでもするような調子で、「それは存じております、けれどもすぐにそうお呼びしなければなりませんのですから」そしてちょっとまをおいて、感慨ぶかげに云った、「これで私もようやく安心いたしました、康彦さまは口では申上げられないような御苦労をなすってこられたのですが……これできっとお幸せになることでございましょう」

四

正之の熱が不安定だったので、食卓は病室に設けられた。

朱と緑と銀で刺繡(ししゅう)をした、白麻のみごとな卓布の上に、花を飾り食器も祝儀用の品を揃(そろ)えた。友田の全快祝いと同時に、ひそかに結婚を祝う意味もあったらしい。

「まず友田の全快を祝って」正之がこう云い、三人は葡萄酒(ぶどうしゅ)の杯を取った、「それから平凡だが、二人の幸福な将来のために」

夏子は涙がこぼれそうになるのを、やっとのことで抑えながら、杯を乾した。

焼肉の皿が出たとき電話の鈴が鳴り、梅田が聞きにいって戻るとこう報告した。

「警察からの知らせでございます、友田さまに暴行をはたらいた犯人が、松本で捕まったそうでございます」

和やかに晩餐が終った。

「少し窓をあけようかね」

友田は煙草に火をつけた。

「そうね、それから天床の電燈を消して呉れたまえ」

窓をあけ、虫除けの網戸を閉めると、ほの暗くなった部屋の中へ爽やかな風といっしょに、虫の鳴き声がながれ込んで来た。

「近田君はどうしたろう」

正之が寝台の上から云った。友田は暫くして、太息をつきながら独り言のように呟いた。

「――どうしたろうな、本当に、スパイになるなど云っていたがね……あれっきり会わない、どうしていることか」

「君は知らないだろうな」正之がちょっとまをおいて、「高楷夫人は銀座にもう一つキャバレーを経営するそうだ、自分の資本でね――講和ができたらハワイへいって、向うにも店を持つと云ってるよ」

「アマゾンだ、あの女は」

「それより河童が水を得たという感じだよ、伯爵夫人という席からぬけて、初めて彼女の身に付いた才能が現われたのさ、その点では幸田夫人のほうが貴族だ、良い意味にも悪い意味にもね」

友田の頭には、いつか風の吹き荒れる銀座裏で会った、幸田東麿の姿が思いうかんだ。泥酔して、焼けた並木にもたれかかって、わけのわからないことを喚きちらしていた姿が……沼野原、モッちゃん。もう自分とは縁のない人たちだがどこかで、それぞれに生き難い日々を生きているだろう。

眼をつむると、それらの人たちの話したり笑ったり、或いは泣いたり救いを求めたりする声が、遥かに遠く聞えて来るようだ、遠い過去からのこだまのように……。

夏子がそっと入って来た。

卓上ランプだけのほの暗い光りの中で、ちょっと迷うようすだったが、やがて物音を立てないように椅子の一つを友田の側へ寄せ、そっと腰をおろした。

「虫の声がきれいだね」

友田が庭を見たまま云った。

「ほんとうに……」

「僕はねえ、まだこの虫ならいいんだが、こおろぎが鳴きだすと困るんだ」

「こおろぎはお嫌いですの」

寝台の上で正之がくすくす笑いだした。

「彼はね、夏子さん、こおろぎの鳴くのを聞くと女学校三年生のようにセンチメンタルになるんですよ」正之はなおからかうように、「秋になると茅ヶ崎へゆくでしょう、今年はそのセンチメンタルぶりをたっぷり見物できます」

「でも、そうでしょうか」夏子は正之の調子にいたずらっぽく答えて云った、「今年からはわたくしが側にいるんですけれど」

解説

清原康正

山本周五郎が亡くなったのは1967年（昭和42）2月14日のことであったから、本文庫刊行の2024年（令和6）2月は没後57年にあたる。

かつて〈曲軒〉と綽名され、直木賞など文学賞はすべて辞退するなど不屈不羈の精神を示して、さまざまな孤高の伝説を持つ周五郎は、その63年7か月の生涯を通して、時代・歴史小説だけではなく現代小説も含めて、数多くの長篇・短篇作品を書いた。長篇『樅ノ木は残った』の中に「人間はみな同じような状態にいるんだ、まぬがれることのできない、生と死のあいだで、そのぎりぎりのところで生きているんだ」というセリフが出てくる。そんなぎりぎりのところで生きている人間の哀歓や苦衷などを、周五郎はまっすぐに見つめ、山周節と称された独特の抒情性豊かな文体で綴り出して読者を魅了した。

周五郎の人間凝視の眼は、人間の根っこを探り出す徹底して非情なものであったが、庶民の側に立脚してその日常を凝視し、ありのままの姿を描き出すことで、温かな眼差しをも感じさせた。こうした姿勢こそが山本周五郎文学の基本的な態度であった。そこに周五郎の限りない包容力をも感じ取ることができる。周五郎のこうした透徹した人間凝視の眼は、その人生体験から培われていったものである。

１９０３年（明治36）6月22日に山梨県北都留郡初狩村（現・大月市）で生まれた山本周五郎（本名・清水三十六）の前半生は苦難苦闘の連続だった。４歳の時に豪雨による山津波で祖父母らを失って東京に転居し、さらに３年後には荒川氾濫の被害で横浜市に移っている。小学校を卒業して質店の住み込み店員として働いていた１９２３年（大正12）の関東大震災、１９２８年からの浦安での窮乏生活にままならぬ文壇進出、と物心両面にわたる艱難辛苦の日々が続いた。１９３０年に土生きよえと結婚して神奈川県の片瀬に新居を定めてから少年少女雑誌の仕事が増えていった。翌年には東京の馬込に転居し、「馬込文士村」の作家たちとの交友が始まった。戦局が逼迫していた１９４５年５月４日に妻が36歳で病死。４人の子供を抱えての窮状下で、初期の代表作「日本婦道記」シリーズを書き継いでいった。１９４６年１月に吉村きんと再婚し、翌月に横浜市中区本牧へ移って生活を一新して、戦後に向けての執筆活動を開始した。

下町ものをはじめとする市井もので、周五郎は江戸期の庶民生活を生き生きと描き出して人気を得ていった。江戸の長屋に住む人々の暮らしの実感と哀歓をとらえた周五郎の鋭い視線は、現代小説の中にも見てとれる。日々の暮らしの中で、貧しさの中で、苦悩の中で、人は何を求めて、何を救いとして、それぞれに生きているのか、という命題が現代小説からも感じ取れる。現代社会に生きる人々の赤裸々な生態を見通す鋭い観察眼が小説の核をなしているからだ。

本書『火の杯』は、1951年9月18日から翌年2月29日にかけて「福島民友新聞」に連載された現代小説の長篇である。時代背景は、太平洋戦争末期、敗戦の間際から敗戦直後にかけての混乱の時期。物語は、高原の別荘で催されている退廃的な空気が充満する上流階級の乱痴気パーティーの場面から始まる。主人公の御池康彦は日本最大の財閥・御池家の二男として生まれたが、生母不明の庶子で一族の中では異端者扱いされてきた。こうした出自の秘密に加えて、康彦には5つの年に青山(あおやま)の屋敷の古井戸に落ちて丸2日間、助けを求めて泣き叫んでいた時の恐怖の記憶が鮮明に残存していた。そしてもう一つ、心が深く傷ついたことがある。17歳の年に20歳年上で御池家のお抱え運転手の妻・松原数江に恋していたのだが、彼女が康彦の父と関係を持っていることに気づき、彼女の裏切りを許せずにいた。これらの暗い出来事から、康彦は「自分はこの家へ生れて来るのではなかった。間違った処へ生れて来たんだ……しかし、ではどこへ生れて来たらよかったのか」と思い悩む。敗戦で財閥は解体となったが、財産隠匿のために、康彦は立川の空襲で死んだことにされ、戸籍簿から抹消されて友田浩二という変名を与えられてしまう。亡父がくれた「マカロニ」「スパゲティ」という暗号の遺産の書類を渡すように、と御池財閥当主で康彦の異母兄・康光が要求してくる。亡父の遺産には全く関心がない康彦なのに、自動車にはねられそうになったり証券拐帯の犯人にされて拘置所入りとなったりと散々な目にあう。

そんな康彦の傍にいて支えてくれたのは、康彦のかつての恋人・松原数江の娘・夏子であった。康彦の複雑に屈折した内面描写とともに、友田浩二を康彦とは知らずに愛してしまう夏子の揺れ動く心理も並行して描き出されていく。その筆致は純文学的手法と言っても過言ではないほどに、周五郎の筆は隅々にまで及んでいて物語の進行に緊迫感を添えている。こうした緊迫感に加えて、夏子の母・数江が密かに持っていた「康彦の日記」の存在が物語の進行にミステリアスな興趣をもたらしてくる。夏子は母から託されたこの秘密の包みを必死に守ることで、友田浩二＝御池康彦への愛を全うするのである。

さらにもう一つ、この作品には、周五郎の遊び心とも言うべき仕掛けがある。悩める夏子が相談に乗ってもらう、馬込に住む小説家・山木周平の存在である。周五郎は1931年から1946年までの15年間、この地に住んでいた。小説の中に夏子が馬込の空襲を体験する生々しい場面が出てくるが、これは周五郎が実際に体験したことである。山木に隣組の組長をさせているのも、やはり体験に基づくものだ。こうした私小説風なものをトッピングさせて興趣を盛り上げているのだ。

この新聞連載開始前の「作者の言葉」が残されている。「敗戦によって、われわれは大きな社会的変革に当面した。現在なおそれは継続されつつあるが、はたして『なに』が『どれだけ』変革されたであろうか」と記されている。これまでの半生はすべて受け身だったと反省する康彦は運命に立ち向かうことを決意し、これまで取ろうとしなかった火の杯を手にしようと思う。康彦にこう決意させることで、「どれだけ」変革されたか、の一つの到達点が示されている。

周五郎の新聞連載は、戦前では『風雲海南記』(「東奥日報」1937年11月～)と『新潮記』(「北海タイムス」1943年6月～12月)の2本だけで、戦後は『山彦(やまびこ)乙女』(「夕刊朝日」1951年6月18日～9月30日)を皮切りに『火の杯』『樅ノ木は残った』『天地静大』『季節のない街』『おごそかな渇き』と続いていく。『火の杯』は戦後に手がけた初の現代長篇だけに意気込んで開始したものの、「ひどく骨が折れる」と土岐雄三（ときゆうぞう）にあてた葉書（県立神奈川近代文学館蔵）で近況報告している。注目すべきはそのあとに「しかしやっぱり骨の折れる仕事は楽しい。こんどは私小説（にはしないが）的部分があるから、その点でちょいと道楽もするつもりである」と記しているところだ。先に挙げた山木周平の人物設定とキャラクターも「道楽」の一つであろう。どんな箇所で「道楽」がなされているかを探り出す楽しみは読者の道楽ともなろう。

本書は、二〇一五年一月に新潮社より刊行された『山本周五郎長篇小説全集 第二十五巻 火の杯』を底本としています。

本文中には、人足、人非人、おんなおとこ等、今日の人権擁護の見地に照らして、不適切と思われる表現がありますが、著者自身に差別的意図はなく、また、著者が故人であること、作品自体の文学性を考え合わせ、原文のままとしました。（編集部）

火の杯（ひのさかずき）

山本周五郎（やまもとしゅうごろう）

令和6年 2月25日　初版発行

発行者●山下直久

発行●株式会社KADOKAWA
〒102-8177　東京都千代田区富士見2-13-3
電話　0570-002-301（ナビダイヤル）

角川文庫 24039

印刷所●株式会社暁印刷
製本所●本間製本株式会社

表紙画●和田三造

Printed in Japan
ISBN 978-4-04-114313-1　C0193

◇◇◇

角川文庫発刊に際して

角川源義

第二次世界大戦の敗北は、軍事力の敗北であった以上に、私たちの若い文化力の敗退であった。私たちの文化が戦争に対して如何に無力であり、単なるあだ花に過ぎなかったかを、私たちは身を以て体験し痛感した。西洋近代文化の摂取にとって、明治以後八十年の歳月は決して短かすぎたとは言えない。にもかかわらず、近代文化の伝統を確立し、自由な批判と柔軟な良識に富む文化層として自らを形成することに私たちは失敗して来た。そしてこれは、各層への文化の普及滲透を任務とする出版人の責任でもあった。

一九四五年以来、私たちは再び振出しに戻り、第一歩から踏み出すことを余儀なくされた。これは大きな不幸ではあるが、反面、これまでの混沌・未熟・歪曲の中にあった我が国の文化に秩序と確たる基礎を齎らすためには絶好の機会でもある。角川書店は、このような祖国の文化的危機にあたり、微力をも顧みず再建の礎石たるべき抱負と決意とをもって出発したが、ここに創立以来の念願を果すべく角川文庫を発刊する。これまで刊行されたあらゆる全集叢書文庫類の長所と短所とを検討し、古今東西の不朽の典籍を、良心的編集のもとに、廉価に、そして書架にふさわしい美本として、多くのひとびとに提供しようとする。しかし私たちは徒らに百科全書的な知識のジレッタントを作ることを目的とせず、あくまで祖国の文化に秩序と再建への道を示し、この文庫を角川書店の栄ある事業として、今後永久に継続発展せしめ、学芸と教養との殿堂として大成せんことを期したい。多くの読書子の愛情ある忠言と支持とによって、この希望と抱負とを完遂せしめられんことを願う。

一九四九年五月三日